COLLECTION SÉRIE NOIRE
Créée par Marcel Duhamel

HILLARY WAUGH

Vous parlez d'une paroisse !

TRADUIT DE L'AMÉRICAIN
PAR PAUL KINNET

nrf

GALLIMARD

Titre original :

A DEATH IN A TOWN

A Dick et à Hope Whitehead,
avec toute ma reconnaissance.

JEUDI 7 MAI

Le dernier jour de la jolie petite Sally Anders, âgée de seize ans, commença comme n'importe quel autre. Comme d'habitude, elle traîna encore cinq minutes au lit après que sa mère eut frappé à sa porte à sept heures et elle perdit, contre son frère de treize ans, la course pour la salle de bains. Mais laissons la parole à sa mère.

JANE ANDERS

Je n'imaginais évidemment pas ce qui allait se passer plus tard. Je suppose que je ne l'aurais pas traitée de la même manière. Mais vous pensez toujours que vous allez revoir vos enfants : à l'heure du lit, le lendemain, l'année prochaine, le reste de votre vie.

Elle s'était chamaillée avec son frère à propos de la salle de bains. C'était toujours pareil. Elle restait au lit jusqu'à la dernière minute, espérant ensuite être la première à l'occuper pour s'habiller, se pomponner et s'apprêter pour l'école. Elle se plaignait parce que Chris y restait trop longtemps et qu'il allait lui faire manquer son bus. Et lui prétendait que si elle y allait la première, il n'aurait même plus le temps de se débarbouiller. (C'était là une petite scène quotidienne. Vous savez comment sont les enfants.) Non que Sally soit encore une enfant. Elle était chez les juniors au collège, et elle avait été invitée au bal des seniors. C'est Ted Greaves, le fils de Bill et de Dorothy, qui l'avait invitée. Je n'ai rien à reprocher à Sally, mais personnellement, je crois que c'est eux qui l'avaient poussé à l'inviter. Après tout, elle n'était qu'une junior, et ils n'étaient pas ensemble, ni rien de ce genre. Il l'avait seulement emmenée deux fois au cinéma. Je veux dire que Sally était une gentille fille mais qu'elle n'avait pas ce que j'appellerais du sex-appeal. Elle était assez quelconque. Les journaux disent tous « jolie » en parlant d'elle. Vous voyez ce que je veux dire : « La jolie petite Sally Anders », des trucs de ce genre. Mais les journaux appellent « jolie » toutes les jeunes femmes. Ce que je veux dire, c'est que Sally était mignonne, mais je ne la considérais pas comme une beauté ravageuse. Je le lui disais. Elle allait se planter devant la glace, elle s'arrangeait les cheveux, elle observait son visage, et je lui disais qu'on ne pouvait pas faire grand-chose pour changer son apparence, mais que le seul moyen d'attirer les garçons, c'était de soigner la beauté de son âme. L'âme, c'était quelque chose qu'on pouvait changer.

Tenez, ses cheveux! Ils étaient de ce blond indescriptible qui se situe entre blond et brun. Elle avait l'habitude de les éclaircir pour paraître blonde. Je ne voulais pas qu'elle le fasse, mais je ne pouvais pas la surveiller à tout instant. Moi aussi, j'ai mon boulot. Bibliothécaire à l'Université. En outre, elle avait des idées bien arrêtées et c'était parfois compliqué de vouloir l'affronter.

Mais pour en revenir à ce jour-là — jeudi 7 mai, une date qu'on ne pourra jamais oublier, une date à laquelle on ne peut penser sans avoir l'impression qu'un poignard vous transperce le cœur —, Chris, comme je l'ai déjà dit, était entré le premier dans la salle de bains et il y prenait tout son temps. Je crois que c'était en partie par malveillance. Ce n'est pas qu'ils ne s'aimaient pas, et je sais que maintenant, après ce qui est arrivé à sa sœur, il est désolé. Mais frères et sœurs ont toujours tendance à s'asticoter.

Je préparais le petit déjeuner. Jim — c'est mon mari — était déjà installé sur sa chaise et lisait son journal par-dessus ses toasts et son café. Il a toujours lu de grand matin. Il occupe la chaise qui tourne le dos à la fenêtre, là où il a la meilleure lumière. Il ne veut pas admettre qu'il devrait porter des lunettes, c'est pourquoi il s'installe toujours où la lumière est bonne.

Puis Chris est entré. Je crois qu'il devait être sept heures vingt. Il s'est assis à la droite de Jim, face au poêle.

— Eh, Papa, dit-il.

Jim répondit par un grognement. Il ne leva même pas les yeux de son journal. Puis Chris a demandé la page des sports, et Jim la lui a tendue.

Sally est descendue vers sept heures vingt-cinq. Elle portait la robe de coton imprimé que nous avions choisie chez Stella, le magasin chic situé sur le Green. Sally ne voulait que les vêtements de chez Stella, et elle s'en serait passée plutôt que de s'habiller ailleurs. De nos jours, les filles n'ont aucun sens de l'économie. Tout ce qu'elles veulent, c'est épater les garçons.

Mais je dois dire que c'était une chouette robe, et elle lui allait bien, car elle avait une jolie silhouette. Les filles sont le mieux à seize ou à dix-sept ans, même si elles ne sont pas éblouissantes. Du moins sont-elles saines.

Mais ça, c'est le malheur d'être une fille et d'être jeune. Même celles qui sont quelconques retiennent le regard des hommes. Le sexe est une affreuse chose, et nul ne sait où le mal va frapper. Qui pourrait penser qu'il puisse atteindre une fille aussi calme, aussi mignonne, aussi bien élevée, aussi innocente que Sally ? Veronica Struthers... oui. Elle a exactement la silhouette, l'aspect, la personnalité qu'il faut. Pourquoi n'aurait-ce pas pu arriver à Veronica Struthers ? Des filles comme elle attirent les ennuis. Je ne dirais pas qu'elle a le type d'une meneuse de jeu : elle *est la* meneuse de jeu. Je l'ai vue se pavaner sur le terrain de football entre les deux mi-temps. C'était le jour où nous jouions contre Madison High. Elle était vêtue de ce costume à paillettes collant et ajusté qui montait si haut dans le dos que c'était tout juste si elle ne montrait pas son derrière et qui était tellement décolleté qu'on devinait qu'elle ne pouvait rien porter en dessous. Et elle faisait le tour du terrain, conduisant l'orchestre et les autres meneuses de jeu, jetant son bâton vers le ciel et levant ses genoux le plus haut possible. Et elle adorait ça. Et moi je me disais alors qu'elle cherchait les ennuis.

Je ne me souviens pas du match, mais je me souviens de Veronica Struthers qui se pavanait autour du terrain en montrant tout ce qu'elle pouvait montrer, et cherchant visiblement les ennuis. Et je m'apprêtais à dire à Jim que la fille Struthers cherchait les ennuis — mieux, qu'elle les appelait. Mais Jim, il était en train de la regarder, hypnotisé. Il était subjugué par elle, exactement comme elle voulait que les hommes le soient. Il ne servait à rien de lui montrer quelle catin c'était. Il l'applaudissait ! Oui, c'est exactement ce qu'il faisait.

Alors, pourquoi n'aurait-ce pas été Veronica

Struthers ? Pourquoi a-t-il fallu que ce soit une fille aussi quelconque que Sally qui n'aurait jamais attiré le regard de personne dans une foule ? J'ai vu Veronica l'autre jour. Elle était à l'enterrement avec tout le reste des étudiants de l'Université. Je n'ai pas remarqué les autres — sauf les garçons et les filles que je connaissais, les amis de Sally — mais elle, je l'ai remarquée. Même à un enterrement, même modestement habillée de noir, même avec son visage sérieux et des traces de larmes sur ses joues, elle éclipsait tout le monde. Et je me souvins d'elle l'automne dernier, dans son minicostume, sur le terrain de football, arquant le dos à le briser, levant ses genoux vers le ciel. Et en la regardant, je ne pouvais penser qu'à une chose : pourquoi n'était-ce pas toi ? Pourquoi n'était-ce pas toi ?

Mais ce dernier petit déjeuner... Un déjeuner comme les autres. Des céréales. Ce qu'elle préférait, c'étaient les Bran Flakes 40 %, mais nous en manquions, et je lui avais donné des Rice Krispies. « Zut, Mamy ! » avait-elle dit. Et je lui avais répondu que nous n'avions plus de Bran Flakes. Elle a répondu qu'elle n'aimait pas les Rice Krispies et qu'elle voulait des cornflakes. J'ai dit que je ne savais pas qu'elle n'aimait pas les Rice Krispies, mais que comme je les avais servis, elle n'avait qu'à les manger pour une fois. Elle a regimbé et j'ai regardé Jim. Les filles ont besoin de la ferme poigne d'un père si on veut qu'elles obéissent. S'il lui avait dit de manger ce qu'elle avait devant elle, elle aurait obéi sans histoires. Mais il était en train de lire son journal. Qu'aurais-je pu faire ? Si je lui avais demandé d'intervenir, je sais ce qu'il aurait fait. Il aurait dit : « Pourquoi ne pourrait-elle pas avoir ce qu'elle veut ? »

Donc elle a fini par avoir ce qu'elle voulait. Je

n'allais pas me mettre à discuter. Et je suis heureuse de ne pas l'avoir fait. Je n'aurais pas voulu que son dernier jour eût été pire que ce qu'il a été. J'aime à penser qu'elle a été heureuse jusqu'à ce que ça arrive.

Après ça, Jim est parti travailler. Il embrassa Sally, ébouriffa les cheveux de Chris, me donna un bisou, et voilà. Sally enfournait sa nourriture et parcourait la page de jeux du journal. « Oh, flûte ! dit-elle. C'est le dernier jour de… » et elle cita un de ces films d'horreur dont les jeunes sont tellement friands. Puis elle se précipita sur le téléphone pour en parler à Peggy Bodine. Ce soir-là, elle faisait du baby-sitting chez les Parker, et il était donc impossible que Peggy et elle aillent voir le film ensemble. Elles avaient convenu d'aller le voir le lendemain.

Je lui dis de terminer son petit déjeuner, qu'elle aurait tout le temps d'en parler à Peggy dans le bus qui les emmenait à l'école, et elle coupa la communication. Même ainsi, elle laissa la moitié de ses céréales, empoigna ses livres et sortit. Elle me donna un baiser, dit au revoir à Chris, qui lui rappela de ramener un auto-collant du lycée pour le coller sur son cahier. Il n'est qu'en huitième, mais il doit entrer au lycée l'automne prochain.

Après, elle était partie car son bus passait avant que Chris ne doive s'en aller. Ensuite, je ne l'ai plus revue avant le dîner.

JEUDI 7 MAI

JIM ANDERS

Vous ne croyez pas que ça pourrait arriver. Pas à vous. Pas à elle. Je me demande ce qu'elle a pensé au dernier moment. Je ne dors plus beaucoup à force de me le demander.

C'était une gentille enfant. Moyenne, dirais-je. Un mètre soixante-cinq, avec le regret de n'avoir pas quelques centimètres de plus. Les gosses sont grands de nos jours. De mon temps, j'étais grand et je regardais de haut la plupart de mes amis. Maintenant, ce sont leurs enfants qui me regardent de haut.

Elle était jolie aussi. Rien de transcendant, bien sûr. On n'aurait pas dit d'elle qu'elle était belle. Même moi, je ne le dirais pas. Mais elle était mignonne, avec un air de fraîcheur et une expression ouverte, des cheveux plutôt blonds et quelques taches de rousseur qui ne lui plaisaient pas — elle utilisait tout un tas de crèmes et d'onguents pour les faire disparaître. Elle succombait à toutes les publicités qui passaient à la télévision pour des produits contre les taches de son.

Sa mère trouve que Sally faisait tapisserie. Ce n'est pas mon avis. S'il est vrai que les garçons ne se

15

pressaient pas autour d'elle, ils ne l'évitaient pas non plus. Elle avait des amis des deux sexes, mais je pense que les garçons la considéraient plus comme un copain ou comme une sœur que comme un béguin. Mais cela ne la rendait pas impopulaire. Et elle avait des tas d'amies.

Mais elle croyait qu'elle n'était pas populaire, et ça l'inquiétait. Vous savez comment sont les jeunes : fondamentalement anxieux.

Je ne sais pas si je pourrai vous en dire beaucoup sur cette journée. Je ne me souviens pas tellement bien de ce petit déjeuner parce qu'il ne différait en rien d'un millier d'autres. Sally et Chris n'arrêtaient pas de se chamailler. C'était classique. En vérité, ça ne signifiait rien. Tout au fond, ils s'aimaient bien. Mais ils ne l'auraient montré pour rien au monde. A vrai dire, les choses s'étaient améliorées. Il y avait bien la bagarre quotidienne pour la salle de bains, mais le reste du temps, les frictions s'étaient atténuées, du moins autant que je puisse en juger. Il leur arrivait même de se faire de temps en temps une gentillesse. Il y a trois ou quatre ans, quand Sally entrait dans l'adolescence et que Chris était un gamin de dix ans plein de morgue et d'assurance, on avait l'impression qu'ils n'auraient pas pu échanger deux mots polis.

Bien sûr, il continuait à la taquiner. Sur ce plan-là, c'était un champion. Et Sally était tellement sensible ! Il arrivait vraiment à la mettre en rogne, parfois jusqu'aux larmes. Il se moquait de son désir d'être attrayante. Il savait où le bât la blessait.

Il n'y a rien de spécial à dire sur ce petit déjeuner. J'ai mangé mes toasts, j'ai bu mon café, j'ai lu mon journal. Le journal me sert de paravent. Si je me cache derrière lui, je peux faire semblant de ne pas entendre ce que dit ma femme. Je peux me tenir à

16

l'écart des conflits familiaux. Selon moi, c'est elle qui les provoque.

J'ai un boulot difficile. Je suis directeur du personnel de l'Armour Rubber Company, une des plus importantes sociétés de la région. Je suis confronté aux problèmes des syndicats, du chômage, des licenciements, du rendement et de la nécessité de rester compétitifs dans le marché d'aujourd'hui. Je ne peux pas en plus m'occuper de l'heure à laquelle Sally est rentrée du cinéma la nuit dernière ou de la raison pour laquelle Chris n'a pas remis à temps son devoir de sciences.

C'est pourquoi je me cache derrière mon journal au petit déjeuner. Parce que Jane voudrait constamment me faire intervenir. Nous avons eu des enfants pour pouvoir demeurer ensemble. Mais je crois qu'elle voulait des enfants pour avoir un sujet d'occupation et d'inquiétude. Je ne crois pas qu'elle se soucie d'autre chose. Ma société pourrait faire faillite demain, ça ne l'intéresse pas. Demain, je pourrais être congédié.

Alors, que se passerait-il si le couperet tombait ? Cela a failli arriver à certains moments. Je ne suis pas indispensable, et je ne suis pas intouchable en dépit de mon ancienneté. Il y a presque vingt ans que je suis dans la société et je n'ai que quarante-six ans.

Et maintenant, Sally est morte. Je n'arrive pas à m'y habituer. Je n'arrête pas d'attendre... d'espérer... de vouloir — suis-je bête ! — les entendre une seule fois encore, Chris et elle, se disputer au sujet de la salle de bains. Cette fois, j'écouterais. Je ferais attention aux inflexions de sa voix, à la manière dont elle insistait sur le nom de « Chris » quand elle commençait à s'exciter.

Je ne sais pas comment ma femme m'a décrit,

17

mais je n'ai pas un cœur de pierre. J'aimais — j'aime encore — cette enfant tendrement. Il me semble incroyable que quelqu'un ait pu aussi cyniquement lui ôter la vie. Elle était si intelligente, si gentille, si désintéressée. Tellement spéciale.

JEUDI 7 MAI

CHRISTOPHER ALLEN ANDERS

Je n'ai pas envie d'en parler. Je ne voulais pas lui faucher la salle de bains. Elle aurait pu avoir cette foutue salle de bains toute la journée si elle l'avait voulu. Moi, je peux me servir de celle de mon ami Pete. De toute façon, je passe presque ma vie chez lui. Ses vieux ne se formaliseraient pas.

Ce que je veux dire, c'est que tout allait bien avec Sally. C'était ma sœur. Je crois que je ne pensais pas à elle comme à une fille, comme à une étudiante, ou comme à une petite amie. Je n'ai pas encore eu de petite amie. Un tas d'entre nous, au Club des Jeunes, dansent à l'occasion, et certains d'entre nous amènent des filles. C'est-à-dire que les parents nous amènent au bal, nous et les filles, et nous ramènent ensuite à la maison. Et à vrai dire, je suis sorti avec Frances Udack. Mais ce n'est pas vraiment une petite amie, même si ma mère a poussé mon père à nous conduire à l'Association des Jeunes Chrétiens et à nous ramener à la maison après la soirée.

Je n'aurais jamais souhaité qu'on tue Sally. Nous avions peut-être nos bagarres et des trucs de ce genre, mais ça ne veut pas dire que je ne l'aimais pas ou que je lui souhaitais le moindre mal. Et surtout pas ce qui est arrivé. Si j'avais été là, je n'aurais pas

19

permis que ça arrive. Je n'aurais permis à personne de faire du mal à ma sœur, pas tant qu'il me resterait un souffle de vie.

Mais je n'étais pas là. Je ne sais même pas exactement ce qui s'est passé là-bas. Personne ne veut me le dire. Tous les adultes, même mon père, disent que je suis trop jeune. Mais j'entends parler les autres. Mes amis font comme s'ils ne voulaient pas que j'apprenne les dernières nouvelles sous prétexte qu'elle était ma sœur. Mais ce n'est pas ça qui lui rendra la vie, et je veux tout savoir. Je voudrais voir la personne qui l'a tuée brûler en enfer pour l'éternité. Et si je peux découvrir qui c'est, je le dirai à Dieu et je ferai en sorte qu'Il l'y envoie.

Les gens veulent savoir ce qui s'est passé ce dernier jour. Les gens veulent savoir ce que nous avons mangé au petit déjeuner, ce qu'elle portait, ce que chacun a dit, et même l'heure à laquelle elle est partie pour l'école. Qu'est-ce que ça nous apporte de plus ? Tout ça n'a rien à voir avec sa mort.

Je crois qu'au petit déjeuner, elle a eu des cornflakes avec des tranches de banane. Je crois en tout cas que c'est ce que Maman m'a donné. Et Sally a dû avoir du café. Elle adorait ça. Maman et Papa ne voulaient pas que je boive du café au petit déjeuner. Maman disait que cela gênerait ma croissance et Papa ne disait rien. Maintenant, depuis que Sally est morte, je peux en avoir. Si vous y comprenez quelque chose, moi pas. Et je ne comprends d'ailleurs rien à rien, si vous voulez le savoir. Par exemple, à quoi ressemble Dieu ? C'est lui qui fait tout ça. Il a inventé l'Univers et il oblige tout dans l'Univers à faire ce qu'Il veut. Sauf l'homme. Nous ne faisons pas ce qu'Il veut. Pourquoi ne nous y oblige-t-Il pas ?

Et qu'est-ce que Sally a bien pu faire pour

20

L'offenser? Je veux dire, pourquoi fallait-il qu'elle meure? Je sais bien qu'elle n'était pas la Vierge Marie. Et alors? Elle était très bien. Je n'aurais pas pu avoir une meilleure sœur. Je regrette de l'avoir taquinée. Je ne voulais pas la blesser ni la faire pleurer. Je ne sais pas pourquoi je le faisais.

Sauf que parfois, elle le cherchait. Je ne sais pas très bien comment expliquer. Peut-être que la manière dont elle s'asseyait, dont elle regardait, dont elle parlait, dont elle faisait certaines choses me donnait l'envie de faire éclater la bulle, de lui faire entendre qu'elle n'était pas la femme la plus formidable qui soit descendue sur la terre.

C'est comme quand elle était à la maison avec ses amies. Comme cette emmerdeuse de Peggy. Et Laura. Une autre connasse, celle-là! Je veux dire que Sally était très bien la plupart du temps, mais que quand elles étaient toutes les trois ensemble, elles n'arrêtaient pas de glousser et de parler toutes à la fois d'une voix suraiguë. Et elles ne parlaient que de Garçons, de Garçons, de Garçons. Ou bien de la plus grande star du rock, et elles faisaient jouer les cassettes si fort qu'on pouvait les entendre à plus d'un kilomètre. Mais c'était toujours un *gars* qui les faisait se pâmer. Il y a pourtant aussi quelques bonnes chanteuses de rock, vous savez. Je pourrais vous en citer. Je les écoute et je connais les chansons. Mais je ne les écoute pas comme le faisaient Sally, Peggy et Laura qui se roulaient par terre, toutes tremblantes, en les entendant. Moi, j'aime m'asseoir dans un fauteuil avec un casque sur la tête et je ferme les yeux pour n'entendre que la musique. Je n'ai pas envie de me tortiller, de me plier en deux, de glousser et de pousser les gens du coude pour leur montrer à quel point je suis emballé.

En réalité, Sally n'était pas maboule à ce point, sauf avec Peggy et Laura. Quand elle était seule à la maison, elle était parfaitement calme et elle savait se contrôler. Quand elle était seule, elle écoutait la musique comme moi, elle se mettait un gros casque sur la tête et elle allait tranquillement et gentiment s'asseoir dans sa chambre pour faire ses devoirs sans cesser de battre la mesure.

Maman ne voulait pas qu'elle regarde la TV ou qu'elle écoute de la musique quand elle avait des devoirs à faire. Sally ne devait pas reprendre haleine avant qu'elle en ait terminé avec tout ce qu'elle avait à faire. C'est également ce que me serinait Maman. C'est pourquoi, si vous voulez écouter du rock en faisant vos devoirs, vous devez porter un casque. Et même si nous n'avons pas de devoirs, nous mettons un casque quand Maman et Papa sont à la maison. Ils n'aiment pas notre genre de musique, exactement, m'a dit un jour Papa, comme ses parents n'aimaient pas son genre de musique. Maman et Papa disent qu'elle est trop bruyante et qu'elle trouble les voisins. De sorte que chez nous, le rock ne se joue à pleins tubes — ne se jouait à pleins tubes — que quand Sally et ses amies étaient à la maison après l'école et que Maman et Papa étaient encore au travail.

J'essaie de me souvenir de cette journée. C'est drôle comme tout est embrumé. Vous croiriez que la moindre chose que vous ayez pu faire ce jour-là s'est gravée dans votre esprit et y demeurera toujours. Mais ce n'est pas vrai. C'est seulement ce qui est arrivé après que je n'oublierai jamais.

Avant que cela n'arrive, tout était très normal. Je suis allé à pied à l'école — il suffit de dix minutes pour se rendre au Cours Moyen que je fréquente. Il faut remonter State Street, traverser la Nationale

22

nº 1, longer North State jusqu'à l'église. C'est à une centaine de mètres après l'église. Le collège où va Sally se trouve à trois ou quatre kilomètres, et elle doit s'y rendre en bus.

Mais je suis allé à l'école, et si vous le voulez, je puis vous dire quels cours je suis, quel est leur horaire et quels sont les noms de mes professeurs. Mais je crois que personne ne s'intéresse à ça. Tout ce qui intéresse les gens, c'est de savoir où Sally est allée et ce qu'elle a fait, même si ça n'a aucun rapport avec sa mort. Le collège finit avant le Cours Moyen. J'arrive à la maison vers trois heures trente, mais ses cours se terminent à deux heures quarante-cinq et d'habitude, ou bien elle est à la maison avec ses amies quand je reviens, ou bien elle est chez l'une d'elles et la maison est vide. Maman en a terminé à la bibliothèque du collège vers trois heures trente, mais après elle a des réunions scolaires, des gens à voir ou tout ce que les grandes personnes ont à faire, et généralement, elle n'est pas à la maison avant quatre heures trente, même cinq heures.

Sally n'était pas à la maison ce jour-là car elle avait une répétition de la chorale à l'église. Nous allons à l'Eglise Episcopale en ville, et Sally est très portée sur les activités ecclésiastiques. Avant elle ne l'était pas, comme moi, mais depuis deux ans, elle a de la religion, et elle passe beaucoup de temps à l'église avec la chorale, des réunions amicales, des trucs de ce genre. Je crois que c'est à cause des garçons. Vous voyez, dans certains de ces machins de jeunesse, il y a des garçons. Pas dans la chorale. Là, ce ne sont presque que des adultes. Pendant le service du dimanche, ils traversent la nef en robes noires en tenant à la main un livre de cantiques et en chantant. Elle et Peggy Bodine sont les seules qui ne soient pas des adultes. Mais Sally et Peggy aiment chanter et elles ont toutes deux de très jolies voix. Pas comme Tina Turner ou quelqu'un de ce genre, mais M. Stallings, l'organiste — il est aussi directeur de la chorale —, n'est pas aussi pointilleux. Il prend tous ceux qui acceptent d'assister aux répétitions, de marcher dans la nef en robe noire et de s'asseoir dans le chœur pendant le service. Et Sally adorait ça.

Les autres disent qu'elle était à la répétition de la chorale cet après-midi-là. Je suppose donc qu'il n'y avait personne à la maison quand je suis rentré de l'école. Je sais seulement que j'ai jeté mes livres et mes affaires n'importe où et que j'ai sauté sur ma bécane pour me rendre chez Pete Herly. C'est mon meilleur copain, et nous étions occupés à construire une piste de petites voitures. Mais ça n'a pas d'importance.

Ce qui importe, c'est que je suis rentré à la maison pour souper et que Sally était là. Nous avons dîné à quatre, comme d'habitude. C'est-à-dire que nous nous sommes assis à table et que nous avons mangé ce que Maman nous a donné. Je ne sais plus ce que c'était, car ça n'a pas tellement d'importance. Nous nous sommes assis pour dîner, c'est tout. Et il y a eu les chamailleries habituelles. Maman voulait savoir ce que les enfants — les enfants, c'étaient moi et Sally — avaient fait toute la journée, si nous avions fait nos petites corvées, nettoyé nos chambres, passé un peu de temps à nos devoirs, ce genre de choses.

Je me souviens que Sally a dit qu'elle n'avait pas encore fait ses devoirs. Je crois qu'il a aussi été question de la chorale, que Mamy trouvait que cela empêchait Sally de faire ses devoirs, et que Sally a répondu qu'elle les ferait pendant qu'elle serait en baby-sitting chez les Parker. Les Parker habitent North Ferry Street, au coin de Peach Lane. Ils ont deux garçons : Richard qui a quatre ans et le petit

David qui n'en a que deux et demi. Ils devaient aller à un concert à New Haven avec d'autres gens et ils ne seraient pas rentrés avant minuit. Je me souviens que Sally a dû engloutir son repas car elle devait être là-bas à sept heures et il y a eu une chamaillerie — pas pire que d'habitude — parce qu'elle mangeait trop vite et qu'elle a répondu en grognant qu'il aurait fallu servir le dîner plus tôt.

JEUDI 7 MAI

Nous devons entendre ce qu'a à dire Dorothy Meskill. Elle a vu Sally ce jour-là. Mais donnons d'abord la parole à Ethelbert Stallings, directeur de la chorale de l'église épiscopale St Bartholomé. M. Stallings dirige la chorale depuis quatorze ans. Il enseigne l'orgue et le piano à titre privé et il accorde des pianos pour le compte de l'entreprise musicale Halston à New Haven. La femme de M. Stallings, Esther, s'occupe d'entretenir l'église et elle aide à la cuisine quand on sert les soupers.

ETHERLBERT STALLINGS

Le jeudi 7 mai ? Oh non, je n'oublierai pas ce jour-là. C'était une très gentille fille, cette Sally Anders. Elle et Peggy Bodine. Elles se conduisaient très bien avec les gens plus âgés. Le nombre de ceux qui font partie de la chorale oscille entre douze et seize. Nous sommes seize si tout le monde est présent mais la chorale est une de ces occupations que peu de gens placent au-dessus de tout. Il y a quatre ou cinq femmes — je dirais cinq — que rien au monde m'empêcherait de participer au service du dimanche. On peut compter sur elles. Malheureuse-

26

ment, leurs voix ne sont pas à la hauteur de leur résolution, mais elles sont assez compétentes et elles font de réels efforts. Elles ont le sens de leurs responsabilités. Deux des hommes sont retraités, et on peut compter sur eux également. Ils n'ont pas d'occupation et rien ne s'oppose à leur participation.

Le dimanche, nous pouvons compter sur un minimum de douze voix. Nous sommes au complet, à seize, environ une fois par mois. Les autres fois, il y a des problèmes de maladies, ou de vacances, ou de déplacements hors de la ville. Parfois, c'est simplement qu'on a des invités pour le week-end, mais ça n'arrive pas souvent. J'ai appris depuis longtemps que la constance est un meilleur atout qu'une belle voix quand il s'agit de mettre sur pied une chorale acceptable.

Mais revenons-en à ce jour-là. Il ne s'est rien passé de très spécial. Sally et Peggy sont arrivées avec cinq minutes de retard. On aurait pu croire, comme elles étaient les plus jeunes, qu'elles auraient été les premières à arriver. Mais il faut dire qu'elles avaient vraiment de belles voix. De loin les meilleures du groupe, hommes ou femmes. Et elles connaissaient la musique. Elles avaient toutes les deux étudié le piano. Je crois que Sally disait qu'elle avait commencé le piano à l'âge de cinq ans. Un jour, elle m'a dit qu'elle savait lire la musique avant de savoir lire les mots. Elle avait une tante qui était professeur de piano — elle habitait New Haven — et qui avait étudié avec Begall — Saul Begall, de New York. Et sa mère avait également étudié avec Begall. C'était une famille de musiciens.

Et Peggy avait appris le piano aussi ; elle avait commencé vers neuf ou dix ans. Aussi, il était peu important qu'elles arrivent en retard. Elles ramassaient la partition de ce que nous étions en train de répéter, elles la lisaient à vue, et elles attaquaient leurs parts.

Elles s'asseyaient l'une à côté de l'autre, comme toujours, quoique Peggy fût contralto et Sally soprano. Elles adoraient chanter leurs parties ensemble. On les voyait se sourire quand ça marchait bien. Elles se basaient l'une sur l'autre, pas sur le reste de la chorale.

La répétition s'est bien passée. Quelques couacs ici ou là. Le choral de Bach était plus difficile que ce que je leur donne d'habitude. Très exigeant, en fait, mais c'est un morceau sublime et j'estimais qu'ils pouvaient s'en tirer.

Nous avons terminé un peu après cinq heures, et M. Wallace, le pasteur, s'est arrêté près de la galerie du chœur. Il a écouté les quelques dernières minutes de la répétition, et il paraissait content.

Après cela, j'ai rangé les partitions et j'ai ramassé mes affaires. Les autres ? Ils se sont séparés et sont partis chacun de son côté.

En regardant dans l'église tandis que je descendais l'escalier, je vis que Sally bavardait avec M. Wallace du côté des sièges du fond dans l'autre nef. Je regardais dans l'église pour voir si Esther — c'est ma femme — s'y trouvait. C'est elle qui nettoie, qui aspire les tapis et qui, dans le presbytère voisin, au bout de l'allée d'accès, aide à préparer les soupers et à faire la vaisselle. Je ne pense pas que l'église pourrait fonctionner sans elle. Le salaire n'est pas énorme, mais le travail lui plaît. Comme je l'ai dit, je la cherchais parce qu'il était temps de rentrer à la maison. Quoi qu'il en soit, Sally et M. Wallace étaient en train de discuter très sérieusement. J'avais l'impression que Sally était un peu troublée par quelque chose. Je ne sais pas de quoi ils parlaient, et ils ne m'ont pas vu, mais je n'y ai pas prêté attention.

Ces jours-ci, Sally était souvent à l'église et elle bavardait beaucoup avec le pasteur.

C'est à peu près tout ce que je peux dire sur cette journée. Esther n'était pas occupée à passer l'aspirateur. Je ne sais plus où je l'ai trouvée, dans le hall du presbytère ou peut-être en bas dans la sacristie ou dans l'une des pièces de l'école du dimanche.

Lorsque nous sommes montés dans la voiture, M. Wallace sortait de l'église pour rentrer chez lui, de l'autre côté de l'allée. Il nous sourit en nous faisant un signe de la main. Nous sommes sortis pour gagner la rue. J'ai cru que nous verrions Sally se diriger vers chez elle avec Peggy, mais nous n'avons vu personne. Ce n'est pas que je les cherchais spécialement, mais je n'avais pas pensé qu'elles auraient déjà pu être hors de vue au-delà du Green, la place du village.

JEUDI 7 MAI

DOROTHY MESKILL

Mon souvenir le plus vif de cette journée est la peur que j'ai éprouvée ce matin-là. Je ne m'effraie pas facilement, et je ne dirais pas que j'ai été épouvantée, mais pendant un instant, j'ai éprouvé un vrai sentiment de malaise. Edward et moi habitons North Ferry Street, près de l'extrémité nord de l'étang d'Ogilvy, peut-être à cent mètres au sud de l'Interstate 95, l'autoroute du Connecticut, près de la sortie de Crockford.

La maison n'est pas grande. C'est-à-dire que c'est une agréable maison, plus grande qu'il n'y paraît, et je n'ai pas à me plaindre. Edward enseigne la sociologie au collège et il se fait quelques revenus supplémentaires comme directeur du club théâtral, et même si le salaire des professeurs a tendance à augmenter, il n'y a pas de quoi s'acheter un yacht. Mais on est à l'aise. Nous sommes là depuis trois ans, et l'environnement nous plaît beaucoup. C'est agréable de vivre à Crockford. Il y a des tas de vieilles maisons qui datent de l'époque coloniale, et d'autres qui sont plus neuves, les unes petites et peu coûteuses, les autres plus jolies et plus grandes, entourées de terrain.

30

Là où nous vivons, Ed et moi, la route est assez isolée. Il y a des voisins, surtout au bas de Siddons Street qui fait une fourche, mais là où nous sommes, les maisons sont plus espacées. Elles sont séparées par des arbres et des arbustes, et on a le sentiment d'être chez soi.

Ce matin-là, il pouvait être dix heures. Nous nous étions levés, Ed et moi, nous avions pris notre petit déjeuner et il avait pris la voiture pour se rendre à l'école. Nous n'avons qu'une voiture, et c'est lui qui la prend à moins que j'en aie besoin dans des circonstances particulières, comme un rendez-vous chez le dentiste ou un endroit où je ne peux pas me rendre à pied. Dans ces cas-là, je le conduis à l'école et je le reprends plus tard. Mais ce n'est pas facile, et la plupart des choses que j'ai à faire en ville peuvent se faire à pied ou à bicyclette. Et quand ce n'est pas le cas, j'ai généralement une amie qui va en ville et qui me prend. Par exemple, quand on va jouer au tennis sur les courts du Court Moyen, j'y vais à pied. Ce n'est pas tellement loin, mais les femmes avec lesquelles je joue habitent à une trop grande distance et, le cas échéant, elles me ramènent chez moi après la partie pour prendre un verre de thé glacé, papoter et nous relaxer.

Mais le jeudi 7 mai, je ne jouais pas au tennis. J'avais un peu de jardinage à faire. Nous avons une haie près de la route, et j'avais essayé de faire pousser quelques rosiers grimpants pour la recouvrir et avoir un parterre fleuri du côté de la maison. C'était donc ce que j'étais en train de faire ce matin-là à dix heures. Je portais un short de coton qui avait connu des jours meilleurs, de vieilles sandales de tennis sans chaussettes, une blouse à carreaux avec un bouton qui manquait dans le bas, un chapeau de paille à larges bords. Je portais une genouillère, je portais des gants de travail, je creusais avec une truelle et je jetais des mauvaises herbes et des déchets dans un panier.

J'étais plongée dans cette occupation, transpirant à seaux mais satisfaite, lorsque j'eus le sentiment d'être observée. Je levai les yeux et je vis un homme qui se tenait debout dans la rue, de l'autre côté de la haie, et qui me regardait. Il était jeune, avec de longs cheveux bruns mal soignés, et il n'était pas lavé. C'était comme s'il s'était à peine débarbouillé dans les toilettes de quelque restaurant fast-food.

Ses vêtements étaient poussiéreux aussi, comme s'il avait marché longtemps sur la route. Il était vêtu d'une chemise de flanelle à carreaux, à longues manches, et d'un bleu de travail. Il avait de grosses chaussures de marche, je pouvais voir ses pieds à travers les poteaux de la haie. Et peut-être parce qu'il me manquait un bouton, je remarquai que la manche droite de sa chemise à carreaux était déchirée.

En levant les yeux, j'avais ouvert la bouche toute grande. A dire vrai, j'ai failli crier. Ce n'était pas seulement parce que je ne l'avais pas entendu approcher et que j'avais été surprise, et ce n'était pas non plus parce qu'il s'agissait d'un inconnu que je n'avais jamais vu auparavant, mais il y avait dans son regard, dans la manière dont il vous regardait, quelque chose d'effrayant. C'était comme s'il transperçait vos vêtements. Je sais qu'on parle d'hommes qui regardent une femme en la déshabillant, et ils le font aussi souvent que le disent les psychiatres et les psychologues, mais si vous êtes une femme, la plupart du temps, vous ne vous en rendez pas compte. Ou du moins, quand ils le font, ça ne se lit pas dans leurs yeux, ou si c'est le cas, ils le font quand vous regardez ailleurs.

Mais le regard de cet homme et la manière dont il vous observait avaient quelque chose de direct et d'effronté. J'ai une bonne trentaine d'années, et ce jeune homme ne devait pas en avoir plus de vingt-cinq et la façon dont il me regardait m'intimidait énormément, à cause de mes jambes nues et surtout de ce bouton qui manquait à ma chemise. Bien sûr, je portais un soutien-gorge. Je ne sors jamais de la maison sans le mettre, même dans mon propre jardin. Mais son regard me donnait envie de toucher la fermeture de devant pour être sûre que je le portais. Mais c'était justement là qu'il regardait, de la manière la plus effrontée qui soit.

— Oh, fis-je.

Il sourit et dit qu'il n'avait pas voulu m'effrayer. Mais il venait d'arriver en ville, il sortait tout juste de l'autoroute, et il ne savait pas où se trouvait Williams Street. J'étais très énervée. Je me levai en disant que je ne connaissais pas cette rue.

Il dit qu'il cherchait une famille du nom de Durham qui habitait Williams Street. Et pendant tout ce temps, il ne cessait pas de... je ne trouve pas d'autre mot pour le dire... de me reluquer.

Je dis que je ne pouvais pas l'aider. Il me demanda alors de regarder dans l'annuaire du téléphone, car il devait absolument prendre contact avec eux. C'était important.

Je n'avais pas envie de lui tourner le dos, à dire vrai. Et je ne tenais absolument pas à avoir affaire à lui, mais je ne savais que dire. Je me sentais coincée. Il ne m'avait rien fait, il ne m'avait pas menacée, ni rien, je pouvais donc difficilement être impolie. Après tout, il était possible qu'il dise la vérité. Je déclarai donc que j'allais regarder et je me retournai pour gagner la maison. Je laissai la porte ouverte pour bien lui montrer que j'allais revenir tout de

Vous parlez d'une paroisse.   2.

suite, mais il prit apparemment cela pour une autre sorte d'invitation, car j'avais à peine atteint l'annuaire du téléphone qui se trouvait à côté de l'appareil dans la cuisine que je le trouvai derrière moi.

Je venais de prendre le volume, et je trouvai extrêmement frustrant qu'il soit entré dans la maison sans y être invité. J'avais envie de lui dire de sortir immédiatement, mais il était tellement grand et tellement près de moi que je me suis dit... Ma foi, je ne sais pas ce que je me suis dit, mais j'ai dû imaginer qu'il pourrait me violer et cambrioler la maison. J'avais les genoux en flanelle, la gorge sèche, et je ne pouvais proférer le moindre mot. Je tins seulement l'annuaire à moitié ouvert.

Il s'est contenté de sourire et de regarder autour de lui.

— Vous avez une jolie maison, dit-il. Vous vivez seule ?

Tout ce que je pus dire, ce fut « non », et je me mis à feuilleter l'annuaire aussi vite que je pus. Et, bien entendu, il n'y avait pas de Durham, et pas de Williams Street non plus. J'étais sûre qu'elle n'existait pas, et j'ai parcouru le plan des rues pour m'en assurer.

Lorsque je le lui dis, il me reluqua à sa façon et il regarda de nouveau autour de lui comme pour chercher la chambre à coucher. Je ne lui laissai pas l'occasion d'en dire davantage.

— Désolée, fis-je, on vous a donné une fausse adresse.

Je passai devant lui pour gagner la porte ouverte, d'où je pouvais crier avec une chance d'être entendue s'il ne sortait pas.

Mais il ne fit aucun embarras. Il sortit immédiatement de la maison et regarda autour de lui vers les

34

autres maisons et vers le paysage. Revenu à la haie, il franchit la grille, me sourit encore une fois, me remercia très aimablement et s'excusa de m'avoir dérangée en ajoutant que, oui, on lui avait probablement donné un mauvais nom, ou qu'il n'était peut-être pas dans la bonne ville.

Ensuite, au lieu de retourner d'où il était venu, vers l'Interstate 95, il est parti dans l'autre direction, vers Siddons Street, en direction de la ville. Je sais que tout cela n'a rien à voir avec Sally Anders, et vous voudriez que je vous parle de la dernière fois que je l'ai vue, mais ce qui est arrivé avec cet étrange grand jeune homme m'a secouée pour le reste de la matinée. Toute ma journée en a été troublée. Je n'avais plus envie de travailler dans le jardin. Je remis mes affaires de côté, pris un long bain chaud et préparai le déjeuner. Mais pendant tout ce temps, je me suis demandée où il était allé, et j'ai hésité à appeler la police.

Vers une heure, j'ai décidé que c'était ce qu'il fallait faire. L'histoire de ce type était manifestement fabriquée, et à la manière dont il avait examiné l'intérieur de la maison, la télévision et tout, j'étais certaine qu'il avait étudié l'endroit avec l'idée de nous cambrioler.

Je téléphonai donc à la police. Je ne l'avais encore jamais fait, mais le lieutenant, le lieutenant Hanlon, fut tout à fait aimable et ne se moqua pas de moi. Il écouta très posément, me demanda à quelle heure c'était arrivé et me fit décrire l'homme. Puis il voulut savoir pourquoi j'avais tant tardé à téléphoner. Je ne croyais pas que cela avait de l'importance, mais il me dit que si j'avais appelé tout de suite, une voiture de police aurait pu l'intercepter pour lui demander ce qu'il voulait.

Mais pour en revenir à Sally, je devais assister à

l'église à une réunion du comité des paroissiens qui se tenait au presbytère à quatre heures. Je suis présidente et nous sommes cinq : deux autres femmes et deux hommes. La réunion dura jusque vers cinq heures, et quand elle s'est terminée et que je suis remontée dans ma voiture — que j'utilise une fois qu'Edward est rentré de l'école —, je vis Sally et Peggy qui sortaient de l'église et je les ai fait monter. Elles habitent toutes deux State Street, juste après la place, et franchement, je ne croyais pas que mon offre les intéresserait, mais elles voulaient aller chez Fergusson, la boutique de chaussures et de vêtements sur la Nationale n° 1, et c'était sur mon chemin.

Normalement, je devrais vous dire ce qu'il y a eu de particulier dans leur comportement à cause de ce qui est arrivé plus tard. Mais il n'y a rien à en dire, du moins pour autant que j'aie pu en juger. Peggy avait l'intention d'acheter une paire de chaussures, et Sally l'accompagnait. Elles ont parlé d'un film que Peggy allait voir, mais Sally ne pouvait pas y aller parce qu'elle avait un baby-sitting cette nuit-là. Je me souviens qu'elle a dit que c'était chez les Parker. Elle dit qu'elle allait mettre les gosses au lit et faire ses devoirs pendant que Peggy serait au cinéma et prendrait du bon temps. Et elle demanda si un certain garçon — désolée, mais je ne me souviens pas de son nom — serait là. Je ne pourrais pas dire non plus qu'il s'agissait d'un garçon auquel s'intéressait Sally ou si c'était un ami de Peggy. Désolée.

Mais je ne crois pas que ce soit ça qui est important, si vous voulez mon avis. Après ce qui est arrivé à Sally, je ne peux cesser de penser à cet homme étrange et effrayant qui m'avait surprise près de ma haie. Je ne dis pas que ça ait quelque chose à voir. Je ne sais pas où il est allé après que je l'ai vu.

La police non plus, d'après ce que j'ai entendu dire. Mais ce qui est arrivé à Sally n'est jamais arrivé dans cette ville auparavant, aussi dois-je tenir compte de tout ce qui a pu se produire d'anormal.

JEUDI 7 MAI

PAMELA PARKER

Sally Anders était notre baby-sitter depuis deux ans, depuis qu'elle avait quatorze ans. Avant elle, nous en avions évidemment eu deux autres car Richard a déjà quatre ans. David en a deux et demi, et il n'a jamais connu d'autre baby-sitter. Evidemment, il arrivait que Sally ne soit pas libre, et nous devions prendre quelqu'un d'autre. Mais David était fou de Sally. Elle jouait avec lui et n'arrêtait pas de le cajoler. Elle adorait les bébés. Elle aimait tous les enfants, mais surtout les bébés. Je me souviens de la première fois qu'elle est venue. David, dans sa voiture, n'était qu'une toute petite chose. C'était l'après-midi et Charlie et moi devions aller à un pique-nique. C'était une fête de charité pour le Parti Républicain. Charlie est militant actif — en fait, il appartient à la Commission de la Police. Aussi devait-il y aller.

C'était la toute première fois que nous allions confier David à une baby-sitter. Comme Richard était plus âgé, il y était habitué. Sally arriva, venant de State Street qui n'est guère qu'à cinq ou dix minutes de marche. Je la vis arriver sur la route et s'engager dans notre allée de graviers semi-circulaire. (Notre maison est, en effet, située un peu à l'écart.) A cette époque, elle portait deux tresses sur la nuque. Elle était vêtue d'une jupe à carreaux, d'une blouse de coton, d'une petite veste bleue. Elle sautillait d'un air heureux et ses tresses se balançaient. Je ne pus m'empêcher de penser qu'elle faisait un joli tableau.

Elle entra et je l'emmenai dans le patio où David se trouvait dans sa voiture, couché sous sa couverture qui ne laissait apparaître que son visage. Elle avait eu un regard plein d'admiration, comme si les bébés étaient la chose la plus précieuse du monde, et elle avait demandé si elle pouvait le prendre. Je le sortis, ce qui le réveilla, et il se mit à pleurer. Mais dès le moment où Sally l'avait eu dans les bras et l'avait bercé contre son épaule en chantonnant, il s'était tu instantanément. Je dois dire qu'elle calmait David beaucoup plus vite que moi. Elle avait la manière de le prendre. Je pense qu'en voyant ça, j'ai décidé que Charles et moi avions trouvé une baby-sitter permanente. Nous espérions que l'envie ou le besoin ne lui en passeraient pas avant que les enfants ne soient devenus assez grands pour être laissés à eux-mêmes.

Mais naturellement, ce que vous désirez savoir, c'est ce qui s'est passé la nuit du 7 mai. C'était un jeudi, tellement ordinaire que votre esprit n'enregistrait rien de ce qui se passait, sauf plus tard, lorsque vous alliez découvrir qu'il ne s'agissait pas d'un jour ordinaire. Alors, vous vous torturez le cerveau pour essayer de vous rappeler ce qu'il y avait eu ce jour-là de significatif, ce qui avait été différent ou bizarre au cours de ces heures. Et je ne vois pas ce qu'il y a eu de bizarre. Sauf à partir du moment où nous sommes rentrés à la maison.

Je vais essayer de vous raconter tout ça le mieux possible. Nous devions aller au concert avec les Whiteside, Faith et Bill. A New Haven, au Woolsey Hall. Depuis des années, nous prenions tous les quatre un abonnement pour la saison, et généralement, nous nous retrouvions chez les Whiteside qui habitent un peu plus haut, de l'autre côté de Peach Lane, qui court à flanc de colline à côté de notre maison. Le concert commence à huit heures trente, aussi aimons-nous que Sally arrive à sept heures, ce qui nous laisse le temps de remonter à pied chez les Whiteside. De là, nous partons tous les quatre en voiture. En partant vers sept heures trente, nous avons tout le temps d'arriver à Woolsey Hall, de trouver une place de parking et d'arriver au concert sans nous presser. Pas besoin de courir.

Sally était arrivée ponctuellement à l'heure. C'était une des choses qui étaient bien chez elle. De plus, sans compter qu'elle aimait les enfants et qu'elle les soignait bien, elle n'allait jamais s'enfermer dans le bureau pour écouter de la musique rock avec un casque sur les oreilles sans se préoccuper des détecteurs d'incendie, du téléphone ou des pleurs des enfants. Elle s'amenait toujours avec un tas de bouquins et après s'être assurée que les enfants étaient bien couchés, elle s'installait à la table de la salle à manger, sous le lustre du plafond qui éclaire très peu parce qu'il est fait de bougies électriques qui sont plus décoratives qu'efficaces, et elle faisait ses devoirs. Quand elle les avait finis, elle s'installait souvent sur le divan pour lire jusqu'à notre retour. Je m'inquiétais toujours de lui voir faire ses devoirs sous une aussi mauvaise lumière. Je me disais : « Toi, ma chère Sally, tu porteras de fortes lunettes avant même de t'en apercevoir, et tu te demanderas pourquoi. »

40

Mais j'avais tort. Elle n'a jamais porté de lunettes, et maintenant elle n'en portera jamais.

Le concert était... Franchement, je ne me souviens pas de ce qu'il y avait au programme, mais c'est de cela que nous parlions pendant que nous rentrions à la maison. Vous pouvez appeler Bill et Faith. Ils ont un exemplaire du programme, et ils pourront vous dire exactement ce qui a été interprété.

Le concert s'est terminé vers dix heures trente, ce qui était l'heure habituelle. Nous sommes tous retournés chez les Whiteside où nous sommes arrivés vers onze heures. Charlie et moi sommes restés prendre un verre de vin, puis nous sommes repartis à pied pour la maison. Je n'ai pas noté l'heure, mais il devait être entre onze heures trente et onze heures quarante-cinq.

Bon, voici ce que vous désirez savoir, tout ce que nous avons vu et ressenti.

D'abord, Peach Lane n'est pas éclairée dans le haut de la colline. Dès que nous quittons l'allée des Whiteside, en dehors de l'éclairage de leurs projecteurs, nous nous retrouvons en pleine obscurité jusqu'au moment d'atteindre la lumière de notre grange. De là, nous pouvons descendre la pente de notre jardin depuis la grange jusqu'à la lumière extérieure du patio. C'est pourquoi nous prenons toujours avec nous une torche électrique lorsque nous allons chez les Whiteside dans l'obscurité. Cette fois, nous l'avions oubliée parce qu'il faisait encore jour quand nous étions partis pour le concert.

En sortant de chez eux, nous avons fait quelques pas et je me suis rendu compte que nous n'avions pas de torche. Faith est rapidement retournée dans la maison pour aller nous en chercher une. Nous nous en sommes servis pour rentrer à la maison qui, en ligne droite, se trouve à moins de cent mètres. Mais il faut bien en ajouter cinquante si, en sortant de leur allée, nous empruntons Peach Lane pour gagner notre grange, puis notre maison.

La première chose qui nous a semblé anormale lorsque nous nous sommes approchés de la maison, c'est qu'il n'y avait pas de lumière dans le patio. En réalité, il n'y avait de lumière nulle part. Sally faisait toujours très attention à l'éclairage. Elle n'allumait pas les lampes qui ne lui étaient pas nécessaires. Elle avait été élevée selon l'adage : « Les économies protègent du besoin. » Lorsqu'elle venait chez nous pour garder les enfants, elle n'utilisait que le salon et la salle à manger et elle éteignait le lustre de la salle à manger quand elle passait dans le salon. La télévision se trouvait dans la pièce de derrière, après la cuisine et la blanchisserie — nous l'appelions « la salle d'armes » parce qu'un propriétaire précédent y avait exposé sa collection de fusils et de revolvers. Mais Sally ne regardait pas notre télévision. Elle estimait qu'elle se trouvait trop loin pour pouvoir entendre les enfants. Et en outre, elle avait presque toujours des devoirs à faire.

Mais la lampe du patio était éteinte et le salon obscur. Je me souviens d'avoir dit à Charles, en riant, mais avec un peu d'inquiétude :

— Qu'est-ce qu'elle fait ? Elle pique un roupillon ?

— Une coupure de courant, dit Charles. (Puis il ajouta :) Mais la lumière de la grange est allumée.

Nous avons découvert ensuite que la porte qui donne du patio dans la cuisine était grande ouverte. La porte grillagée était en place, mais elle n'était pas verrouillée. Dans notre ville, on ne ferme pas les portes à clé. Nous n'avons jamais dû le faire jusqu'à présent, mais maintenant, il est peut-être temps de mettre des verrous partout, de ne pas laisser la voiture dans l'allée sans fermer les portières à clé, ni même au centre commercial. N'allez plus faire vos courses sans boucler toutes les portes et les fenêtres.

Voilà où on en est arrivé, je pense, après ce qui s'est produit. J'aurais peut-être dû insister pour que Sally s'enferme dans la maison quand elle était seule avec les enfants. Mais nous, nous ne le faisions jamais. En ville, personne ne le faisait.

Donc, la porte arrière de la cuisine était largement ouverte. Charles entra le premier. Il fit jouer l'interrupteur, et la lumière jaillit. Il n'y avait pas de coupure de courant. Les lumières avaient toutes été éteintes.

Je passai la première et allumai celles de la salle à manger. J'étais ennuyée, et j'allais exiger une explication. Charles était tout disposé à me laisser passer devant. Je crois qu'il n'aurait pas su comment lui faire des reproches. Elle avait toujours été si aimable, si agréable, si jeune, si mignonne. Les hommes ne savent pas comment s'y prendre pour gronder une jeune fille innocente et sensible. A dire vrai, je pense que tout ce qu'ils voient en elle, c'est le sexe. Et quand ils doivent affronter le sexe, ils ne savent pas comment se comporter.

Je n'avais pas l'intention de me montrer dure avec Sally. Si j'étais étonnée qu'elle ait éteint toutes les lumières, j'étais tout aussi certaine qu'elle allait me fournir une explication parfaitement rationnelle. Je savais que quand elle était dans la maison, il ne pouvait rien arriver de fâcheux aux enfants, et ça, c'était évidemment ce dont je me souciais d'abord. A dire vrai, je ne pensais même pas aux enfants, et je ne me demandais pas s'ils étaient bien ou non. Je savais qu'ils l'étaient. Sally y avait certainement veillé. Mon seul souci était de savoir pourquoi Sally avait laissée ouverte la porte de la cuisine et pourquoi elle avait éteint toutes les lumières.

Je me suis d'abord rendue dans le salon où j'ai allumé la lampe la plus proche. Charles me suivait, et bien que je ne puisse pas voir son visage, je pourrais jurer de son expression. Il était « songeur ». Charles était quelqu'un qui songeait. Il n'allait pas s'écrier : « Quelque chose ne va pas ! Il faut agir immédiatement ! » Il allait bafouiller en se demandant ce qui avait pu arriver.

C'est pourquoi je dirigeais les opérations. Parce que je voulais savoir ce qui était passé par la tête de Sally. Je commençais à me demander si elle était bien la baby-sitter qui convenait à nos enfants.

Lorsque je découvris qu'il n'y avait personne dans le salon, la première chose que je fis fut de me rendre dans le bureau qui se trouvait après le hall d'entrée. Là aussi, la lumière était éteinte, et je sus, avant de l'allumer, que Sally n'y était pas.

C'est à ce moment-là que je décidai d'aller voir comment allaient les enfants. Si elle n'était nulle part ailleurs, elle ne pouvait être qu'avec eux. Je me précipitai donc vers leur chambre à coucher qui est située au premier étage, derrière l'âtre du salon et l'escalier, face à la salle de bains. Nous les faisons coucher là et nous dormons dans la grande chambre qui se trouve de l'autre côté du palier. Richard a son lit, et David est encore dans son berceau. Nous laissons toujours la porte ouverte de manière à pouvoir les entendre.

A ce moment-là, Charles m'avait rejoint et il est entré avec moi. Les fenêtres étaient ouvertes et en allumant la lumière, je sentis le souffle de l'air frais. J'étais sûre que Sally serait avec eux, que l'un d'eux s'était réveillé et avait pleuré et qu'elle s'était assoupie près d'eux.

Grâce à Dieu, ils étaient tous les deux sains et saufs et douillettement couchés. Ils dormaient profondément, David avec son pouce dans la bouche, une habitude dont je n'arrive pas à le débarrasser.

Mais il n'y avait aucune trace de Sally.

— Qu'est-ce qui se passe ? me souviens-je d'avoir dit. Où peut-elle être allée ?

Charles retourna vers le salon. Moi, j'ai donné un câlin aux deux garçons et j'ai resserré leurs couvertures. Vous n'imaginez pas le soulagement que peut éprouver une mère de savoir que ses enfants sont en sécurité, quoi qu'il puisse se passer d'autre. Je refermai leur porte et quand je suis redescendue, Charles me montra du doigt les livres de Sally soigneusement empilés sur la table de la salle à manger.

— Voilà ses livres ! dit-il. Je n'y comprends rien.

Charles pensa qu'elle était peut-être montée dans une des chambres d'en haut pour aller faire un petit somme. Je répondis qu'elle n'aurait jamais fait ça. Elle n'était pas du genre à pénétrer dans les chambres où elle n'avait que faire. Elle n'avait jamais farfouillé dans les tiroirs de ma commode ou, par exemple, regardé dans ma boîte à bijoux. Elle était trop respectueuse des droits et des biens des autres.

Mais Charles monta pour s'en assurer. Il grimpa l'escalier quatre à quatre et je me rendis compte qu'il commençait à s'alarmer. Là-haut, nous avons trois chambres et une salle de bains, plus ma petite pièce qui communique avec notre chambre à coucher. Il y a également à l'arrière une chambre de réserve qui surplombe la « salle d'armes » et qui a son propre escalier.

Il les parcourut rapidement toutes et puis il cria d'en haut :

— Elle n'est pas ici !

— Qu'allons-nous faire? voulus-je savoir tandis qu'il redescendait en toute hâte. Où peut-elle bien être?

Tout ce que fit Charles, ce fut de secouer la tête. Puis il décida d'appeler les Anders pour voir si elle n'était pas rentrée ou si elle avait dit ce qu'elle comptait faire.

Il put toucher Jim Anders. A ce moment, il était minuit moins le quart. Jim répondit qu'il n'était au courant de rien. Tout ce qu'il savait, c'est que Sally n'était pas à la maison. Et il appela Jane au téléphone, mais Jane ne savait rien non plus. Elle se souvenait vaguement que Peggy Bodine était allée au cinéma ce soir-là mais, selon elle, Sally avait dit qu'elle ne pouvait pas l'accompagner parce qu'elle devait garder les enfants.

Nous ne pouvions plus croire qu'une chose, c'est qu'elle avait quitté les enfants pour aller au cinéma en projetant de revenir chez nous avant notre retour en faisant croire qu'elle n'était pas sortie. Cela ne ressemblait pas du tout à Sally. Mais en de telles circonstances, vous vous rendez compte que vous savez peu de choses sur les gens, surtout sur une adolescente.

Mais si c'était ça qu'elle avait fait, pourquoi n'était-elle pas revenue? La seule réponse qui nous vint à l'esprit était qu'il y avait peut-être eu un accident. Nous avons convenu tous les deux que ce scénario était un peu tiré par les cheveux, mais notre seule ressource était de téléphoner aux Bodine.

Je pensais que c'était aux Anders à les appeler. Après tout, Sally était leur fille. Mais Charles se sentait responsable, et il put toucher Marion Bodine. Il eut ensuite Peggy en ligne et celle-ci dit que non, que Sally n'était pas allée au cinéma, qu'elle devait garder les enfants, si bien que Peggy y était allée avec Susan Bobbit et avec Dorothy Carlson.

Charles essaya de rappeler Jim Anders, mais la ligne était occupée. Puis ce fut Jim qui l'appela. Il avait lui-même parlé avec Peggy, et il avait obtenu la même réponse que nous. Charles et Jim se sont alors mis à converser à voix basse, d'un ton grave, en se demandant ce qui avait pu arriver à Sally et ce qu'ils pouvaient faire pour essayer de la retrouver.

Ils ne pouvaient pas faire grand-chose. Ils songèrent d'abord à appeler quelques autres amies de Sally, mais il était déjà minuit et ils ne voulaient pas réveiller des gens qui ne savaient sans doute rien. Et comme Jim le fit remarquer à Charles, si quelque chose était arrivé à Sally, ceux qui l'auraient su lui auraient téléphoné à lui. Ce ne pouvait pas être l'inverse.

Le malheur, c'est qu'ils ne voyaient plus d'autre moyen. Ils ont parlé des endroits où elle aurait pu se rendre. Ils se sont même demandé si elle n'était pas allée dans un bar. Mais il était complètement idiot d'imaginer Sally se rendant dans un bar pour y ramasser un homme.

Finalement, Charles proposa d'appeler la police. Jim estima que c'était tout ce qui restait à faire. Charles proposa de les appeler lui-même. Comme il était membre de la Commission, s'il leur demandait de s'en occuper, ils le feraient. Mais Jim estima que c'était à lui de les appeler puisqu'il s'agissait de sa fille et il ajouta qu'il rendrait compte à Charles de l'entretien. Je me souviens d'avoir pensé, au moment où Charles raccrochait, qu'il était minuit cinq et qu'à cette heure-là, Sally aurait dû être couchée chez elle.

VENDREDI 8 MAI

CHARLES PARKER

Jim m'a rappelé à minuit quinze. J'étais à la cuisine, en train de nous préparer une tasse de café instantané. A ce moment-là, j'étais plutôt crispé. Je ne sais pas si je me faisais beaucoup de souci pour Sally. Vous savez comment ça se passe : il se produit quelque chose d'anormal, et vous ne savez pas comment c'est arrivé. Et le plus souvent, vous blâmez la personne parce que vous estimez qu'elle n'a aucun moyen de se justifier. Et puis la personne en question se présente avec une explication très simple qui répond à toutes les questions, et c'est l'explication à laquelle vous n'aviez jamais songé.

Je m'attendais donc à ce que Sally téléphone et nous explique très rationnellement pourquoi elle était partie en abandonnant les enfants. Sauf que j'ignorais ce qu'elle aurait pu expliquer.

A vrai dire, quand Jim a téléphoné, j'étais presque sûr qu'il allait m'annoncer que Sally était rentrée et que tout allait bien. J'étais à moitié certain que George McCrory, qui était de service de nuit, lui avait expliqué qu'elle s'était cassé la jambe dans les escaliers, ou quelque chose de ce genre, et que la police l'avait conduite à l'hôpital. Mais je sais que cela paraît ridicule. Ils n'auraient pas agi ainsi sans nous laisser un mot. Ce n'est pas ainsi que fonctionnent nos services de police. Mais je me croisais les doigts dans l'espoir que la police avait gaffé d'une manière ou de l'autre.

Mais en vérité, Jim me parut très grave. Je ne crois pas l'avoir jamais entendu parler aussi lentement et aussi calmement, mais avec une tonalité particulière qui révélait qu'il ne s'était encore jamais trouvé dans une telle situation, et qu'il était mortellement inquiet. Je veux dire qu'il n'a même pas essayé de me rassurer en affirmant que tout s'arrangerait. Je sentais bien qu'il appréhendait le contraire, que quelque chose de grave était arrivé à Sally, qu'elle avait été enlevée ou une chose de ce genre.

Et cela parce que le sergent McCrory n'avait été avisé d'aucune disparition ni d'aucune sorte d'urgence. Au contraire, il avait écouté avec attention ce qu'on lui disait, et il avait annoncé qu'il allait alerter les voitures de patrouille et diffuser la nouvelle.

Je dis à Jim que, selon moi, ils la trouveraient très vite une fois que les instructions auraient été données et qu'elle ne pouvait être allée très loin. Puis je téléphonai moi-même à George pour savoir ce qu'il en pensait.

George n'avait pas une opinion très précise. Il dit qu'il avait interrogé M. Anders pour savoir si elle avait déjà eu des velléités de fugue, si elle avait des aventures avec des garçons ou s'il était question de drogue. M. Anders avait tout démenti en bloc, mais George était presque certain qu'il s'agissait d'un problème de drogue. Il n'avait pas insisté auprès d'Anders. Les parents sont généralement les derniers à savoir ce que font leurs enfants, me dit-il, et il me demanda ce que je savais. Je n'avais jamais entendu dire qu'elle prenait de la drogue. Et la police non plus. Celle-ci a généralement des renseignements sur les gosses de la ville qui se droguent. Puis il me révéla quelque chose qui le tarabustait. Il avait reçu deux rapports sur un inconnu qui se baladait en ville. L'un émanait de Dorothy Meskill qui n'habite qu'à deux ou trois cents mètres de chez nous, en haut de North Ferry Street. Elle avait signalé sa présence vers une heure. Son aspect et ses manières l'avaient inquiétée, mais elle avait ajouté qu'il était reparti à gauche en direction de Siddons Street, et non dans notre direction vers le bas de North Ferry. Mais il avait parfaitement pu revenir plus tard sur ses pas pour essayer de nous cambrioler.

L'autre rapport venait de Millie Stone, à State Street. Elle avait trouvé le même homme dans son jardin, et lorsqu'elle lui avait demandé ce qu'il voulait, il avait répondu qu'il cherchait un nommé Durham qui habitait, croyait-il, à cette adresse. Elle lui enjoignit de s'en aller, mais il ne se pressa pas et se montra même insolent. Lorsqu'il partit finalement, il franchit sa haie pour pénétrer dans le jardin de la propriété des Fowler située à Church Street. Elle adressa une plainte à la police dix minutes plus tard, à deux heures quarante, et une voiture de patrouille avait été chargée de le rechercher dans les environs, mais on ne le découvrit nulle part.

George fit remarquer que les Anders habitent State Street et que l'inconnu avait pu apercevoir Sally à un moment donné de cet après-midi, et qu'il avait pu la suivre. Il n'y avait évidemment aucune preuve que les choses s'étaient passées ainsi, et si on l'avait enlevée chez nous de force, il y aurait eu des indices. C'était l'avis de George, et il avait confié l'affaire à l'inspecteur Harris en lui demandant d'entamer une enquête.

VENDREDI 8 MAI

INSPECTEUR JACK HARRIS

Le sergent m'a appelé — le sergent McCrory — à minuit et demi selon le registre. J'ai répondu, et il m'a mis au courant. Sally Anders avait disparu.

Je connais Sally. Je sais qui elle est. Nous habitons une petite ville, avec un collège peu important, et ma fille Katie est un an derrière elle.

J'ai reçu cet appel m'annonçant qu'elle avait disparu et cela m'a retourné les tripes. Je ne sais pas comment expliquer ça. Je ne suis pas devin, je ne crois pas aux perceptions extra-sensorielles, ni aux « vibrations » ni à rien de tout ça. Mais j'ai eu le sentiment d'une catastrophe. Sans doute parce qu'il y a tellement longtemps que je suis flic. Tout ce que je sais, c'est qu'un frisson m'a parcouru et que je me suis dit : « Ça, c'est mauvais ! » C'est une chose courante. Quand quelque chose va mal avec certaines gens, vous savez qu'il n'y a pas lieu de s'en faire. Ça fait partie du cadre de leur existence, et ils en sortiront comme une fleur. Et puis, il y en a d'autres dont vous savez qu'il n'arrive jamais rien de mal dans leur vie. Quand vous apprenez que quelque chose a mal tourné chez eux, vous *savez* que vous pouvez vous attendre au pire. Ne me demandez pas pourquoi : vous le savez, c'est tout. S'ils ne

51

rentrent pas à l'heure à la maison, ce n'est pas parce qu'ils sont allés se flanquer une cuite ou qu'ils ont en secret un petit ami ou une petite amie quelque part. Vous savez qu'ils sont rentrés dans un arbre, qu'ils ont été renversés par un chauffard ivre, qu'on les a volés, qu'on les a violés ou qu'on les a tués. Car sans cela, ils seraient chez eux comme il se doit.

Et Sally Anders était de ces gens-là.

Je m'habillai aussi vite que je pus et je réveillai Ethel pour lui annoncer que je devais partir. Elle était somnolente et ne me demanda pas pourquoi. Elle avait appris depuis longtemps à ne jamais demander pourquoi, du moins si elle a envie de rapidement se recoucher.

Je ne me rendis pas au quartier général. Je filai directement chez les Parker. La montre de la voiture affichait 12:45, et je le notai dans mon calepin. Je note toujours les heures et le nom des gens.

Toutes les lumières de la maison semblaient allumées. Il y avait même de la lumière dans la maison isolée qu'habite la vieille Mme Tyler de l'autre côté de la route. La Lincoln des Anders et une de nos voitures de patrouille se trouvaient garées dans l'allée d'accès, et M. Parker attendait, debout dans la veranda.

Je grimpai les marches quatre à quatre et il me secoua la main.

— Grâce à Dieu, vous voilà ! dit-il. Vous allez peut-être pouvoir éclaircir tout ceci.

L'agent Gary Little se trouvait à l'intérieur, dans le salon, ainsi que Mme Parker, les Anders, les Whiteside et la vieille Mme Tyler qui était sourde et qui avait les cheveux tout blancs. Les gosses des Parker, Richard et David, étaient debout également et Gary était en train de leur demander où était allée

Sally. Richard se frottait les yeux et David pleurait. Mme Tyler m'agrippa le bras et me dit qu'elle aurait bien voulu nous aider mais elle ne savait rien jusqu'au moment où M. Parker était venu frapper à sa porte.

Gary dit que les enfants ne se souvenaient de rien. M. Parker me montra les livres de Sally, soigneusement empilés sur la table de la salle à manger. Elle n'avait pas dû étudier, selon lui.

Je demandai si on avait entamé les recherches. Ils répondirent qu'on avait regardé dans le jardin et dans la grange, et qu'ils avaient crié son nom. Gary ajouta que les voitures de police patrouillaient sur les routes. M. Parker proposa d'appeler Ray Hunter qui habite à l'extrémité nord de la ville. Il élève des chiens. Il avait un limier qu'on pouvait lancer sur la piste. Je dis que cela valait la peine d'essayer. Franchement, je n'en voyais pas tellement l'intérêt, mais tout le monde était dans un tel état que je me suis dit que ça les occuperait.

Quant à moi, je ne me sentais pas à l'aise. Je n'aimais pas du tout l'aspect que prenaient les choses. Je pris Gary à part pour lui demander ce qu'il en pensait. Il est jeune, et pas depuis très longtemps dans la police, mais il a un bon jugement, et on peut compter sur lui quand on a besoin de s'appuyer sur quelqu'un.

Il dit qu'il n'était arrivé que cinq minutes avant moi et qu'il n'avait pas encore eu l'occasion de faire des recherches. Il avait l'air sombre. Il était aussi pessimiste que moi au sujet de Sally. Je le priai d'avoir l'air plus enjoué parce que son air lugubre n'arrangeait rien. Puis je dis aux autres d'attendre l'arrivée des chiens, qui ne tarderait plus. Pendant ce temps, Gary et moi irions fouiller les alentours.

Jim Anders voulait nous accompagner, mais je lui

dis que j'aimerais qu'il reste là pour calmer les autres et veiller sur Mme Anders. Et que je ne voulais pas que des tas de gens piétinent le terrain, au cas où il y aurait des indices.

Il ne désirait pas retourner à l'intérieur. Il voulait rester dehors et examiner les alentours. Il voulait être actif. C'était le cas de tout le monde. Mais il savait que je ne le laisserais pas venir avec moi — pour le cas où je la trouverais — et il finit par se laisser convaincre.

Je pris une lampe de poche dans la voiture et Gary et moi avons commencé à examiner le terrain. La pelouse qui entourait la maison était tondue jusqu'aux buissons de forsythia qui couvraient le mur de pierre du côté de Peach Lane, et vers le sud, dans la pente, jusqu'à la piscine. Au-delà, une prairie s'étendait sur un quart d'hectare et elle était couverte d'une épaisse végétation de printemps. D'après mes renseignements, Jimmy Kane la fauche pour eux deux fois par an pour en récolter le foin.

Les lumières du patio et de la grange éclairaient la pelouse et je n'y découvris rien de significatif. Le long de la pente, l'herbe touffue n'était pas assez haute pour avoir gardé des empreintes, mais c'est tout de même par là que j'entraînai Gary. Je ne sais pas pourquoi. Peut-être que l'herbe m'avait semblé couchée par endroits. Peut-être était-ce seulement mon instinct.

Nous avons parcouru le champ du bas dans tous les sens, jusque tout au bout, là où une ligne d'herbes folles et les restes d'une haie marquaient la limite des marécages qui s'étendaient au-delà. C'est là que ma lampe fit apparaître une tache blanche, quelque chose de différent de ce qu'on s'attendait à y trouver. Avant même de m'approcher, je sus qu'il s'agissait de la fille.

54

Gary était à côté de moi, près de mon épaule droite, lorsque nous sommes arrivés près d'elle. « Oh, mon Dieu ! », dit-il.

Je ne vais pas le lui reprocher. C'était le cadavre de Sally, qui avait été maltraitée à un point que je ne pourrais décrire. On n'aurait pas pu dire qu'elle avait les cheveux blonds : ils étaient rouges de sang. Et son visage ? Il n'en restait pas grand-chose.

C'est donc là que nous l'avons trouvée, le visage vers le ciel, à quelque soixante-quinze mètres de la maison, la tête fracassée, sans doute au moyen d'un marteau, et je sentis la nausée me gagner. Cela m'arrive chaque fois qu'il s'agit d'une personne jeune.

Sa blouse avait été arrachée et son soutien-gorge déchiré était enroulé autour de son cou. Elle portait des chaussettes de coton blanc tachées d'herbe et de sang. Elle avait perdu une de ses chaussures qui gisait à côté d'elle.

Elle portait une jupe blanche de coton imprimé qui était à moitié remontée sur ses cuisses, et je la soulevai assez pour voir qu'elle n'avait pas de culotte. A côté de moi, Gary étouffa un juron en s'efforçant de ne pas crier.

Je remis la jupe en place comme elle était et je le pris par le bras.

— Voici ce que nous allons faire, dis-je. Nous allons retourner vers la voiture et pendant que j'appellerai le quartier général par radio, vous allez retourner dans la maison et dire à M. Anders que je désire lui parler. Rien que M. Anders, personne d'autre... Puis vous reviendrez ici pour monter la garde près du cadavre. Il ne faut pas que quelqu'un s'en approche. Personne ne doit descendre dans ce pré, c'est bien entendu ? C'est votre mission jusqu'à ce qu'on vienne vous relever.

Gary hocha la tête et demanda :

— Vous allez lui dire, pour sa fille ?

— Ça, c'est *ma* mission.

— Grands dieux, je n'aimerais pas avoir à le faire.

— Si vous voulez grimper dans les rangs de la police, dis-je, vous allez devoir apprendre. Ça fait partie du métier.

VENDREDI 8 MAI

MARTHA HICKEY

La première chose que j'en ai su, c'est à deux heures et demie quand le téléphone a sonné. Comme Herb, mon mari, est le chef de la police, il est rare qu'on nous appelle la nuit.

Aussi, quand le téléphone a sonné en pleine nuit, qu'Herb a répondu en répétant plusieurs fois d'un ton calme « je vois, je vois » et qu'il a écouté avec beaucoup d'attention, j'ai tout de suite su qu'il ne s'agissait pas d'une erreur ou d'une méchante plaisanterie.

Alors, quand il a posé le téléphone, je me suis assise dans le lit, sans allumer, et j'ai voulu savoir ce qui se passait. Mais il n'a rien voulu me dire. Tout ce que j'ai pu en tirer, c'est :

— Je ne sais pas encore, mais il faut que je sorte. Toi, rendors-toi.

Et il s'est mis à s'habiller.

Moi, me rendormir ? Il devrait pourtant savoir, depuis le temps. Je le harcelai. La plupart du temps, j'arrive à lui tirer les vers du nez. Il essaie de me tenir à l'écart de son travail à la police. Il prétend que je ne peux pas plus garder un secret que pondre

57

des œufs en chocolat. Je lui réponds que je bavarde seulement avec les gens en qui je peux avoir confiance. Mais d'une manière ou de l'autre, j'arrive à lui arracher la vérité. Mais cette fois-ci, non. Tout ce qu'il a accepté de dire, c'est qu'il ne savait pas lui-même de quoi il s'agissait. Mais c'étaient évidemment des balivernes. Il n'allait pas sortir en pleine nuit sans savoir pourquoi.

Je m'étais dit qu'il serait de retour au bout d'une heure et que j'en saurais plus à ce moment-là. Aussi ai-je allumé les lumières, me suis-je fait du café et ai-je regardé la TV. Mais il était presque six heures et demie, je somnolais dans mon fauteuil et la TV n'était plus qu'un champ de neige quand j'ai entendu sa voiture dans l'allée.

Il est rentré. Son uniforme était tout de travers comme s'il ne s'était pas soucié de son apparence, ce qui n'est généralement pas le cas. Le poste de chef de la police est une chose importante dans cette ville, il le prend très au sérieux et désire donner le bon exemple.

Mais c'était surtout son visage. Il semblait avoir vieilli de dix ans, avec des rides que je n'avais jamais remarquées auparavant.

— Herbert, assieds-toi, dis-je. Je vais te faire du café.

Il se mit à l'aise devant la table de la cuisine. Je m'enveloppai dans mon châle car il faisait frisquet et je réchauffai le café.

— C'est une sale histoire, hein ? dis-je sans vouloir trop le bousculer. Tu retournes te coucher ?

Il secoua la tête. Il devait retourner au quartier général dès qu'il se serait lavé et rasé. Puis il m'a parlé. Je n'ai même pas eu à le demander. Il s'agissait de la fille Anders, me dit-il. Elle avait été assassinée pendant qu'elle gardait les enfants des

Parker. On avait retrouvé son cadavre dans le champ, derrière la maison.

Il était resté jusqu'au moment où l'ambulance avait emporté le corps. L'autopsie, dit-il, allait probablement se faire à Yale-New Haven. Il y avait des tas de blessures à la tête. A première vue, elle avait dû être frappée à coups de marteau. En ce moment, ajouta-t-il, il commençait à faire jour et plusieurs hommes s'étaient mis à fouiller les environs pour retrouver l'arme du crime. La morte ne portait pas de culotte et on supposait qu'elle avait été violée, mais il faudrait attendre le rapport d'autopsie pour en être sûr.

— A-t-on une idée sur le coupable ?

Je lui versai un peu de café, me servis aussi et sortis le lait du frigo. Je n'arrêtais pas de me dire qu'une chose pareille ne pouvait pas arriver ici. Pas dans un tel endroit !

— Oui, fit Herb. On a une idée assez précise. J'ai lancé toutes les voitures à sa poursuite, mais j'ai sérieusement l'impression qu'il doit déjà être à des centaines de kilomètres.

C'est alors qu'il m'a parlé de l'inconnu. Il dit qu'après qu'on avait emporté le corps, il était retourné au quartier général. L'inspecteur Harris avait déjà interrogé tout le monde chez les Parker et n'en avait rien tiré. Herb ne voulait pas que les voitures de patrouille tournent inutilement en rond en cherchant à ramasser tous ceux qui flânaient sur les routes ou qui conduisaient en état d'ivresse. Il voulait qu'on se fixe un point de mire.

Comme il le disait, ce n'était pas le genre de crime qu'aurait pu commettre quelqu'un de la ville et ce qu'il fallait chercher, c'était quelqu'un qui venait de l'extérieur, par exemple des voleurs arrivés de New Haven pour faire un coup et repartir aussitôt.

Mais on n'en avait pas signalé, du moins cette nuit. Seulement, il y avait deux rapports sur cet étrange et insolent homme blanc qui s'était arrêté devant la haie de Mme Meskill et plus tard dans le jardin de Millie Stone. La maison des Parker est située entre les deux, et les Anders n'habitent pas loin de Millie. On pensait que l'inconnu avait pu apercevoir Sally en ville et l'avoir suivie. En tout cas, c'était la meilleure piste et leur seul suspect.

Herb avait donc estimé qu'il fallait interroger Millie et Mme Meskill, et il leur avait envoyé à chacune un agent pour leur poser des questions sur l'inconnu et obtenir d'elles un signalement de l'homme le plus fidèle possible. En fait, on les ferait venir au commissariat dans la matinée pour qu'elles travaillent avec Betty Lumpkin, une artiste de la ville, afin d'établir un portrait-robot. Une fois en possession du dessin, Herb demanderait à Sam Walker, l'éditeur du *Shoreline News,* d'imprimer un document que l'on distribuerait partout.

Généralement, quand je récolte des cancans sur ce qui se passe en ville, je n'ai rien de plus pressé que de les répandre. J'ai une dizaine d'amies dans mon genre, et nous pouvons passer toute une matinée sans interruption à échanger des commentaires. Mais lorsque Herb repartit à sept heure et demie pour le quartier général, je n'avais aucune envie de parler des nouvelles que je venais d'apprendre. Elles me rendaient malade. Je voyais cette pauvre fille étendue sur une table d'autopsie à la morgue de l'hôpital de Yale-New Haven. Je n'ai jamais vu cette morgue, mais je pourrais vous la décrire. Et j'imaginais que le légiste ne tarderait pas à venir la charcuter. Et je pensais aussi à M. et Mme Anders. Je ne les connais pas, sinon de vue, avec un petit salut de la tête à l'occasion, mais ce sont apparemment des gens très bien qui n'ont jamais fait de mal à personne. Et les Parker ! Imaginez-vous ce que c'est que d'engager une jeune fille pour garder vos enfants et de découvrir, en rentrant chez vous, qu'elle a été assassinée dans votre propre maison ? Comme ils devaient se sentir *coupables*! Moi, j'en mourrais.

J'étais assise dans la cuisine devant une nouvelle tasse de café lorsque le téléphone sonna. Il était huit heures une, et c'était Emmy Daitch. Emmy est journaliste au *Shoreline News* et c'est une de mes bonnes amies. Herb n'apprécie pas du tout que nous soyons copines. Il prétend qu'elle n'est amie avec moi que parce que je lui parle des secrets de la police. Mais elle est sincère et loyale, et elle n'a jamais rien publié quand je lui disais de ne pas le faire. Herb est sceptique et il voudrait savoir pourquoi je lui raconterais des choses qu'elle ne publiera pas. Mais elle me répond que ce qu'elle sait sans pouvoir le publier l'aide à mieux comprendre ce qu'elle peut publier.

C'était donc Emmy qui m'appelait à huit heures précises. Je lui avais dit un jour, quand elle m'avait tirée du lit à sept heures et demie (c'était le jour de congé de Herb), tellement elle était acharnée à me tirer les vers du nez, que quand on sait se conduire on n'appelle pas les gens avant neuf heures du matin ni après neuf heures du soir. C'était une vieille tante qui me l'avait dit. Et qu'en aucune circonstance, même s'il s'agissait d'un tremblement de terre, elle ne devait m'appeler avant huit heures du matin. Elle avait retenu la leçon.

Elle avait évidemment entendu parler du meurtre et elle voulait tirer de moi tout ce que je pouvais lui dire. Le *Shoreline News* est un hebdomadaire et ne sortirait pas avant le jeudi suivant, mais le meurtre y serait relaté en détail, et elle voulait connaître tous les ingrédients internes pour pouvoir, comme elle disait, « façonner » son article.

Je lui racontai donc ce que je pouvais. Herb ne m'avait pas dit qu'il s'agissait de secrets. Mais Emmy en savait plus que moi parce qu'elle avait téléphoné au quartier général de la police pour tirer d'eux ce qu'elle pouvait, juste avant de m'appeler. Elle m'apprit qu'ils avaient trouvé l'arme du crime, dans le champ, non loin du lieu du crime. Et comme Herb l'avait supposé, il s'agissait bien d'un marteau. En réalité, dit Emmy, il s'agissait d'un marteau que Mme Parker avait laissé traîner sur la table de la cuisine. Elle avait accroché au mur une nouvelle horloge, et elle venait de finir quand Sally était arrivée. Elle avait oublié de remettre le marteau en place.

Lorsque Emmy eut raccroché, je me servis une nouvelle tasse de café et je me dis que je n'allais pas dormir davantage que Herb. Je n'avais d'ailleurs pas du tout sommeil. Il se passait trop de choses là-bas, et il fallait que je sois sur place.

A partir de neuf heures, il y eut d'autres coups de téléphone, et je ne sortis pas avant dix heures moins le quart. Herb s'était enfermé pour une réunion extraordinaire avec M. Parker et les autres membres de la Commission de la Police. Il y avait un camion de la TV et une équipe de New Haven avec des gars armés de micros, de caméras et de kilomètres de câbles, attendant de pouvoir enregistrer quelque chose pour le journal du soir.

Je demandai à Leo — le sergent Winch — ce qu'il y avait de neuf, et il parut embarrassé, avec tous ces reporters qui s'étaient approchés.

— Pas grand-chose, dit-il.

62

— On a retrouvé le marteau. Où ça ?

— Euh... dans le pré. Près de la limite de la propriété.

Il lança un regard en direction des types de la TV.

— On ne l'a pas encore identifié comme l'arme du crime.

— Il a été jeté depuis l'endroit où on a retrouvé le corps ?

Ce n'est pas pour rien que je suis femme de policier depuis vingt-huit ans.

— Euh... C'est possible.

— Le cadavre. A-t-elle été tuée là où on l'a retrouvée ?

— Euh... Je crois que vous devriez poser la question à votre mari.

— C'est à vous que je la pose.

— Euh... On croit que oui.

Comme je l'ai dit, ce n'est pas pour rien que je suis femme de policier depuis vingt-huit ans. Mais Leo était en train de transpirer et je le laissai aller.

Après ça, les types de la TV ont voulu me poser des questions. Je leur dis que je ne savais rien. Sans quoi, pourquoi aurais-je posé des questions moi-même ? Comme je l'ai dit, je raconte tout à Emmy parce que je peux lui faire confiance. Mais ces enfoirés de médias de la ville, ils éparpilleraient mes tripes s'ils pouvaient s'en emparer.

Je me rendis ensuite au supermarché. C'est là qu'on peut rencontrer les ménagères un vendredi matin. Et je suis l'une d'elles. C'est là qu'on récolte les cancans.

Comme vous le pensez, le niveau des décibels avait monté de dix points, et on ne parlait que du meurtre. On sentait les ondes de choc rebondir sur les murs. Tout le monde était secoué. Vous comprenez, ce sont surtout des femmes qu'on trouve là, et les femmes savent à quel point elles sont vulnérables — surtout dans des choses de ce genre. Ça nous fait paniquer. Tout au fond de nous, ça nous effraie à un point que vous ne pouvez imaginer.

Et elles étaient frénétiques. Celles qui me connaissaient ne le disaient pas, mais on pouvait entendre les autres. « Comment se fait-il que la police ne fasse rien ? » Le bruit s'était répandu qu'il y avait un inconnu en ville. A croire ce qui se disait, on l'avait aperçu partout. Il avait essayé de voler une bicyclette dans un jardin de Fair Street. On l'avait fait déguerpir d'une voiture garée dans Bishop Street. A en croire la production de l'usine à potins, on l'avait déjà vu et poursuivi une demi-douzaine de fois. Et vous pouvez parier qu'au cours de l'après-midi, on en arriverait sans mal à la douzaine.

Et bien entendu, il n'y avait que des civils à l'avoir aperçu. On n'avait vu la police nulle part. Des plaintes avaient été adressées par téléphone au commissariat. Quatre ou cinq, selon ce que déclarait une femme. « Et les flics n'en ont pas tenu compte. » C'était ce qu'elle disait.

— J'ai entendu dire qu'ils s'étaient lancés à sa poursuite, fit sa compagne, mais qu'ils n'ont pu le trouver.

— C'est bien eux ! répondit la première. En ville, tout le monde l'a vu, sauf les flics.

Je ne vais pas leur reprocher de râler. Elles étaient effrayées. Mais je n'aimais pas qu'elles mettent tout sur le dos de la police. Les flics avaient tenu compte de ces deux rapports. Ils étaient à la recherche de cet inconnu. Mais Mme Meskill n'avait déposé sa plainte que deux heures après l'événement, et on ne peut pas savoir jusqu'où un type peut aller en deux heures. Ça, c'est l'ennui avec pas mal de gens. Millie Stone avait été mieux. Elle avait réagi assez rapidement. Mais pas encore assez. Elle ne s'était pas précipitée tout de suite sur son téléphone. Et leurs descriptions ne valaient rien. Les hommes des voitures de police ne pouvaient rechercher que quelqu'un qu'ils ne connaissaient pas de vue et qui semblait ne pas être de la région. Et s'il ne désirait pas qu'on le repère, il n'aurait eu aucun mal à s'écarter de leur chemin.

Et puis, même si on l'avait repéré, il n'avait rien fait. Les hommes de Herb n'auraient pu que lui demander ce qu'il fabriquait en ville, ce qu'il voulait. Et si ses réponses ne leur avaient pas plu, tout ce qu'ils auraient pu faire était de le ramener aux confins de la ville et de lui dire de poursuivre sa route. Ces femmes, Millie et Mme Meskill, n'étaient certainement pas prêtes à porter plainte sous serment.

C'est ça, l'ennui. Les flics ne peuvent arrêter quelqu'un qu'*après* qu'il a commis un crime. Et ce n'est pas leur faute.

Mais ici, au supermarché, c'était à eux qu'on reprochait ce qui était arrivé à Sally.

Herb est rentré déjeuner à midi et demi. Il avait passé de durs moments. Il y avait d'abord eu cette réunion avec la Commission de la Police. M. Parker était vraiment bouleversé. Ils l'étaient tous, mais Sally avait gardé ses enfants, et il avait vu son cadavre. Il fait partie de la Commission et on ne pouvait l'empêcher de voir le cadavre s'il le voulait.

Ils avaient tous été là, dans la salle de réunion, à examiner la situation avec Herb, voulant savoir ce qui avait été fait pour rechercher cet inconnu. Herb leur avait dit qu'on avait alerté la police de huit Etats et que Millie et Mme Meskill allaient venir aider Betty Lumpkin à dresser un portrait-robot. Et bien

65

entendu, on fouillait tous les alentours. Et on avait examiné le marteau, mais il ne portait pas d'empreintes. Et les hommes de Herb allaient de porte en porte dans les parages où l'étranger avait été signalé, pour voir si personne d'autre que Millie et Mme Meskill ne l'avait aperçu.

Les membres de la Commission avait évidemment émis quelques idées farfelues, comme d'enquêter dans tous les arrêts de car de l'I-95 pour le cas où l'inconnu serait reparti vers l'autoroute pour y faire de l'auto-stop et monter dans un camion qui se serait arrêté là où il aurait pu s'acheter un sandwich. Ou comme de saupoudrer toute la maison des Parker pour y relever des empreintes. M. Parker n'appréciait pas plus cette idée que Herb. Il n'avait pas du tout envie qu'on répande de la poudre partout pour rien. Ces membres de la Commission lisaient trop de romans policiers. Ils croyaient qu'on laisse des empreintes sur tout ce qu'on touche.

Il avait donc fallu que Herb discute avec eux pour ne pas leur permettre d'immobiliser ses hommes à des tâches qui ne menaient à rien. Ensuite, il y avait eu un problème avec le portrait-robot de l'inconnu. D'abord, Mme Meskill et Millie n'avaient qu'un très vague souvenir, ensuite elles n'étaient pas d'accord. Elles ne s'entendaient même pas sur les vêtements qu'il portait, sauf qu'il avait une chemise à carreaux avec une manche déchirée.

Et puis, évidemment, il y avait eu les coups de téléphone. En ville, tout le monde téléphonait pour savoir ce qu'on allait faire, ou pour donner des conseils, ou pour se plaindre de ce qu'une aussi horrible chose ait pu se produire dans notre ville ou pour suggérer méchamment que l'on procède à la refonte de toute l'équipe de la police.

Pendant tout le repas, Herb n'a rien dit, mais je crois qu'il était rongé par l'idée que s'il ne mettait pas la main sur cet inconnu, cela pourrait lui coûter son poste.

VENDREDI ET SAMEDI 8 ET 9 MAI

EMILY DAITCH

Le vendredi est généralement un jour de congé pour les journalistes du *Shoreline News* sauf, bien entendu, quand un grand événement se présente. Comme l'affaire Sally Anders.

La première nouvelle m'en est venue par le moniteur qui retransmet tous les appels d'urgence destinés aux pompiers et aux services d'ambulance. Ce n'est pas le mien. A dire vrai, je ne tiens pas du tout à savoir instantanément ce qui se passe. Un hebdomadaire n'est pas comme un quotidien. Les scoops ne l'intéressent pas, et il n'a pas besoin d'être parmi les premiers informés.

Pour en revenir à ce jeudi soir, le moniteur appartient à mon mari, Bill. Bill tient beaucoup à recevoir les alertes d'incendie et les appels d'urgence. Il appartient au corps des pompiers volontaires de Crockford. A ce titre, il avait droit à un moniteur, et, croyez-moi, il l'a obtenu. Bill est aussi intéressé que moi par ce qui se passe en ville, sauf que ce sont les affaires qui regardent les hommes qu'il veut connaître, si vous voyez ce que je veux dire. Il veut être au courant de tous les incendies et de tous les accidents, où qu'ils se produisent, de toutes les horribles choses qui se passent, même — vous pouvez m'en croire — dans une petite ville comme la nôtre.

Moi, je ne m'en soucie pas. Ce qui m'intéresse, ce sont les gens. Je tiens à connaître leurs problèmes, leurs sentiments, leurs réactions. Bill est un sexiste. Il dit que mon travail est un travail de femme. Il dit que je veux savoir ce que les gens ont dans le corps, et il n'y a que les femmes pour s'intéresser à ça. Lui, c'est un mâle. Il dit que je ne dois jamais l'oublier (et croyez-moi, je ne l'oublie pas !). Il dit que la vie est faite de grabuges et de crises.

Et je peux vous dire qu'il sait comment s'y prendre avec les crises ! Il tient une boutique de spiritueux (cela ne semble pas grand-chose, mais la boutique de Bill est *la* boutique de spiritueux de la ville). Et il a été attaqué deux fois, par des drogués de New Haven. (Je pourrais leur donner un nom plus approprié, mais je ne le ferai pas). Mais aucun d'entre eux n'est reparti avec un sou. Bill a un revolver sous son comptoir. L'un d'eux ne marchera plus jamais. L'autre est en prison pour longtemps. (Ce qui de nos jours signifie « pour dix-huit mois ».) Je me fais du souci pour Bill, mais il en rit.

Mais ne tournons pas autour du pot : il sait affronter une crise.

C'est comme pour les incendies. Il se comporte comme un cinglé quand il combat un incendie. Vous pourriez croire que c'est Satan lui-même qu'il affronte. Je vous le dis, il ne vivra pas longtemps. Tu vas mourir, Bill, mon amour. Trop tôt, trop jeune.

Il a quarante-quatre ans. C'est plus que je ne l'aurais jamais cru. Ce stupide lourdaud cherche vraiment à se faire tuer. Comme la fois où il a sorti une gosse d'une maison en flammes. Elle avait deux ans et sa robe de chambre était en feu. Et il l'a sortie. Mais il n'avait plus de cheveux sur la tête.

Mais je dis n'importe quoi. Vous ne tenez pas à entendre parler de Bill, ni de moi, ni de Bill Jr, qui est ambulancier volontaire.

Ce qui est arrivé — et maintenant je vais essayer d'en venir au fait — c'est que Bill Jr (notre fils, vingt-quatre ans, célibataire, qui vit avec nous et qui loge dans notre cave que nous avons aménagée pour lui) a reçu un appel d'urgence.

Lui et Eddie Wald, l'infirmier qui l'accompagne, se sont retrouvés à bord de l'ambulance, derrière l'hôtel de ville, en moins de temps qu'il ne faut pour le dire.

Mais cette fois, ce n'était pas tellement important. Ce qu'ils ont conduit à l'hôpital de Yale-New Haven dans l'ambulance municipale, ce n'était pas un cas d'urgence, mais le cadavre d'une mignonne petite blonde qui appartenait aux juniors du collège. Il ne leur fallait ni sirènes ni lumières. Sally Anders était morte et ils ont conduit sagement. Ils n'allaient pas aux urgences pour la ranimer, mais à la morgue pour l'autopsie. Il s'agissait de savoir ce qui lui était arrivé et ce qu'on lui avait fait.

Mon Bill s'était levé dès que le moniteur avait émis son appel. La plupart des rapports sont sans importance, et tous ont le même signal. Mais celui des urgences est différent. Bill peut dormir toute la nuit sans être réveillé par les appels de routine pour un feu de broussailles, bien que le moniteur soit installé à côté de son lit. Mais qu'il y ait un appel d'urgence, il bondit comme les chevaux des véhicules d'incendie d'antan. Il se lève et il prend le mors.

70

C'est ainsi que j'ai su qu'il se passait quelque chose. Je ne peux pas dormir quand il commence ainsi à s'agiter. Peut-être y a-t-il en moi une curiosité semblable. Il a bondi dehors et je les ai entendus tous les deux en bas, Bill Jr et lui, au moment où Billy franchissait la porte.

Après ça, Bill n'a pu se rendormir. Il s'est assis au bord du lit et s'est mis à fumer des cigarettes en écoutant les rapports. Je me recouchai en attendant que Bill m'explique ce qui se passait et me dise si je devais me lever pour me rendre quelque part. Je ne pense pas être une très bonne journaliste, mais je ne dois pas m'occuper d'urgences comme Bill et Billy. Elles ne me touchent pas de la même manière.

Je n'ai donc connu les détails de l'affaire qu'à quatre heures et demie quand Billy et Eddie sont revenus de l'hôpital. Je les entendais dans la cuisine où ils prenaient le café avec mon Bill tout en discutant. Je suis descendue pour prendre le café avec eux et ensuite ils sont retournés se coucher. Mais pas moi. Pas après ce qu'ils avaient dit.

Tout ce qui me restait à faire, c'était de tuer le temps en attendant de pouvoir appeler Martha, vous savez bien, la femme de Herb, le chef de la police. Je devais attendre huit heures. Martha devient folle si vous l'appelez avant huit heures. On pourrait croire que la femme du chef de la police est habituée à recevoir des appels à n'importe quelle heure. Mais avec Martha, il faut que je sois prudente. Elle n'est pas quelqu'un qu'on a envie de se mettre à dos quand on est journaliste au *Shoreline News,* surtout que ça ne l'intéresse absolument pas de voir imprimer son nom dans le journal.

Si je devais raconter cette histoire comme il convient, par exemple pour le *Shoreline News,* je ne parlerais pas de tous ces détails accessoires. Je paraphraserais ce que j'ai écrit pour notre prochaine édition qui doit sortir le 14.

Mais aujourd'hui, nous ne sommes que le 8, et une bonne partie de ce que je vais vous raconter ne paraîtra pas dans le journal. Par exemple, l'autopsie.

Donc, nous sommes vendredi matin. J'appelle la police à huit heures moins dix parce que je ne peux pas attendre une minute de plus pour avoir des nouvelles. Je dois vous dire que je n'aime pas appeler la police. Ils me mettent mal à l'aise. Ils prennent des airs supérieurs et sont toujours terriblement avares d'informations. Peut-être parce que je suis une femme. Mais au moins, ils m'ont parlé du marteau. Ensuite, j'appelle Martha Hickey pour tirer d'elle tout ce qu'elle sait. Après ça, je fais ce qu'elle fait ce matin. Je circule pour poser des questions. Je suis mise au courant de ce mystérieux inconnu, et j'apprends que notre journal va imprimer — *gratuitement,* ce qui est un bon point pour Sam Walker, l'éditeur, qui vous vendrait son âme si le prix était intéressant —, que notre journal va donc imprimer le portrait-robot et un signalement du meurtrier qui seront diffusés dans tous les Etats de l'Est.

Le seul ennui, c'est que la police ne sait pas *qui* il est ni *où* il est.

Je connais Martha, je traite beaucoup avec la police et je crois que je les comprends. Aussi suis-je de tout cœur avec eux quand je vois le pétrin dans lequel ils se trouvent : l'adorable petite fille de l'une de nos *meilleures* familles (et si l'expression vous fait rire, c'est que vous ne comprenez pas cette ville) a été violée et assassinée alors qu'elle gardait les enfants d'une famille amie. La question qui vient

72

aux lèvres de toute cette communauté c'est :
« Comment une telle chose a-t-elle pu se produire
dans cette agréable ville ? »

« *Comment ?* » n'est pas difficile à deviner.
Depuis le milieu des années cinquante, l'I-95, l'autoroute du Connecticut, qui va des confins de New
York aux frontières de Rhode Island, a procuré non
seulement un accès facile aux professeurs de Yale
qui veulent habiter hors de la ville mais aussi une
voie de transit pour les camions, les caravanes et les
vagabonds dont certains estiment sans doute que
notre ville est pour eux un pays de cocagne.

Mais « *qui ?* », c'est autre chose.
Herb faisait ce qu'il pouvait en demandant à
Dorothy Meskill et à Millie Stone de lui fournir un
signalement de « l'inconnu ». Mais s'il avait compris
quelque chose aux femmes, il aurait dû savoir que ça
ne marcherait pas.

Jusqu'à présent, c'est à peine si Dorothy et Millie
se parlaient. Trois ans plus tôt, elles avaient toutes
deux fait partie pendant un trimestre de l'Association des Infirmières. Elles avaient eu des diver-
gences d'opinion et quand Dorothy avait remplacé
Millicent à la tête de l'association, Millie s'était
retirée.

Mais maintenant, elles se trouvaient face à face,
ce qui n'était pas pour les calmer.

Finalement, elles se sont entendues à contrecœur
pour dessiner les traits de l'inconnu qu'elles avaient
rencontré toutes les deux dans leurs jardins et qui
s'était grossièrement introduit dans leurs existences.
Elles tombèrent relativement d'accord sur ses vêtements — du moins en ce qui concernait une chemise
à carreaux avec une manche déchirée. Mais elles ne

s'entendirent pas sur ce qu'il portait d'autre ni sur l'aspect de son visage.

Le prospectus fut mis sous presse le vendredi après-midi, et vers la fin de la journée, il avait été emballé en liasses, prêt à être expédié aux journaux, aux postes de police, aux bureaux de poste et à une sélection de bars de toute la Nouvelle-Angleterre, de New York, de la partie supérieure du New Jersey et de la Pennsylvanie orientale. « Grâce à ceci, il sera rapidement découvert », avait déclaré Herbert à une réunion de citoyens effrayés et indignés qui avaient été spécialement convoquée à sept heures du soir dans un local du collège. Don Harding et Hugh McCormick, qui appartenaient tous deux à la Commission de la Police, étaient assis derrière lui sur l'estrade, l'air maussade, hochant lentement la tête en espérant que tout le monde croirait ce que Herb leur disait.

Charlie Parker, quoique membre de la Commission, était absent. Sa maison avait été le lieu du crime, et il n'était pas là. Peut-être n'osait-il pas se montrer. Peut-être était-il trop affligé. Peut-être...

Il n'était cependant pas chez les Anders. Et Pam Parker non plus. Je le sais pertinemment. Les parents des Anders étaient venus de tous les coins, ainsi que leurs voisins. Ils avaient amené des victuailles — de quoi nourrir une armée — et apporté leur réconfort. La chaleur du réconfort calme un peu la douleur. Et le soutien. Quand vous êtes frappés de la sorte, vous vivez dans un état de choc. Vous ne ressentez ni douleur ni chagrin. Seulement de la torpeur et de l'incrédulité. Ce n'est que quand les parents et les amis, les voisins et les sympathisants s'en vont que cette torpeur vous abandonne et vous réalisez alors que Sally ne rentrera plus jamais à la maison. C'est à ce moment-là que vous avez vraiment besoin de réconfort et d'assistance.

Apparemment, tous ceux qui n'étaient pas chez les Anders pour les aider comme ils pouvaient se trouvaient au collège pour écouter le chef de la police en espérant qu'il pourrait apaiser leurs craintes.

Excusez-moi si je vous parais amère, mais je suis une garce. J'écoutais et j'observais, et les citoyens en question qui remplissaient les deux tiers de l'auditorium du collège n'avaient pas fait le déplacement parce qu'ils étaient tristes pour Sally Anders. La moitié d'entre eux n'avaient jamais entendu parler d'elle. Ils s'inquiétaient pour eux-mêmes. « Si cela a pu lui arriver à elle, pourquoi me sentirais-je en sécurité ? » C'était cela qu'ils pensaient. Et je peux vous l'assurer, car les deux tiers de l'assistance étaient des femmes.

Mais les Parker n'étaient à aucun des deux endroits. Et ils n'étaient pas chez eux non plus. Ou s'ils y étaient, ils n'avaient pas allumé les lumières et ils ne répondaient ni à la porte ni au téléphone. Je crois qu'ils se cachaient. J'aurais dû vérifier, mais je crois qu'aucun d'entre eux, y compris leurs enfants, n'était en ville.

Pour moi, l'essentiel de l'affaire n'était pas de débusquer le meurtrier de Sally. Ce qui me paraissait important, c'était ce qu'on lui avait fait. Je ne prétends pas me poser en féministe ou en traditionaliste.

Mais...

Pour être franche, *j'ai horreur des violeurs*.

En raison de ce souci qui me poursuit, le viol lubrique des femmes, j'ai assisté à l'autopsie du cadavre de Sally. Ne me demandez pas à quel titre, ni quelles sont les ficelles que j'ai tirées. Et peu importe l'autopsie elle-même. J'en ai vu d'autres, et toute description, si elle ne sert pas à convaincre le lecteur qu'elle est faite par un témoin oculaire, serait hors de propos. La plupart des gens se sentent dégoûtés à l'idée de charcuter un corps humain pour aller voir ce qu'il y a dedans. Contentons-nous d'en arriver aux résultats.

Ce que l'autopsie a démontré — et j'en ai été témoin — c'est que Sally Anders avait été violée et battue à mort. Dans cet ordre.

Et que l'arme du crime était le marteau découvert dans les buissons.

SAMEDI 9 MAI

PEGGY BODINE

Des gens de votre âge qui meurent, même ceux que vous connaissez, ça n'a rien d'étonnant, si vous voyez ce que je veux dire.

De nos jours, nom d'un chien, ça n'est plus rien. Et ce n'est pas seulement dans les journaux, si vous voyez ce que je veux dire. Ça arrive tout le temps. Et je ne parle pas seulement de la *toute première* fois que c'est arrivé. C'était en troisième et Bobby Darrow est mort d'une méningite. Crénom, il était assis juste derrière moi dans la classe de Miss Rutledge. Il faisait des dessins dans ses cahiers pendant que Miss Rutledge parlait. Surtout des dessins de moutons. Enfin, je suppose qu'il s'agissait de moutons. Pour moi, ça ressemblait à des moutons, si vous voyez ce que je veux dire. Je l'admirais vraiment. Il me laissait bouche bée. Moi, je ne pourrais même pas tirer une ligne droite. Et il me montrait en catimini les choses qu'il dessinait, et nous devions nous assurer que Miss Rutledge ne regardait pas et nous pouffions tout bas. Je ne veux pas dire que j'étais amoureuse de lui, que j'avais le béguin pour lui ou rien de ce genre, si vous voyez ce que je veux dire. Nous rigolions ensemble parce que nous étions assis tout près l'un de l'autre. Et que pourrait-on faire d'autre à l'école quand quelqu'un comme Miss Rutledge vous apprend des choses ?

Il me racontait qu'il voulait devenir artiste quand il serait grand. Il dessinait Snoopy à la perfection. Il voulait faire une bande dessinée avec des moutons. Mais comme je l'ai dit, il a eu une méningite et on ne l'a plus revu à l'école. Nous, nous ne savions pas ce qu'il avait, seulement qu'il était malade, vous voyez ? Nous n'avons même pas su quand il est mort. L'institutrice a installé Ralph Mazzorati derrière moi, à la place de Bobby. Mais Ralph était un crétin, si vous voyez ce que je veux dire. Qui se serait amusé à se retourner pour parler à *Ralph* ?

Tout ça pour dire que la mort, ça n'a rien de spécial, si vous voyez ce que je veux dire. Depuis que je suis entrée au collège, il y a eu, nom d'un chien, au moins un adolescent par an tué dans un accident de voiture. Et je connaissais la plupart d'entre eux, du moins de vue. Vous voyez ce que je veux dire ? Vous vous *habituez* à voir mourir des gens que vous connaissez. Et je ne parle pas seulement des arrière-grands-parents ou de gens comme eux qui sont âgés de cent trente ans. Je parle de gens de quinze, seize, dix-sept ans... Surtout dix-sept ans. Vous avez entendu parler de ce crash l'an dernier ? Deux gars et deux filles, dix-sept ans, et le seul survivant était un frère de quatorze ans qui *conduisait* la voiture. Maintenant, il est paralysé de la tête aux pieds.

Donc, vous voyez, nous *vivons* avec la mort. Et je ne parle même pas des trois suicides qui se sont produits l'an dernier au collège. On n'en a même pas parlé dans les journaux. Mais les adultes ne peuvent pas nous cacher ce genre de choses, à nous, les gosses, en dépit de tous leurs secrets. Nous savons

78

mieux que leurs parents pourquoi ils l'ont fait. Crénom, les parents ne savent jamais rien du tout. C'est pour ça que les gosses se suicident. Enfin, c'est l'une des raisons.

Mais voyez comme je bavarde ! Mes profs seraient bien étonnés ! Eux, ils n'arrivent pas à me faire ouvrir la bouche.

Mais ce n'est pas de tout ça que je veux parler, si vous voyez ce que je veux dire. Je veux parler de ce qui est arrivé à Sally Anders et de la cérémonie que le dépôt mortuaire a organisée pour elle le samedi soir. Je crois que les catholiques appellent ça une veillée. Je ne sais pas vraiment comment l'appellent les protestants, même si j'en suis une. J'ai déjà dit adieu à un tas de copains et de copines de cette manière.

Comme pour les autres, vous voyez, ceux qui sont morts dans des accidents de voiture. Et il y a eu aussi deux overdoses dans notre école, mais personne n'est sensé le savoir, spécialement nous, les gosses. Sauf, bien entendu, que nous le savons tous. Il n'y a que nos parents qui ne savent foutre pas ce qui se passe tout en faisant semblant que oui. Et ils ferment la bouche dès que leurs enfants entrent dans la pièce. Comme s'il n'y avait qu'eux pour *cacher* ce qu'ils savent.

Mais Sally était différente.

La façon dont *elle* est morte — je veux dire qu'elle pourrait vous faire croire certaines choses. Vous savez, par exemple, la drogue, la boisson, la voiture, et que nous, les gosses, nous en passons tous par là, y compris le sexe. Je ne veux pas laisser de côté la question du sexe. Mais nous ne commençons à parler de sexe de nos jours qu'à cause du Sida. La grossesse, ce n'était pas tellement grave. La plupart du temps, ça n'arrivait pas. Je veux dire chez celles qui ont *un peu* d'intelligence.

Mais Sally n'est pas morte comme tous les autres dans cette ville. Elle était ma meilleure amie, et je l'aurais pleurée, quelle que soit *la manière* dont elle serait morte. Mais toute autre manière n'aurait pas été une telle surprise. Je veux dire, même s'il avait été question d'une overdose. Ça arrive dans notre école, si vous voyez ce que je veux dire. Il y a chez nous certains « éléments » qui s'adonnent à ce genre de trucs. Mais pas Sally, pas plus que moi, j'en jurerais.

Et même ainsi, vous voyez, j'aurais été *moins* surprise si j'avais appris qu'il s'agissait d'une overdose plutôt que d'un *meurtre*.

Un MEURTRE ? Et violée ? Eh bien, si on l'a tuée, à quoi pouvait-on s'attendre ? Pour quelle autre raison que parce qu'elle était une *fille* quelqu'un aurait-il pu tuer une brave gosse comme Sally ? *Le sexe, le sexe, le sexe !* Voilà ce que c'était, et je pourrais me mettre à pleurer. Etait-ce *sa* faute si elle était une fille ?

Mais c'est ça qui est terrible, si vous voyez ce que je veux dire. Qu'elle ait été tuée pour le *sexe*. On devrait *châtrer* ce salaud ! Moi, c'est ce que je ferais.

Très bien, oui, je m'égare. C'est dans ma nature, si vous voyez ce que je veux dire. Ce qui vous intéresse, c'est la cérémonie. Eh bien, ça s'est passé le samedi soir. De sept heures à neuf heures. J'y suis allée tôt — à sept heures moins le quart — avec Fritzie, avec Laura et avec Pat. Nous y sommes allés avec la voiture de Fritzie. Nous avons pris quelques pots avant d'entrer. Des trucs *forts,* mon vieux. Pas assez pour être pompettes, mais juste ce qu'il faut pour nous permettre d'affronter tous ces vieux avec leurs visages désespérés. Je veux dire que nous, les gosses, nous la connaissions. Elle faisait partie de *nous*. Elle nous manque à notre façon et nous n'avons pas besoin de prendre des faces de croquemorts comme tous ces adultes. Eux, ils ne la connaissaient pas. Même ses parents ne l'ont jamais connue. Nous étions les seuls qui pouvions vraiment communier avec elle. Mais pas pendant cette cérémonie, pas devant tous ces adultes. C'était leur spectacle et nous allions jouer leur jeu — prendre un air solennel, dire une prière, nous incliner ou faire un geste sur le cercueil, et aller nous asseoir tout au fond de la salle pour voir qui entrait et ce qu'ils faisaient.

Il y avait des fleurs partout. M. Salmon, le directeur des Pompes Funèbres Salmon, les plus importantes de la ville, nous a fait entrer même si nous étions trop tôt. M. et Mme Anders étaient assis avec Christopher dans la première rangée, devant le cercueil d'acajou, et tout ce qu'on sentait dans la pénombre de la pièce, c'étaient les fleurs. Les lumières brillaient sur le cercueil qui reflétait leur éclat, mais le reste de la pièce était sombre. Et Dieu merci, le cercueil était fermé. Vous voyez ce que je veux dire ? Je ne pense pas que j'aurais pu supporter de voir Sally morte. Surtout après avoir appris qu'elle avait été frappée à coups de marteau. J'ai assisté à des funérailles avant ça et j'ai vu des cadavres. Les gens des pompes funèbres les arrangent vraiment bien et font en sorte qu'ils paraissent presque endormis.

Franchement, j'avais été effrayée en rentrant dans cette pièce. Je veux dire qu'il y avait là M. et Mme Anders et Chris. Et, Seigneur, j'étais terrifiée, si vous voyez ce que je veux dire. Qu'est-ce que vous en *dites?* Oui, *qu'est-ce que vous en* DITES? C'est pour ça que nous y sommes allés ensemble, *Fritz*, Laura, Pat et moi. Je n'aurais pas pu y *aller* toute seule, surtout si le cercueil avait été ouvert. Si j'avais dû voir le visage de Sally, j'en serais morte. Parce que je savais que ce n'était plus son vrai visage, qu'il avait été arrangé par les gens des pompes funèbres pour qu'il *ressemble* au visage de Sally, mais je m'en serais rendu compte. Nous nous connaissions depuis tant d'années, nous avons grandi ensemble, nous avons ri et chanté et bavardé ensemble, et parfois, nous avons même pleuré (mais ça, ça ne vous regarde pas), et en aucun cas ils n'auraient pu arranger sa tête pour me faire croire que c'était Sally.

La cérémonie avait lieu dans la pièce de devant, à droite. Les fenêtres qui se trouvaient derrière le cercueil donnaient sur Church Street, mais elles étaient fermées par des rideaux. Juste devant elles, il y avait ce magnifique cercueil d'acajou. Les Anders doivent être vraiment riches. Vous n'avez jamais vu un aussi beau cercueil! Et des fleurs! Comme je l'ai dit, il y en avait partout. Et cela m'a fait penser — j'ai presque honte de l'avouer — que j'aimerais que ce soit comme ça quand je mourrai. Vous voyez ce que je veux dire. On ne peut pas *mieux* mourir. Du moins si vous *devez* mourir.

Et il y avait toutes ces fleurs et leur parfum. Et ce magnifique cercueil avec une gerbe de lis sur le couvercle, et des banderoles de crêpe blanc. Et Dieu merci, le cercueil était fermé. Et je me disais : « Comment savons-nous *vraiment* que le corps de Sally est à l'intérieur? Qui sait? Ils pourraient enterrer ce cercueil demain sans que Sally soit dedans. »

Mais je ne devrais pas avoir de telles pensées, si

vous voyez ce que je veux dire. Cela ne me fait pas apparaître comme une bonne amie de Sally. Mais ce n'est pas vrai. Sally et moi étions de *vraies* amies. C'était seulement cette... cette cérémonie guindée qui ne semblait pas réelle. Même le fait de voir M. et Mme Anders et Christopher tranquillement et solennellement assis devant ce mince et élégant cercueil ne rendait pas la chose *réelle*.

Nous — Fritz, Laura, Pat et moi — avons défilé devant le cercueil. M. Salmon nous guidait, mais il n'avait pas besoin de me montrer comment faire, vous voyez ce que je veux dire ? Je l'avais déjà fait avant. Trop souvent. Comme Fritz, Laura et Pat. Nous avons fait ça trop souvent pour trop d'amis. Tout ce qu'il y avait de différent cette fois-ci, c'est que Sally n'avait rien fait pour offenser les dieux, vous voyez ce que je veux dire ? Elle n'a pas mérité ça.

Nous nous sommes inclinés devant le cercueil, tous les quatre, mais je savais que les Anders nous observaient et j'ai dû m'incliner un peu plus profondément et poser le front sur le bois du cercueil pour qu'ils sachent combien j'étais affectée. Cela ne signifiait rien. Sally n'était pas plus que *moi* dans ce cercueil, même si son corps s'y trouvait. Elle était dans quelque autre monde, un monde que je ne connaîtrai moi-même que lorsque je mourrai. C'est ce que je crois, et je ne peux pas vous dire comment j'y suis arrivée. Mais lorsque j'ai posé le front contre le bois poli et glacé de son cercueil, j'ai murmuré : « On se reverra, Sally. Pour toute l'éternité. »

Très bien, vous pouvez rire, mais c'est exactement ce que j'ai dit.

Et puis j'ai relevé la tête et je suis allée toute seule serrer des mains et faire je ne sais plus quoi auprès de Christopher et de M. et Mme Anders. Je ne sais pourquoi, Fritz, Pat et Laura n'étaient plus auprès de moi quand j'aurais eu besoin d'eux, et j'ai dû supporter cette épreuve sans aucune aide.

Je ne sais pas comment j'y suis arrivée. Des larmes coulaient sur le visage de M. Anders. Il me tenait les mains, et il me disait... Je ne sais *plus* ce qu'il me disait — je me souviens seulement de ces larmes. Et je ne savais pas que les hommes pleuraient.

Puis nous nous sommes retrouvés au fond de la salle. Je ne sais pas comment nous y sommes arrivés. Tout ce que je sais c'est que Fritz, Laura, Pat et moi avons traversé cette épreuve et que nous sommes allés prendre des sièges le plus loin possible au fond de la salle.

Et puis, à sept heures précises, les amis de la famille ont commencé à arriver. Les Anders, eux, sont restés là où ils étaient et les amis de la famille ont défilé en rang depuis la porte pour s'incliner devant le cercueil et se tourner vers les Anders pour leur dire ce que les gens disent à ceux qui sont dans la peine.

A dire vrai, j'aurais voulu sortir de là tout de suite après avoir présenté mes respects. Vous voyez? Il est temps de partir et vous *partez*.

Mais comme c'était ma première affaire de meurtre, je ne savais pas exactement comment me comporter. Aussi sommes-nous restés.

Et les gens ont continué à venir, à venir, à venir.

Je veux dire qu'une fois venue l'heure de l'affliction, le nombre de ceux qui compatissent ne fait qu'augmenter. Je voyais croître les rangs depuis le fond de la pièce jusque dans le vestibule et dans la rue. Et ils ne cessaient pas de s'*allonger*. Mon Dieu, je ne pouvais m'empêcher de me demander combien de gens feraient acte de présence si c'était *moi* qui étais morte.

Vous savez comment sont les adolescents ? Si je vous parais irrévérencieuse, châtiez-moi comme vous l'entendrez, mais souvenez-vous, souvenez-vous toujours que dans notre société, les adolescents ont une *porte de sortie*. Le suicide. Je ne sais pas où j'irais ni ce qui m'arriverait si je prenais ma propre vie, mais si cette existence devenait trop mauvaise, *n'importe quoi* constituerait une amélioration.

Bien entendu, Sally n'avait pas pris sa propre vie. C'était la *Société* qui la lui avait prise.

Et que va *faire* la Société à ce sujet ?

C'était ce que j'essayais d'entendre, et *j'ai entendu*. Je veux dire que même en étant assis au fond de la pièce, il y a des vieux qui sont venus occuper des sièges devant nous et autour de nous, des vieilles badernes, vous voyez ce que je veux dire. Ces gens croient que les adolescents font partie du décor. Ils ne croient pas que nous, les jeunes, nous sommes capables de penser, de voir, d'entendre, de sentir et de nous en faire.

Et vous savez de quoi ils parlaient ? Pas un mot de Sally. Pas un mot de pitié ou de regret, ni de souci pour ce que pouvaient ressentir M. et Mme Anders, et Chris, qui étaient assis devant et qui acceptaient les condoléances de douzaines et de douzaines d'amis de la famille qui ne cessaient de défiler, pas un mot de compassion pour la perte qu'ils avaient éprouvée. Toutes ces grosses légumes d'adultes, qui auraient dû être un exemple pour nous, les jeunes, ne parlaient que du détestable service de police que cette ville devait entretenir, et comment notre police, et spécialement Herb Hickey, avait pu laisser un tueur entrer en ville, tuer une brave gosse comme Sally Anders et s'échapper. Quand je dis « une brave gosse », comprenez-moi, il s'agit de la manière dont nous l'appelons, nous ses condisciples. En écoutant ces adultes parler dans le dépôt funéraire de la manière dont on devrait chasser Herb Hickey de la ville, je me rendais compte que pour eux « Sally Anders » n'était rien de plus qu'un nom.

Et je dois vous dire que j'étais effrayée de les entendre.

Peut-être que ces huiles ne connaissaient pas Sally, mais ils formaient une bande puissante. Lorsque des gens pareils se mettent ensemble, et c'est ce qu'ils étaient en train de faire, il vaut mieux prendre garde.

Ce que je veux dire, c'est qu'ils murmuraient : « Le lynchage est encore trop doux pour des types de ce genre », et ça me flanquait les foies. Comprenez-moi : j'aimais Sally comme une sœur. Je ne sais vraiment pas comment je vais faire sans elle. Mais on ne sait pas vraiment ce qui lui est arrivé, et lorsque j'entendais de tels murmures dans la rangée de devant, tout ce que je voyais, c'était notre belle et fière Place au centre de la ville, une foule qui s'y agglomérait, et un type sur une plate-forme, avec une corde autour du cou, et tout le monde qui poussait des vivats en disant qu'il avait violé et assassiné Sally Anders et qu'il allait être pendu.

SAMEDI ET DIMANCHE, 9 ET 10 MAI

LE CHEF HERBERT HICKEY

Ce samedi soir, les choses ont commencé à se gâter en ville. Après la cérémonie, ils ont organisé une veillée sur la Place : une veillée aux chandelles, comme ils l'ont appelée. C'étaient tous les gens qui revenaient du dépôt mortuaire. Quelqu'un avait passé la consigne pendant qu'ils étaient assis à regarder le cercueil. Probablement Bert Richards. Il adore foutre la pagaille et puis aller se rasseoir et observer ce qui va se passer. Il fait partie de la Commission des Finances et vous devriez voir toutes les singeries auxquelles il se livre quand on discute du budget de la police.

Son fils a été arrêté il y a six ans pour conduite en état d'ivresse. On lui a retiré son permis pour un an, et depuis, Bert nous en veut à mort. En fait, il a essayé de se faire nommer à la Commission de la Police, mais Dieu merci, les Républicains l'ont viré la dernière fois et on l'a renvoyé pour deux ans à la Commission des Finances. Mais cela ne signifie pas qu'il n'asticote que le département de la police. Il se comporte de la même manière avec tous les départements au moment de la discussion du budget. Mais c'est surtout le nôtre qu'il a dans le nez.

Quand les amis de la famille sont sortis du dépôt mortuaire et ont descendu Church Street pour se rendre à la Place où ils ont allumé des cierges en souvenir de Sally, on aurait pu croire qu'il s'agissait de la veillée qui avait été annoncée. Surtout quand on a commencé à distribuer des cierges. M. Wallace, le pasteur de l'église St. Bartholomew, était allé les chercher dans la réserve du presbytère.

Cela ressemblait donc parfaitement à une cérémonie religieuse, même quand le groupe est allé s'installer au coin de Hartford et de Green Street, face à la banque et non devant l'église, et juste derrière le coin du commissariat de police.

C'est ainsi que nous avons pu les entendre quand ils ont commencé à chanter. Au début, ce ne fut qu'une voix qui se fit entendre : « Nous crions vengeance, nous crions vengeance. » Puis il y eut une harangue sur ce qui avait été fait et d'autres voix reprirent le cri. Et bientôt, d'autres gens arrivèrent de la ville pour se joindre à la manifestation. Vous savez comme ces rumeurs se répandent : « Il se passe quelque chose sur la Place », et les gens se ramènent en foule, à pied ou en voiture, pour venir voir.

J'étais chez moi quand tout a commencé, mais à dix heures moins le quart, quand plus de cent personnes étaient déjà rassemblées et que les chants étaient devenus plus bruyants, le sergent Winch m'a appelé. Il commençait à se sentir nerveux et craignait des ennuis. Aussi je me précipitai et je fis exprès de passer par la Place pour voir quelle était l'importance du groupe et quel était son état d'esprit. Certains reconnurent ma voiture quand je m'arrêtai au coin avant de tourner dans Hartfort Street. Il y eut quelques huées qui devinrent un chœur au moment où je me garai devant le commissariat. Au moment où j'atteignis l'entrée, quelqu'un cria : « Brûlez le poste de police ! »

Winch était assis à la réception et Pickens était de service. Les fenêtres étaient ouvertes et on pouvait entendre répéter le cri : « Brûlez le poste de police ! »

— Quelle est cette grande gueule, nom de Dieu ? dis-je. Bert Richards ?

Winch haussa les épaules en disant que ça ne l'étonnerait pas.

— Ils deviennent de plus en plus mauvais, dit-il. C'est ce type qui les excite.

— Nom de Dieu, pourquoi les pasteurs ne les calment-ils pas ?

— Voulez-vous que je rappelle quelques hommes ? Pour le cas où la situation s'aggraverait...

— Rien de tout ça, dis-je. Ils ne viendront pas jusqu'ici. C'est moi qui vais aller là-bas.

Je me suis magné le cul et j'ai traversé la Place aussi vite que j'ai pu. J'étais en transpiration.

Au moment où je tournais le coin de la banque et traversais la rue en direction de la foule, il y eut un chœur de huées et de cris : « Voilà ce salaud ! », « Pourquoi ne faites-vous rien ? », « Qu'est-ce qui se passe avec la police ? », et encore : « On n'est plus en sécurité dans cette ville ! » Et ils se rapprochèrent insensiblement.

Ça me tapait sur les nerfs. Comprenez-moi : je connais ces gens, la plupart par leur nom, tous de vue. Ce sont soi-disant mes amis, des gens cordiaux, pleins de bonne volonté, qui ne voudraient de mal à personne, mais j'avais le sentiment qu'ils n'étaient plus mes amis, que j'avais perdu leur sympathie et leur compréhension. Ils avaient pris l'aspect et l'allure d'une foule, et une foule, croyez-moi, ça peut vous faire vraiment peur.

Je traversai leurs rangs sans regarder ni à droite ni à gauche, ne répondant à rien de ce qu'on me disait, les obligeant à s'écarter devant moi jusqu'au moment où j'aperçus Walter Wallace, le pasteur de l'église St. Bartholomew. Il était debout, un cierge à la main, et il ne faisait rien. Je lui tombai dessus à bras raccourcis. Je dis, assez haut pour que chacun puisse entendre :

— Qu'est-ce que vous foutez là à ne rien faire en laissant tout un tas de gens s'exciter ? Nom de Dieu, pourquoi ne leur dites-vous pas de la fermer et de se calmer ? Où se cache donc ce Prince de la Paix dont vous parlez toujours ? Vous devriez être un nom de Dieu de guide dans cette ville ! Alors, soyez-le ! Dites à ces gens de se disperser et de rentrer chez eux !

Il me regarda d'un air stupéfait. Il ne s'était encore jamais trouvé devant un tel dilemme. Il n'avait jamais fait que s'adresser à une congrégation et visiter les malades. Tout le monde s'en remettait toujours à lui et l'écoutait. Parce qu'il était sur son terrain. C'était peut-être ça, être pasteur. Vous êtes toujours sur votre propre terrain.

Il y a longtemps que j'ai abandonné la religion, comme vous vous en rendez compte, mais cela n'avait rien à voir ici. En réalité, dès que je l'avais vu, j'avais compris que Walter était effrayé. Il n'était plus sur son terrain. Il avait sans doute cherché une ou deux fois à donner de la voix et à élever son cierge pour attirer l'attention, mais il n'était pas dans son église, il était sur la Place et il était dépassé. Il ne s'était encore jamais trouvé dans un tel pétrin, et il ne savait que faire. C'est pourquoi on ne peut pas le blâmer. Quand vous placez un type dans une situation anormale, il ne peut utiliser que les moyens qu'il a. Et je regrette de devoir dire que Walter Wallace,

brave type au demeurant et pasteur de St. Bartholomew depuis quinze ans, n'était pas en mesure
d'affronter une situation devenue incontrôlable.
Tout au fond de lui-même, c'était un pétochard. Si
les gens ne s'agenouillaient pas quand il levait le
doigt, il ne savait plus que faire.

A peine l'avais-je fait que je regrettai de l'avoir
admonesté. Il essaya le sourire béatifique qui doit
tout apaiser, mais il n'avait pas d'autre réponse à me
donner. Il se retourna, leva son cierge pour imposer
silence à cette foule agitée, prêt à demander à
l'assemblée de se disperser.

Mais la colère grondait aux confins de cette foule,
là où les participants à la veillée ne pouvaient pas
l'entendre, ou ne le désiraient pas, et son cierge levé
était aussi inopérant qu'une allumette dans un
ouragan.

Mais du moins s'était-il rangé à mon côté, et cela
m'aida.

— Qu'est-ce que vous foutez ici ? gueulai-je à la
cantonade. Ce n'est pas ça qui va la ramener.
Rentrez chez vous ! La police retrouvera ce type, je
vous le promets. La police le retrouvera.

— Comment se fait-il que vous l'ayez laissé la
tuer ? fit une voix qui venait de tout au fond.

C'était celle de Bert Richards. Je la connaissais
bien. Et elle venait de l'endroit qui était habituelle-
ment le sien, de l'arrière.

— Fermez-la, Bert ! criai-je en réponse. Vous
voulez que la police vous protège mieux ? Donnez-
nous assez d'argent, et nous vous donnerons tout ce
que vous voulez.

C'était la seule réponse qui m'était venue à
l'esprit, mais c'était la bonne. Elle écarta l'hostilité
envers la police, et les têtes des assistants se tournè-
rent vers celui qui avait parlé, tout au fond de la

foule. Après ça, on ne l'a plus entendu et quand j'ai crié une fois de plus à la multitude de se disperser, les gens ont commencé à se débander et à s'éloigner.

A la fin, il ne resta plus que Walter Wallace et moi.

— Vous n'auriez pas dû faire ça, me dit-il. Vous m'avez humilié devant mon troupeau. J'étais en train de les calmer, je les apaisais en leur montrant l'erreur de leur comportement. Ils étaient sur le point de retrouver leur bon sens. J'étais en train d'y arriver.

J'avais envie de lui poser une main sur le bras, pour lui faire savoir que je comprenais. Mais je ne le touchai pas. Je suis un catholique qui ne pratique plus et je n'entends pas grand-chose à la religion, mais j'avais le sentiment qu'on ne peut pas se montrer familier avec un prêtre.

— Je suis désolé, dis-je en guise d'excuse. Je ne savais pas que vous aviez le contrôle de la situation. Si je l'avais su, je n'aurais rien dit.

J'ignore s'il accepta mes excuses. Je ne sais pas jusqu'à quel point mon discours musclé à la foule avait terni sa réputation. Tout ce que je sais, c'est que la bombe était désamorcée. Il n'y eut pas de marche vers le commissariat, pas de brutalités, pas de dommages causés aux bâtiments par des gens qui en auraient été honteux à leurs propres yeux pour le reste de leur existence si la chose s'était produite.

Les membres de la Commission de la Police, Charles Parker inclus, m'ont retrouvé le dimanche midi au quartier général, pendant l'heure qui séparait le service du dimanche du service funèbre de Sally.

Ils voulaient savoir quel était le point de nos recherches du meurtrier, et je dus leur avouer que nous n'avions rien. Nous avons examiné sous tous les angles ce qui pourrait être fait que nous n'avions pas encore fait et nous avons parlé aussi de Bert Richards et de sa vendetta à l'égard de la police. J'ai gardé mon calme et je n'ai pas donné mon opinion sur certaines des idées farfelues suggérées par la commission. Par bonheur, ce sont des gens intelligents, même s'ils ne sont pas toujours très au courant, et ils n'ont pas cherché à pousser leurs suggestions à fond. Mais ils étaient soucieux, et moi aussi. Nous cherchions une aiguille dans une meule de foin, et les gens de la ville comptaient sur nous pour la trouver.

Le service funèbre eut lieu à St. Bartholomew cet après-midi-là à une heure. C'était le révérend Walter Wallace qui officiait.

L'église était bourrée. Il y avait des gens debout dans tous les coins. On comptait plus de sept cents personnes.

Tous les membres de la police, sauf un agent de garde, étaient présents, y compris les surnuméraires. Tels avaient été mes ordres.

Ce fut un triste service. M. Wallace parla de la vie éternelle et il dit que Sally était passée devant pour ouvrir le chemin à tous. Il fit de son mieux, et il a peut-être réussi à apaiser les âmes de nombreux participants en leur montrant l'aimable, l'intelligente, la charmante Sally en train de dire un mot pour eux au Tout-Puissant. Mais pas mon âme, en tout cas. Le Tout-Puissant est trop cruel pour mon goût. Et je suppose qu'il devait l'être aussi pour M. et Mme Anders, malgré toute leur foi. Ne me parlez pas de religion. Je ne connais aucune religion qui puisse expliquer de façon satisfaisante la mort d'un enfant à ses parents.

Martha et moi sommes retournés ensuite à la maison sans nous dire grand-chose. Et puis, le capitaine Appleby a téléphoné. Il venait de reprendre son service et il avait reçu un appel en provenance de Mystic Point, à soixante kilomètres de là. Ils avaient mis la main sur l'inconnu.

Il s'appelait Wilfred Greene, il avait vingt-trois ans, et on l'avait arrêté au moment où il tentait de voler un vélo. Il répondait au signalement — surtout à cause de la manche droite de sa chemise qui était déchirée.

Comme nous le réclamions ici pour meurtre et qu'on ne le retenait pas là-bas pour avoir tenté de voler un vélo, nous avons eu la préférence. Ça signifiait qu'on allait le ramener à Crockford pour qu'il réponde à l'accusation. En dix minutes, je me retrouvai au quartier général et, croyez-moi, j'ai eu beaucoup de boulot pour régler avec Mystic Point et la police d'Etat les détails de son transfert chez nous.

DIMANCHE 10 MAI

LE CAPITAINE NATHANIEL APPLEBY

Je dois vous dire que je voulais que cette affaire se résolve rapidement. J'étais impatient de mettre la main sur cet inconnu dont nous avaient parlé Mmes Meskill et Millie Stone. Maintenant, nous l'avons pris. Du moins avons-nous tous cru que nous l'avions pris. Le bulletin d'identification qu'on nous avait envoyé de Mystic Point répondait au signalement. L'homme qu'ils détenaient était un vagabond, et ses vêtements correspondaient, jusques et y compris la manche droite déchirée de sa chemise à carreaux.

Nous étions certains d'avoir mis la main sur le meurtrier. Et ne croyez pas que je n'aimerais pas le voir pendu à un arbre sur la Place, comme l'effigie que certains élèves du collège avaient accrochée là tout de suite après le service funèbre. Ils avaient déguerpi lorsque nos hommes s'étaient amenés. L'agent Mattock, qui a détaché l'effigie, en a au moins reconnu trois. Mais leur action, ce n'est pas ça qui est important. Je veux dire que ce sont des gosses et qu'ils ont été durement frappés par quelqu'un qui ne fait partie de leur groupe. Et je ne parle même pas d'un « inconnu », mais d'un « adulte ». Il faut comprendre leur raisonnement. Lorsque j'étais agent, je faisais partie de la brigade de la jeunesse, et j'ai eu beaucoup à faire avec la bande du collège. Je suis fier de pouvoir dire qu'ils m'acceptaient — du moins autant que des adolescents peuvent accepter un homme plus âgé qui est agent de police de surcroît.

Mais lorsque j'appris que ce vagabond blanc du nom de Wilfred Greene allait être ramené dans notre ville, ce qui me préoccupa, ce ne furent pas les adolescents qui pendaient des effigies sur la Place. Ce qui me troublait, c'est que cette effigie était un symbole. L'atmosphère, en ville, était lamentable, et elle le devenait de plus en plus. Ramener ici ce voyou de voleur de bicyclette le plus rapidement possible pouvait provoquer de sérieux problèmes. Difficile de prévoir ce qui pourrait arriver. A lui, et à la ville. La situation pouvait devenir épineuse.

Je dois rendre hommage au Chef Hickey pour la manière dont il a pris les choses en main. Il enjoignit de ne rien dire à personne, y compris la presse, et il s'arrangea pour que Greene soit amené à sept heures du soir, quand tout le monde serait en train de dîner. Il avait aussi peur que moi de voir la foule assiéger le quartier général de la police si le bruit se répandait que le meurtrier de Sally Anders allait être ramené en ville.

Ce qu'ils diraient, c'est : « Au diable les effigies ! Qu'on pende ce salaud en chair et en os ! »

A dire vrai, j'aurais aimé le voir pendu. Je n'ai aucune sympathie pour les cœurs compatissants qui vous expliquent qu'il « n'a pas voulu ça », qu'avec un peu d'amour, de sympathie et de compassion, on pourrait refaire de lui un membre respectable de la société. Excusez mon langage, mais tout ça, c'est de la merde ! J'aurais voulu tuer ce visqueux salaud ! Et j'aurais voulu le faire de mes mains, si ce n'était pour mon uniforme.

Eh, oui, c'est là que le bât blesse. Je suis un flic, et je ne peux pas faire ce que je veux. Et je ne peux pas davantage laisser les autres faire ce qu'ils veulent. C'est pourquoi je devais envoyer une patrouille sur la Place pour disperser ces gosses du collège qui pendaient l'inconnu en effigie parce qu'ils pensaient à Sally Anders, qu'ils étaient blessés et effrayés qu'elle ait été tuée, et qu'ils voulaient qu'on tue son assassin. Je ne peux pas le leur reprocher. Quand j'étais au collège, j'aurais été l'un des meneurs.

Mais maintenant, je suis capitaine de police et je suis censé maintenir l'ordre et faire respecter la loi. Plus encore, je dois protéger l'accusé parce que, comme on me l'a solidement inculqué et comme c'est la règle dans ce pays, un homme est présumé innocent jusqu'à ce qu'on prouve sa culpabilité. Vous ne pouvez pas lyncher un homme. Vous ne pouvez même pas le pendre en effigie en singeant un lynchage. Si pénible que cela paraisse, il faut *prouver* qu'il est coupable. Ces gosses du collège ne paraissent pas le savoir, et je me demande ce qu'on leur a appris.

Aussi, selon les ordres du Chef, et ç'auraient été les miens, nous n'avons pas divulgué l'imminente arrivée en ville de Wilfred Greene. Il y avait eu cette pendaison en effigie, et nous ne voulions pas d'une vraie pendaison. Nous sommes restés motus et bouche cousue, sauf que nous avons fait savoir à Millie Stone et Mme Meskill que nous aurions aimé

97

les voir à huit heures au commissariat, en les priant de ne rien dire à personne. Huit heures était l'heure à laquelle nous espérions pouvoir leur montrer Wilfred Greene.

Après les funérailles et la pendaison en effigie, la ville s'est quelque peu calmée d'après ce que nous en voyions. Nous avons essayé de nous calmer aussi, mais au quartier général, il y avait de l'électricité dans l'air et on ne pouvait pas ne pas s'en apercevoir. Un journaliste de New Haven a rôdé pendant une heure après le service funèbre et la pendaison en effigie en taillant une bavette, de-ci de-là, pour essayer d'en apprendre plus que ce qu'on lui avait dit. Emily Daitch est passée un moment, mais ce n'est pas elle qui nous inquiète. Ce journaliste de New Haven est futé, astucieux et ambitieux. Il faut faire attention à ce qu'on dit en sa présence. Emily est facile à manier. Elle se prend pour le Crieur Public de la ville et vous pouvez jouer sur la bonne opinion qu'elle a d'elle-même pour qu'elle publie les nouvelles comme vous le souhaitez.

Cela ne signifie pas qu'on lui raconte des secrets. Nous faisons attention à ce que nous lui révélons. Emily est comme toutes les femmes. Si vous lui confiez un secret, elle finira par manger le morceau. Elle est pleine de bonnes intentions, mais ce n'est pas à elle que nous aurions dit que nous allions amener un suspect, même si elle n'est pas en mesure de publier quelque chose avant jeudi.

Ne me demandez pas comment les nouvelles vont leur train. C'est peut-être de l'osmose... un truc biologique. Mais vers sept heures, une demi-douzaine de personnes s'étaient rassemblées au milieu

98

de la Place. Elles se tenaient là en bavardant comme si elles n'avaient rien de mieux à faire.

Vers sept heures trente, elles étaient deux cents. Elles connaissaient notre secret ! Nom de Dieu, il est impossible de garder un secret dans cette ville ! J'en suis convaincu ! il n'existe aucun nom de Dieu de moyen !

Je dois reconnaître qu'ils se tenaient tranquilles. Pas de cierges, pas de Walter Wallace, pas de cordes, pas de gros mots, pas de menaces à l'égard de la police ou de l'« inconnu ». Je n'entendis pas Bert Richards les pousser à l'action.

Mais ils étaient là, et ils attendaient.

Wilfred Greene arriva à sept heures et quart dans une voiture banalisée sous la garde de trois membres de la police de l'Etat. Ils s'y sont pris très habilement : pas de sirènes, pas de phares giratoires, pas de voitures à rayures blanches et noires.

Ils se sont glissés dans notre parking et ils l'ont fait entrer, menottes aux poings, par la porte de derrière, tandis que sur la Place la foule attendait et grossissait.

Les policiers sont repartis aussi calmement qu'ils étaient venus, et nous avions maintenant le gars parmi nous. Il était grand, échevelé, sale et pas rasé, mais son visage reflétait un certain charme enfantin qui me fit comprendre qu'il savait s'y prendre avec les femmes. Si vous ne connaissez pas ce genre de type, nous, oui. Et trop de femmes maintenant mortes, ou qui ont été violées ou cambriolées, le connaissent aussi. Il est capable de les séduire avec ce sourire à la don Quichotte, sa mèche folle et son regard profond qui suggère : « J'aimerais mieux vous connaître. »

Avec nous, évidemment, son approche était différente. Il voulait savoir pourquoi il était là et ce que nous pensions qu'il avait fait. Son visage avait une expression d'angélique innocence. On ne lui avait pas encore fait connaître les charges dont on l'accusait, et il continua à feindre de ne pas savoir de quoi il s'agissait. Il n'arrêtait pas de demander pourquoi on l'avait amené et ce que signifiaient toutes ces histoires. Nous ne lui avons rien dit, mais lui non plus. Nous lui avons demandé ce qu'il avait fait après avoir quitté la ville, où il était allé, ce qu'il cherchait, mais ses réponses restaient vagues. Il ne se souvenait pas d'être jamais venu ici. Il se déplaçait en autostop pour chercher du travail. Il prétendait qu'il avait grandi en Arkansas, mais son accent était loin de le confirmer. Le Chef a toujours un paquet de cigarettes sur son bureau pour mettre les gens à l'aise, mais Wilfred prétendait qu'il ne fumait pas. On apercevait cependant les traces de nicotine entre ses doigts et sur ses dents.

Les dames se sont amenées à huit heures moins le quart, et à ce moment-là, Wilfred commençait à perdre son assurance, son regard se déplaçait de plus en plus vite et il n'arrêtait pas d'observer les fenêtres, son seul lien avec le monde extérieur, comme ils le font tous quand la tension les gagne et qu'ils commencent à craquer. Parfois, ils deviennent tellement nerveux que lorsque vous leur lisez leurs droits, ils ne demandent même pas l'assistance d'un avocat, ils fondent, ils avouent et ils vident leur paquet. Le gars qui a inventé le confessionnal dans l'Eglise catholique en connaissait un bout sur la nature humaine.

Je sortis et Norton amena les deux femmes.

— Vous l'avez attrapé ? demandèrent-elles à l'unisson.

100

— Nous ne savons pas ce que nous tenons, dis-je, mais nous voudrions voir si vous pouvez l'identifier.

— Il y a toute une foule sur la Place, me prévint Millie. Ils prétendent que vous avez arrêté le tueur.

— Vous leur avez parlé ?

— Evidemment. Avec cette foule qui se rassemblait et vous qui m'aviez convoquée pour huit heures, je tenais à savoir ce qui se passait. Vous, vous ne vouliez rien me dire.

— Eh bien, on va vous le dire maintenant. Nous allons vous demander de regarder une rangée de types et voir si vous pouvez nous dire qui ils sont.

Les deux femmes s'apprêtèrent à me suivre, et je dis :

— Non, une seule à la fois. D'abord vous, Millie, ensuite Mme Meskill.

J'emmenai Millie dans notre pièce d'observation, grande comme un placard. Elle était sombre, avec un miroir sans tain qui donnait dans la pièce voisine, celle où nous prenons les empreintes digitales, où nous gardons les rapports et ce genre de trucs. Saville avait aligné là, avec Wilfred Greene, cinq de nos agents auxiliaires vêtus de tenues de travail. Wilfred était l'avant-dernier à droite.

— Très bien, Millie, dis-je, regardez par cette fenêtre et dites-moi si vous reconnaissez quelqu'un.

Elle regarda.

— Oh, mon Dieu, mon Dieu, dit-elle, c'est lui !

Mon cœur bondit dans ma poitrine comme il le fait chaque fois que je sais que nous avons mis la main sur un malfaiteur.

— Qui ?

— Celui-là, dit-elle en pressant le doigt contre la vitre. Le cinquième à droite.

— Qui est-ce ?

— L'homme qui a assassiné Sally Anders. Celui-là ! Le cinquième.

— Vous voulez dire qu'il s'agit de l'inconnu dont Mme Meskill et vous avez dessiné le portrait ?

— Oui, c'est exact. L'homme qui a assassiné Sally Anders.

Il y a souvent des gens qui prennent le mors aux dents.

— Qu'est-ce qui vous rend tellement sûre que c'est lui ?

— La chemise à carreaux avec une déchirure. Cette chemise, je ne l'oublierai jamais.

Je la fis sortir et je murmurai quelque chose à l'oreille du Chef. Il la confia à Ed Norton qui la ramena dans son bureau. Il lui dit qu'il lui fallait une déclaration écrite, mais nous devions l'empêcher de communiquer avec Mme Meskill.

Le Chef se mit à discuter avec moi et avec le sergent Dean.

— Cette chemise va nous perdre, dit-il.

— Faites-les tous se mettre torse nu, dis-je.

Hickey secoua la tête.

— Qu'il change de chemise avec l'un des autres.

— Chef, non ! dis-je. Il faut que cette chemise disparaisse.

— Je veux que cette chemise reste, fit Hickey.

— Ecoutez, dis-je d'un ton suppliant, si Mme Meskill identifie le gars qui portera la chemise, vous aurez tout foutu en l'air. Nous serions obligés de laisser partir ce salaud !

— Nous devons courir le risque.

J'avais envie de le secouer.

— Mais, Chef, nous le tenons. En ce moment, il est entre nos mains. S'il sort d'ici, nous ne le reverrons jamais.

— Qu'avons-nous ? fit le Chef. Une chemise à

102

carreaux avec une déchirure. Avez-vous envie de faire pendre tous les vagabonds qui portent une chemise déchirée ? C'est l'homme que nous devons identifier, pas la chemise. Il s'agit d'une affaire de meurtre, Nat, me rappela-t-il. Ici, on doit envisager la possibilité d'une peine de mort... si les gens de la ville obtiennent ce qu'ils cherchent. Si les témoins ne peuvent identifier l'homme, pas la chemise, nous ne tenons aucun suspect. Les vêtements peuvent changer, l'homme non.

Ça ne me plaisait pas, mais le Chef est le Chef.

Je vérifiai le changement de vêtements et je ressortis. Je fis un signe de tête affirmatif en direction de Hickey qui devint vert lorsque je demandai à Mme Meskill de m'accompagner dans la chambre d'observation. Il savait qu'il y avait maintenant près de trois cents personnes sur la Place. Ils attendaient très calmement, mais ils voulaient qu'on agisse et ils n'attendaient que ça. Le Chef lui-même leur avait promis d'agir. Et tout dépendait de Mme Meskill. J'avais l'impression que le monde entier dépendait de Mme Meskill. Mon monde, du moins, le monde du service, le monde de la ville. Ce n'était pas le genre de pétrin dans lequel j'aimais me trouver, avec mon destin qui dépendait de quelqu'un d'autre, de quelqu'un que je ne connaissais que de nom.

Je l'emmenai dans la petite pièce. Je refermai la porte et nous nous sommes retrouvés dans l'obscurité la plus totale. Elle était calme et patiente, et elle se contrôlait mieux que moi, je peux vous l'assurer.

Je tâtonnai pour trouver et dégager la commande du rideau sur le miroir sans tain, et elle s'approcha pour regarder les six hommes alignés contre le mur du fond. Wilfred Greene était maintenant le troisième en partant de la gauche, presque au milieu de la rangée. Il était vêtu d'une chemise de travail verte. Sa chemise à carreaux déchirée était sur les épaules de Rufus Riley, celui des cinq autres qui lui ressemblait le plus.

Je me maudis. J'aurais dû orchestrer le changement de chemises au lieu de seulement l'observer. « Espèce de foutu crétin ! » me murmurai-je à moi-même avec le sentiment d'avoir saboté notre propre identification. Notre destin était vraiment entre les mains des dieux.

Dorothy Meskill regarda à travers le miroir sans tain et elle parla avec la fermeté d'une femme qui ne reste pas constamment chez elle pour entretenir le ménage de son mari, mais qui sort et qui se mêle aux activités de la communauté. Dorothy Meskill savait ce qu'elle faisait, elle savait ce qui était en jeu.

— Voilà votre homme, capitaine, dit-elle en pointant le doigt.

Celui qu'elle montrait, ce n'était pas Rufus Riley, c'était Wilfred Greene !

Je l'aurais embrassée. Mais dans la police, nous devons être prudents. Toujours prudents.

— Vous êtes sûre ? Ce n'est pas lui qui porte la chemise à la manche déchirée.

Elle se tourna vers moi ; le peu de lumière qui venait de la fenêtre éclairait son profil.

— Ecoutez-moi, dit-elle d'un ton assuré. Quand une femme craint d'être violée, ce dont elle se souvient, c'est le visage du démon, son regard, les poils de son nez, le grain de sa peau, la couleur de ses yeux et ce qu'ils révèlent. Vous voyez comment il fronce le front, comment il lève les sourcils, vous notez ses verrues et ses points noirs. Je peux oublier sa chemise, ajouta-t-elle, mais je n'oublierai jamais son visage.

104

— Vous le jureriez devant un tribunal, sur la chaise des témoins ?

— Quand vous voudrez, murmura-t-elle. De jour ou de nuit.

DIMANCHE 10 MAI

J'ai fait rompre le rang. Wilfred Greene a récupéré sa chemise et les auxiliaires sont repartis de leur côté. Greene secouait la tête en ayant l'air de réclamer mon aide. Je ne sais pas pourquoi c'était vers moi qu'il se tournait, simplement parce que je crois que les gens peuvent se racheter. Est-ce que ça se lisait sur mon visage ?

Dès que nous fûmes seuls, dès que le dernier auxiliaire eut quitté la pièce, il me demanda :

— Monsieur ? Dans quel pétrin suis-je ? Que va-t-il m'arriver ?

C'est ça qui me tracasse. Les auxiliaires qui s'étaient trouvés dans la pièce avec lui, qui avaient été obligés de se tenir à ses côtés pendant le processus d'identification, ne pouvaient pas le sentir. Il avait assassiné une innocente jeune fille dans cette ville, et ils espéraient le voir brûler en enfer. Cela se voyait. Telle était l'atmosphère de la pièce. Vous ne pouviez pas y pénétrer sans sentir que seule la force de la loi et de l'ordre qu'on avait inculquée à ces flics les empêchait de pendre ce salaud, non en effigie, mais en chair et en os, ici même et tout de suite.

Et bien entendu, il l'avait senti. On n'aurait pas pu ne pas le sentir.

Et moi, quoique flic, je ne pouvais me considérer que comme un être humain normal. Il arrive que les flics aient accompli des choses que les autres n'ont pas à faire, des choses qu'eux-mêmes n'aiment pas devoir faire. Vous avez pris des responsabilités, ce qui signifie que vous devez parfois accomplir des choses qui vous pèsent sur l'estomac. Et vous avez envie de tout flanquer en l'air.

Mais aucun boulot n'est entièrement bon ou entièrement mauvais. J'ai le sentiment, en toute quiétude, que le bien que je fais en étant flic contrebalance le mal que mes fonctions peuvent provoquer. Tout bien pesé, je crois que je répands plus de lumière que d'ombre là où je passe. Aussi je continue à être flic et à monter en grade. Parce qu'en montant en grade, je peux peut-être amener la police à mieux comprendre le point de vue des coupables, à les rendre un peu moins impitoyables et intransigeants et, aussi, moins racistes.

Mais on ne peut pas dire que cette ville soit raciste. C'est le genre de chose contre quoi je m'élève. Ça, et la drogue et les mauvais traitements à l'égard des enfants. Mais rien de tout ça ne se passe ici.

Je ne veux pas dire qu'il n'y a pas du tout de problèmes de drogue. Je parle surtout de mauvais traitements envers les enfants. Pour être honnête, il arrive que la drogue présente un problème. Mais nous avons un bon programme antidrogue et nous trouverons une solution.

Mais il y a ce gosse, Wilfred Greene, qui vient Dieu sait d'où. Sans doute ne le sait-il pas lui-même. Pour l'instant, il a été identifié comme l'inconnu qui se trouvait en ville jeudi dernier, le jour où Sally Anders a été tuée.

Il a l'air innocent. Je ne sais pas comment expliquer ça. Il a été identifié comme l'inconnu qu'on croit être le meurtrier, mais je constate son étonnement d'avoir été amené d'une distance de soixante kilomètres pour parler de ses activités, de son style de vie, et surtout, du but qu'il poursuivait en traversant notre ville.

Comme si cette ville était sacro-sainte et qu'il fallait un passeport pour y pénétrer !

Le Chef est entré. Le Chef, et le capitaine Appleby et Jack Harris, notre meilleur inspecteur. Et Betty Mahler, notre femme-flic, qui est aussi notre secrétaire. Ils arrivaient à peine à cacher leur joie, et je me demandai si Wilfred Greene avait senti le changement d'atmosphère et s'il craignait pour sa vie.

Nous avons pénétré dans le bureau du Chef, et nous avons fait asseoir le gosse. Le Chef lui demanda à brûle-pourpoint pourquoi il niait s'être trouvé en ville précédemment.

— Mais grands dieux, fit-il, je ne savais pas que j'y étais venu. Je passe par des tas de villes. Généralement, je ne connais même pas leurs noms. Si vous dites que je suis passé par ici, je vous crois sur parole.

— Vous êtes venu depuis l'autoroute et vous avez effrayé une femme qui travaillait dans son jardin. Vous l'avez suivie jusque dans sa maison quand elle est allée vérifier une fausse adresse pour vous. Allez-vous prétendre que vous l'avez oublié ?

— Ma foi, répondit Wilfred d'un ton conciliant, si vous dites que ça s'est passé comme ça, ce doit être vrai.

108

— Et ce même après-midi, une femme vous a trouvée dans son jardin. Que faisiez-vous là ?

— Je ne sais pas. Je ne m'en souviens pas.

— Elle est prête à jurer devant le tribunal que vous étiez dans son jardin, et quand elle a voulu savoir ce que vous faisiez là, vous avez franchi sa haie pour pénétrer dans une autre propriété.

— Elle peut jurer tout ce qu'elle veut. Je ne vais pas la démentir. Je me suis donc trouvé dans le jardin de quelqu'un.

— Pourquoi pénétrez-vous dans les jardins des gens ?

— Je ne sais pas, fit Wilfred en haussant les épaules. Pour voir à quoi ils ressemblent.

— Pour voir si vous ne trouvez rien à voler.

— C'est vous qui le dites. Moi, je ne dis rien.

Il nous regarda tous d'un air incrédule.

— Seigneur ! C'est pour ça que vous m'avez emmené jusqu'ici ? Parce que j'étais dans le jardin d'une bonne femme ?

— Et ce soir-là ? Qu'avez-vous fait ce soir-là ?

— Nom d'un chien, je ne sais pas. J'ai peut-être dormi sous une voiture s'il pleuvait, et sinon dans les bois.

— Vous avez peut-être oublié cet après-midi, mais vous ne pouvez pas oublier cette soirée. Pas cette soirée-là ! Pas cette fille-là !

Wilfred a encaissé le coup comme s'il avait été heurté par un camion.

— Quelle fille ?

— La baby-sitter. Dans la grande maison qui se trouve à deux pas de l'étang.

— Quelle maison ? Quel étang ? Quelle baby-sitter ?

— Allez-vous nier que vous rôdiez ce soir-là auprès d'une maison, dans un autre jardin ? Et il y avait une jeune fille qui gardait des enfants à l'intérieur.

Il commençait à transpirer.

— Quoi ? Je n'ai été près d'aucune maison, près d'aucune baby-sitter. Je ne sais pas de quoi vous me parlez.

Le Chef se pencha vers lui :

— Eh bien, monsieur, maintenant je vais vous dire de quoi nous parlons. Nous parlons d'un meurtre, monsieur. Nous parlons de ce que vous avez fait à une petite jeune fille de seize ans jeudi dernier dans la soirée. Violée et assassinée, monsieur. Nous parlons de viol et de meurtre. Et vous allez nous raconter tout ça.

Wilfred se dressa sur sa chaise. Harris et moi avons dû le repousser en lui disant de se tenir tranquille.

— Mais vous êtes fous ! hurla-t-il.

Et je veux dire qu'il a vraiment hurlé. Mais c'était son regard qui devenait fou. Ses yeux nous observaient l'un après l'autre avec une expression de démence. Il avait l'air de chercher un sourire ou un clin d'œil, quelque chose qui lui aurait dit que c'était un poisson d'avril. Mais il savait que nous n'étions pas le 1er avril et il savait que nous ne l'avions pas amené depuis Mystic Point jusqu'ici pour l'accuser d'avoir envahi une propriété privée. Nous l'accusions de quelque chose de beaucoup plus grave, de quelque chose de plus grave que tout ce qu'il aurait pu imaginer.

— Ecoutez, dit-il d'un ton suppliant, qu'est-ce que vous prétendez que j'ai fait ? Je ne comprends rien à tout ceci.

— Vous ne vous souvenez pas de ce que vous avez fait jeudi dernier ?

— Non. Non, je ne sais pas, dit-il en pleurant

110

presque. Je ne sais même pas où j'étais jeudi dernier.

— Vous voudriez essayer de nous faire croire que vous ne savez pas ce que vous avez fait il y a trois jours ?

— Ecoutez, je le jure devant Dieu, je ne sais même pas où j'étais il y a un jour. J'ai vagabondé, j'ai rôdé. Tous les jours sont pareils, sauf quand il pleut. Je me souviens mieux des jours où il pleut. Et toutes les villes sont pareilles.

— Et toutes les baby-sitters sont pareilles ? C'est ce que vous essayez de nous faire croire ?

Il se cacha le visage dans les mains :

— Je ne sais pas. Je ne sais pas de quoi vous parlez. Si quelqu'un de facile se présente, je ne vais pas dire non. Mais je n'insiste pas quand on ne me veut pas.

Il leva un regard apeuré par-dessus ses mains :

— Honnêtement, je ne sais vraiment pas de quoi vous parlez. Quand était-ce ? Vous dites que c'était jeudi dernier ?

— Le jeudi 7 mai. Vous vous trouviez ici, en ville.

— C'est possible. Je ne sais pas par quelles villes je suis passé jeudi dernier. J'entre et je sors. Je regarde ce qu'il y a à voir, je regarde ce qu'il y a comme perspectives et je m'en vais. Jeudi dernier ?

Il fronça le sourcil.

— Vous êtes venu de l'autoroute, et près de la route, une femme travaillait dans son jardin.

Il se plongea pendant un moment dans ses réflexions.

— Oui, dit-il. Je me souviens d'elle. Une belle silhouette. Une robe à dos nu, et un short. Je me souviens. Elle n'aimait pas que je la regarde. Elle voulait savoir ce que je voulais. Je lui ai donné une adresse imaginaire. J'avais envie de continuer à la regarder. J'espérais qu'après un moment, elle allait se dégeler un peu. Elle est rentrée dans la maison. Je me rappelle. Je l'ai suivie. Elle n'a pas aimé ça. Et elle n'a pas aimé découvrir que le nom et l'adresse que j'avais donnés n'existaient pas. J'ai pensé qu'elle allait me dénoncer, mais je ne l'avais pas touchée, et je ne lui avais rien fait. Je ne voyais donc pas de quoi elle pourrait m'accuser. Et j'ai poursuivi ma route.

— Et après ça, qu'avez-vous fait ?

Il paraissait vraiment chercher à se souvenir.

— J'ai examiné la ville. Mais je ne me souviens vraiment pas de ce que j'ai pu faire. J'ai parcouru les rues, j'ai regardé dans les jardins, comme vous le dites, et j'ai vu suffisamment de flics en patrouille pour estimer que je n'avais aucun intérêt à m'attarder ici. C'était une jolie ville, propre, bien entretenue, bien surveillée. Les gens se ligueraient contre quelqu'un qui n'était pas d'ici. Impossible de diviser pour régner, si l'on peut dire. Si vous voliez la bicyclette d'un gars, tous vous courraient après, et pas seulement le volé. Vous voyez ce que je veux dire ? Ce n'est pas le genre de ville où on peut tenter quelque chose. Aussi suis-je parti.

— Aussi êtes-vous parti, dit le Chef Hickey. Vers quelle heure ?

— Je ne sais pas. Au milieu de l'après-midi.

Il regarda autour de lui, les sourcils levés, avec une expression d'impuissance.

— Ecoutez, croyez-moi ! Maintenant, je me souviens. C'était l'après-midi. Plutôt vers la fin. Je suis retourné vers l'autoroute et j'ai fait de l'auto-stop.

— Qui vous a pris ?

— Oh, ciel, dit-il d'un ton plein d'effroi, vous voudriez que je me souvienne de ça ?

— C'est votre alibi, monsieur. Vous avez intérêt à vous en souvenir.

Il se cacha le visage dans les mains et s'enfonça les paumes sur les yeux.

— Oh, mon Dieu, oh, mon Dieu ! Qu'ai-je fait ? Où suis-je allé ?

Il leva le visage et regarda le plafond :

— Jeudi soir. Jeudi, jeudi...

Son visage s'éclaira.

— Je sais où j'étais jeudi soir. J'étais en prison !

Nous nous sommes tous regardés. J'ai peine à l'admettre... Nous étions désolés de croire que notre suspect était peut-être innocent. La chose aurait dû remplir nos cœurs de joie. Un innocent n'allait pas être injustement condamné. Mais nous avons tous envisagé cette idée avec horreur. Nous tenions notre homme, crénom ! Il n'y avait personne d'autre. Nous ne voulions pas qu'il soit innocent. Nous voulions qu'il soit coupable.

J'ai honte d'avoir à le dire.

Le Chef Hickey fut le premier à reprendre ses esprits.

— Vous dites que vous étiez en prison ?

Il parlait d'un ton très calme. Il essayait de ne pas perdre sa mine renfrognée, mais si j'ai jamais vu un homme devenir tout pâle, c'était lui. Il y avait sur la Place trois cents personnes électrisées à la pensée que la vengeance allait s'accomplir. Et l'homme que nous avions si ardemment voulu tenir entre nos mains nous disait qu'il s'était trouvé en prison à l'heure où Sally Anders avait été assassinée.

— En prison où ? fit le Chef.

— Bon Dieu ! fit Wilfred qui se sentait un peu mieux en voyant la confusion qu'il avait semée, mais en suant encore à grosses gouttes. Je ne sais pas. Là-haut, par là...

Le Chef se pencha sur les bras du fauteuil de Wilfred. Il n'aurait pas pu approcher son visage davantage.

— Cessez de me servir votre merdique « je ne sais pas ». Pourquoi vous a-t-on mis en prison ? Qu'avez-vous fait après que vous prétendez être parti d'ici ?

Wilfred s'essuya le visage avec un mouchoir sale.

— J'ai fait de l'auto-stop en direction de l'est. En fin d'après-midi. J'étais sûr de ne rien pouvoir faire par ici. Un type m'a pris jusqu'à l'endroit où il se rendait. Je l'ai accompagné jusqu'au centre de la ville pour étudier les lieux. J'avais faim, c'est pourquoi je cherchais quelque chose que j'aurais pu échanger contre un repas, ou quelqu'un que je pourrais convaincre de m'offrir à dîner, ou quelqu'un qui aurait pu laisser traîner un sac. J'ai essayé le shopping-center, et là, j'ai volé un sac. Une femme l'avait laissé dans son chariot pendant qu'elle choisissait de la marchandise dans un rayon. Mais j'ai mal calculé mon coup. Elle m'a vu et j'ai dû m'enfuir, mais manque de pot, il y avait dans le magasin un flic qui n'était pas de service, et il m'a attrapé. Aussi, comme je l'ai dit, ils m'ont inscrit sur le registre et il m'ont foutu en taule parce que je ne pouvais pas donner de caution. C'est là que j'ai passé la nuit.

— Et ensuite ?

— Le matin, la femme est arrivée, mais elle ne voulait pas porter plainte. Alors, les flics m'ont reconduit aux confins de la ville et ils m'ont relâché en me priant de ne plus remettre les pieds chez eux.

— Et quelle était cette ville ?

— Seigneur, je ne sais pas ! fit Wilfred d'un air malheureux. Tout ce que je sais, c'est que le flic qui m'a arrêté s'appelait Farrell. Mike Farrell. Je n'avais jamais rencontré un tel salaud.

Nous nous sommes tous regardés. Il y avait un sergent nommé Farrell dans la police de Clinton Center.

Nous avons mis Wilfred en cellule. Le Chef a pris une profonde inspiration et il a appelé le commissariat de Clinton Center. C'était comme il l'avait dit. Un vagabond, identifié comme Wilfred Greene et dont le signalement correspondait, avait été arrêté par le sergent Farrell sous l'inculpation de vol à sept heures moins le quart dans la soirée du jeudi 7 mai. Il avait passé la nuit en prison et avait été relâché le lendemain matin à sept heures. Ils avaient relevé ses empreintes digitales et ils avaient pris sa photo, si nous voulions comparer.

Le Chef Hickey dit : « Parfait, nous allons envoyer quelqu'un pour prendre la photo afin de vérifier l'identification. » Mais lorsqu'il déposa le récepteur, nous savions tous que Wilfred n'avait pas seulement dit la vérité, mais aussi qu'il avait le plus formidable alibi qui soit. Absolument le plus formidable.

— Voilà notre affaire foutue ! dit Jack Harris. Le salaud ! J'aurais juré que nous tenions notre homme.

— Oui, fit Appleby en faisant un geste en direction de la Place. Et qu'est-ce que nous allons raconter à tous ces gens ? Ils ont reniflé le sang, et ils ne seront pas heureux de devoir rentrer chez eux sans leur livre de chair.

— Peut-être que le révérend Wallace pourrait leur faire un sermon sur la miséricorde, dit Harris. Je pourrais en faire un moi-même.

— Comment allons-nous le leur dire ? Aller vers eux avec une voiture de patrouille munie d'un haut-parleur et puis démarrer à fond de train ?

— Nous ne devrions strictement rien faire, dis-je, avant d'avoir comparé notre homme avec la photo de Clinton Center. On ne peut jamais savoir.

— Vous vous accrochez à un fétu de paille, me dit Nat Appleby. Nous savons tous que notre ballon a éclaté.

— Et ça semble mal parti pour les services de police, dit Jack Harris. Maintenant, la ville va vraiment nous tomber sur le dos à bras raccourcis.

Il se retourna vers le Chef :

— Croyez-vous que la Commission de la Police va céder et remettre de l'ordre dans la maison ?

— Ce n'est pas ça qui me tracasse, dit le Chef Hickey. Ce n'est pas ça qui compte.

— Que voulez-vous dire ? Qu'est-ce qui compte ?

— Ne comprenez-vous pas, dit Hickey en nous regardant tous, que si ce n'est pas l'inconnu qui l'a fait, la fille Anders a été violée et assassinée par quelqu'un de la ville ?

DIMANCHE-JEUDI, 10 AU 14 MAI

On peut dire tout ce qu'on veut des facultés intellectuelles du Chef Hickey si on les compare à celles des professeurs de Yale, des artistes, des musiciens et des écrivains de la ville — toute l'élite intellectuelle —, mais ce dimanche soir, il a plus vite été au cœur du problème que quiconque lorsque nous avons dû relâcher Wilfred Greene pour le renvoyer à Mystic Point. Le Chef Hickey a été le premier à comprendre qu'une fois qu'on avait relâché Wilfred Greene, on reconnaissait que le meurtrier de la jolie petite Sally Anders n'était pas quelque avide inconnu qu'il est toujours facile d'accuser du pire. C'était quelqu'un du groupe, un serpent réchauffé dans leur sein. Le tueur était l'un des leurs.

Comme je l'ai dit, il l'a compris cette nuit-là, avant même qu'on ait laissé partir Wilfred Greene. Tout au fond de lui-même, il tentait désespérément de se raccrocher à quelque fétu de paille, à la recherche d'un moyen de ne pas lâcher Wilfred Greene, de découvrir que le pernicieux inconnu nous avait roulés, qu'il avait pu se trouver simultanément en deux endroits différents. Comme tout aurait été simple si Wilfred avait été coupable ! L'affaire aurait été réglée, l'horreur écartée et la vie aurait pu suivre son cours. Mais c'était hors de question. On avait la preuve de l'innocence de Wilfred et le mystère subsistait. Mais Hickey n'était pas surpris. Il avait été flic trop longtemps pour croire aux solutions faciles.

Ce qui lui torturait l'esprit, c'était de savoir qui, dans cette ville, avait violé et assassiné l'une de nos mignonnes jeunes filles.

Parce que c'était la première question qu'on allait lui poser : « Si ce n'est pas l'inconnu, Chef, qui donc l'a fait ? » Et la question lui serait surtout posée par les membres de la Commission de la Police. Il était leur répondeur. Il avait été engagé comme on engage les chefs de la police, pour que tout aille bien, et pour que les membres de la Commission aient l'air efficaces, pour faire que la ville ait bonne réputation, bien sûr. Et il ne fallait pas qu'ils aient l'air d'avoir fait fiasco, d'avoir effectué un mauvais choix quand ils avaient épinglé le badge doré sur sa poitrine.

Le Chef Hickey se torturait l'esprit pour se souvenir de tout ce qui pouvait se rapporter à ceux qui, en ville, s'étaient déjà rendus coupables de quelque délit. Et il ne voyait *personne*.

Oh, ce n'est pas qu'une foule de noms ne lui venait pas à l'esprit : les tricheurs, les voleurs, les parasites, les dépravés, les chapardeurs, les resquilleurs, les adultères, ceux qui échangeaient leurs femmes... Il avait plus de noms dans sa mémoire que la plupart des gens n'ont d'amis. Mais jamais dans ses rapports avec les malfaiteurs connus de la ville il n'avait pas pressenti, sous leurs péchés superficiels, l'âme d'une créature qui aurait pu impudemment violer, brutaliser et assassiner une fille comme Sally Anders.

118

Ce qui tracassait le plus le Chef Hickey, c'était de devoir parcourir la liste de leurs noms. Ça démontrait qu'il n'avait pas exactement cerné leur personnalité. Et qu'il devait douter de la sienne. C'était surtout cela qui le tourmentait. Si l'un d'eux avait accompli un tel acte, comment lui, Herbert Hickey, avec toute son expérience et toute son habileté, avec son ego et sa fierté, comment n'en avait-il pas reconnu les signes ? Comment un aussi fieffé criminel avait-il pu échapper à son attention ? Son inadvertance avait causé la mort de cette jeune fille. Elle l'en rendait responsable.

Par ailleurs, s'il ne s'agissait pas d'un des noms du sommier, ce serait quelqu'un qui n'avait jamais attiré l'attention de la police, un des citoyens probes et honnêtes de la ville, peut-être même une des grosses légumes de la communauté. Cette idée était encore pire que les autres : un aussi abominable meurtrier, un homme qui avait compromis son salut éternel, pouvait se promener impunément dans les rues de Crockford en ayant des rapports amicaux avec tout le monde, en donnant le change à ses congénères et à ses amis et en trompant du même coup le Chef Hickey.

Le Chef avait un sens très développé de ses responsabilités. Il avait tendance à considérer le bien de la ville comme une obligation personnelle. C'était une des raisons pour lesquelles la Commission de la Police l'avait engagé. A leurs yeux, son sens du devoir avait été plus important que ses facultés intellectuelles. Il leur donnait l'assurance que leur ville avait la meilleure police de tout le Connecticut.

Et tout comme Herb Hickey, ils étaient effondrés devant le meurtre de Sally Anders, au cœur de « la meilleure et de la plus belle ville du Connecticut ». Et ils étaient d'autant plus embarrassés qu'ils ne pouvaient accepter l'idée, comme Herb avait dû se résoudre à le faire, qu'un membre de *cette société,* un habitant de « la meilleure des villes », avait pu commettre l'un des crimes les plus abominables qu'on puisse envisager.

Le reste de la ville fut tout aussi lent à saisir la signification de l'innocence de Wilfred Greene. Au début, les conversations, au marché, tournaient autour de l'idée que d'autres inconnus avaient pu se trouver en ville, avoir commis le crime et s'être échappés. Puis, lentement, mais très lentement, avec une suggestion par-ci, une question par-là, la possibilité que l'assassin ne soit pas un inconnu se fit jour. Il s'agissait peut-être de *l'un de nous!*

Cette suggestion n'était encore qu'à moitié formulée le jeudi 14 mai lorsqu'un éditorial, qui explosa en ville comme de la nitroglycérine, parut dans le *Shoreline News.* Il était intitulé : QUI EST-CE ? Voici cet éditorial :

« Il y a exactement huit jours aujourd'hui, entre huit heures et minuit, quelqu'un de cette ville, un esprit tordu et dément qui ne pouvait être celui d'un être humain, s'approcha de la maison de Charles et Pamela Parker, 325 North Ferry Street. A l'intérieur, dormaient deux enfants innocents qui ne se doutaient de rien, Richard, 4 ans, et David, 2 ans et demi. Ce soir-là, la baby-sitter des Parker veillait sur eux : Sally Anders, âgée de 16 ans, élève du collège. Elle avait amené ses livres afin de faire ses devoirs pendant que les enfants dormaient.

« Mais elle ne fit aucun devoir ce soir-là.

« Parce que ce déchet d'humanité, tordu et démentiel, dont il aurait mieux valu que l'âme brûle en enfer, s'approcha de la porte et pénétra dans la maison. Et ce qu'il a fait à Sally Anders défie toute description. Pour le dire de la manière la moins cruelle, il viola et assassina la jeune fille, entraîna son cadavre dans le champ qui s'étendait derrière la maison et le jeta dans les buissons.

« Et après avoir accompli son horrible forfait, cette inexcusable contrefaçon d'être humain retrouva son apparence d'amabilité et reprit son habitude de parcourir nos rues, de partager notre amitié, de bavarder avec nous, de caresser les cheveux de nos propres jeunes filles, transformant en mensonge tout ce qui nous est cher.

« Car, oh, membres de cette aimable communauté de Crockford, cette ville dont nous sommes si fiers et où nous sommes si heureux de vivre, il faut que vous compreniez une chose ! Un *meurtrier* circule parmi nous. Une infecte et néfaste créature rôde dans cette ville, dissimulant son esprit débauché sous un visage engageant. Ici, parmi nous, vit l'incarnation de Dorian Gray, une copie authentique de la création d'Oscar Wilde dont l'expression séduisante et les manières raffinées cachent une âme funeste.

« Ce meurtrier qui se cache parmi nous, ce serpent dans notre sein sait qui il est. Conseillons-lui vivement de penser à son crime, de venir l'avouer. Espérons qu'un sens inné de la bienséance le poussera à nous prévenir avant que sa folie ne l'entraîne à frapper de nouveau.

« Cet homme ne peut certainement pas se réjouir de son forfait. Il doit être aussi épouvanté que nous de son acte.

« Avouez donc ! S'il vous reste un peu de pitié au cœur, avouez !

« Entre-temps, il nous appartient à tous de garder les yeux ouverts pour déceler le faux pas que tous les criminels finissent par faire. Il peut s'agir d'un éclair dans le regard, une fenêtre ouverte sur un cœur noir. Ce pourrait être un regard furtif, un signe de culpabilité, un regard lubrique lancé à une jeune fille déjà formée. D'une manière ou de l'autre, le scélérat se trahira. D'une manière ou de l'autre, il faut qu'il soit pris.

« Il faut que notre ville redevienne sûre. »

JEUDI 14 MAI

CONSEIL DE L'ÉGLISE ST. BARTHOLOMEW
(4 heures de l'après-midi)
PRÉSENTS : Dorothy Meskill, présidente ; Jessie
Mund, secrétaire ; Carole Wayne ; Robert Saltzer.
ABSENT : Darwin Lane.

JESSIE MUND

Est-ce que quelqu'un a lu l'éditorial de Phil Croft
aujourd'hui ? Moi, je crois qu'il n'a pas le droit
d'écrire de pareilles choses.

ROBERT SALTZER

C'est tout à fait Phil. Il a tendance à exagérer le
côté émotionnel des choses.

JESSIE MUND

Je ne crois pas que ce soit simplement émotionnel.
Je crois qu'il essaie délibérément de nous effrayer. Il
voudrait nous faire croire que cela pourrait se
reproduire.

123

CAROLE WAYNE

Vous croyez que cela ne se reproduira pas ?

JESSIE MUND

De quoi êtes-vous en train de parler ? Vous faites comme si vous le croyiez... L'idée que quelqu'un dans cette ville... Je veux dire... Vous voyez, n'est-ce pas ? Personne dans cette ville...

DOROTHY MESKILL

C'est exactement ce que je croyais moi-même. Personne dans cette ville... Mais après avoir lu cet éditorial...

ROBERT SALTZER

Mais crénom, si ce n'était pas ce gosse qu'ils ont arrêté, celui qu'ils ont dû relâcher, qui cela pourrait-il être, sinon quelqu'un de la ville ? Et pourquoi non ? Qu'est-ce que cette ville a de tellement exceptionnel ?

JESSIE MUND

Vous voulez dire que vous êtes du même avis ? Pas seulement à cause de cet éditorial ?

ROBERT SALTZER

Je crois que c'est ce que nous devrions tous penser.

DOROTHY MESKILL

Cet éditorial m'a secouée, je dois le reconnaître. Il m'a fait comprendre ce que j'aurais dû comprendre bien plus tôt. Ce qu'il y a, c'est que j'avais vu ce Wilfred Greene. Il m'avait vraiment flanqué les foies. Il était avec moi dans la maison... Dans la cuisine, et nous étions seuls. Et je sentais le mal en lui. Je ne sais pas comment expliquer ça, mais je le *sentais*. Je n'arrivais plus à sortir ce jeune homme de mon esprit. C'est sans doute pour ça que je n'ai pas pensé que quelqu'un de la ville pourrait être le coupable.

ROBERT SALTZER

Oui, mais si les policiers s'étaient servis de leurs petites cellules grises, ils auraient su que ce n'était pas lui. Parce que s'il voulait faire quelque chose de ce genre, c'est à vous qu'il l'aurait fait, Dorothy. Sur-le-champ, ce matin-là. Comme vous le dites vous-même, c'était l'occasion rêvée.

DOROTHY MESKILL

Oui, je n'avais pas pensé à ça. C'est vrai. Et si j'avais crié, dans la cuisine, à l'arrière de la maison, je ne sais pas qui aurait pu m'entendre.

CAROLE WAYNE

Il aurait mieux valu ne pas crier et faire ce qu'il voulait.

JESSIE MUND

Peut-être que Sally serait encore en vie si elle n'avait pas crié.

CAROLE WAYNE

Puisqu'on parle de cris, quelqu'un l'a-t-il entendue ? Je n'ai jamais entendu mentionner la chose.

JESSIE MUND

Et les deux enfants ? Si elle avait crié, ils l'auraient
entendue.

CAROLE WAYNE

Et la vieille femme qui habite en face ?

ROBERT SALTZER

Mme Tyler ? Elle est sourde comme un pot. Et si
elle était au lit... Mais vous, Dorothy ? Vous n'habi-
tez pas tellement loin.

DOROTHY MESKILL

J'ai interrogé Ed à ce sujet. Cela me tracassait
aussi. Il était en train de corriger des devoirs dans le
bureau, avec la fenêtre ouverte, mais il n'a rien
entendu. Aussi, je ne crois pas qu'elle ait crié.

ROBERT SALTZER

Il y avait le bruit de la circulation sur l'autoroute.
Peut-être n'aurait-il rien entendu si elle avait crié.

DOROTHY MESKILL

Mais le bureau n'est pas orienté vers l'autoroute.
Il fait face à la maison des Parker qui n'est distante
que de deux à trois cents mètres. Je pense qu'un cri
aurait dû être perçu.

ROBERT SALTZER

A moins que ses fenêtres n'aient été fermées et qu'elle ait déjà été morte quand il l'a sortie de la maison.

JESSIE MUND

Robert, je vous en prie, ne dites pas des choses aussi horribles... Moi, il y a une chose que je ne comprends pas. Vous pensez *tous* que l'homme qui a tué Sally habite ici, en ville ? *(signe de tête affirmatif de tous les assistants.)* Vous voulez dire : quelqu'un que tous nous connaissons ?

ROBERT SALTZER

Peut-être que certains d'entre nous le connaissent.

JESSIE MUND

Ce pourrait être l'un d'entre nous ? Par exemple, quelqu'un qui se trouverait dans cette pièce ?

ROBERT SALTZER

Comme je suis le seul mâle présent et que le meurtre a été manifestement commis par un homme, je préférerais que vous tourniez votre attention dans une autre direction.

DOROTHY MESKILL

C'est probablement quelqu'un qu'aucun de nous ne connaît. C'est sans doute quelqu'un qui appartient à la basse classe de la ville. *(Silence.)*Vous n'êtes pas d'accord, Robert ?

ROBERT SALTZER

Quoi ?

DOROTHY MESKILL

J'ai cru déceler un air désapprobateur sur votre visage.

ROBERT SALTZER

J'étais en train de me dire combien il est facile de rejeter le blâme sur autrui. Surtout sur des gens moins éduqués ou moins intelligents, sur des gens qui ne sont pas comme nous.

CAROLE WAYNE

Vous voulez dire que c'est quelqu'un comme nous qui l'aurait fait ?

ROBERT SALTZER

Je veux seulement dire que si vous vous rendiez dans les bars et les bowlings de la ville, là où se réunissent les ouvriers, les gens se demanderaient qui, d'un autre groupe — peut-être *le nôtre* — aurait pu faire une chose pareille. J'ai toujours pensé combien il était plus facile d'imaginer Dracula en Transylvanie plutôt que dans le canton de Westchester.

JESSIE MUND

Bon, mais si c'est quelqu'un d'ici, ce ne peut être qu'un dément, c'est tout ce que je peux dire. Et nous n'en avons pas en ville.

128

CAROLE WAYNE

Et Clyde Worth ?

JESSIE MUND

Clyde ? Voyons, Carole, soyez raisonnable. Clyde
n'est pas un dément.

CAROLE WAYNE

Mais il est bizarre. Il n'est pas normal.

JESSIE MUND

Mais il est gentil et amical. Et de plus, que fait-il
de tellement bizarre ? Il s'occupe de ses propres
affaires, et il se promène.

CAROLE WAYNE

Vous pouvez prendre n'importe quelle route, vous
pouvez vous éloigner de la ville autant que vous le
voulez, vous ne savez jamais si vous n'allez pas voir
Clyde se promener sur le bas-côté.

ROBERT SALTZER

Il aime peut-être les paysages.

CAROLE WAYNE

Et Dieu sait que rien ne lui échappe. Nous, nous
n'avons rien vu parce que nous allons trop
vite.

129

ROBERT SALTZER

Par exemple deux amoureux dans l'herbe qui font quelque chose qu'ils ne devraient pas ?

DOROTHY MESKILL

Robert, vous avez l'esprit mal tourné.

JESSIE MUND

Il voit des choses. Il trouve des choses. Un jour, il a trouvé un livre sur le bord de la route. Un livre en bon état. Et il l'a donné à la bibliothèque.

CAROLE WAYNE

Mais il ne travaille pas, il n'a pas de moyens d'existence. Où habite-t-il ?

DOROTHY MESKILL

Dans l'ancienne boutique de bric-à-brac. Steve Polinski lui permet d'y rester. Avec tous ses chats.

CAROLE WAYNE

Steve Polinski ? Combien lui demande-t-il de loyer ?

DOROTHY MESKILL

Pas de loyer. Rien.

ROBERT SALTZER

Il n'y a ni électricité ni plomberie.

CAROLE WAYNE

Qu'est-ce qui a pu se passer dans la tête de Steve ? Chaque fois qu'il achète quelque chose, c'est pour en faire de l'argent. Le salon de coiffure ? Il en a fait trois boutiques, et il tire plus de loyer de chacune d'elles que Bill Bormer n'en payait pour couper les cheveux.

JESSIE MUND

Steve Polinski ne permettrait pas à Clyde Worth d'occuper sa propriété si c'était un dément.

CAROLE WAYNE

Je ne dis pas que c'est un dément. Je dis qu'il est *bizarre*. Il ne travaille pas, il n'a pas d'argent, et il s'habille en fouillant les bacs de récupération de vieux vêtements.

ROBERT SALTZER

Vous avez entendu l'histoire que raconte Marion Kleves ? Elle enfouissait quelques vêtements dans le container quand elle a senti sa main à l'intérieur. Clyde s'était couché dedans pour dormir au chaud, je suppose. Elle dit qu'elle a fait un bond d'un mètre.

DOROTHY MESKILL

Il paraît qu'elle était tellement furieuse qu'elle voulait le faire arrêter.

ROBERT SALTZER

C'est ce qui est curieux avec les gens bizarres. Ils sont imprévisibles. C'est ça qui les rend étranges. Ils

131

se comportent de façon presque normale et puis, pour une raison qu'ils sont seuls à pouvoir comprendre, ils font quelque chose d'extraordinaire.

JESSIE MUND

Comme de tuer Sally Anders? C'est ça que vous voulez dire?

ROBERT SALTZER

Je n'ai rien dit de pareil. Je dis seulement que si nous devions chercher un meurtrier parmi les citoyens de la ville, je ne manquerais pas de penser à Clyde. A moins d'avoir quelque indice spécifique qui désignerait quelqu'un d'autre, on doit pouvoir se dire que Clyde est le seul de la ville qui *aurait pu* commettre le meurtre. Cela ne signifie pas qu'il l'ait fait, mais jusqu'à présent, c'est notre seule possibilité.

JESSIE MUND

Selon votre opinion.

ROBERT SALTZER

Selon mon opinion, c'est vrai. Et quelle est la vôtre?

JESSIE MUND

Je vous l'ai dit! C'est ce Wilfred Greene. Ou quelqu'un de son espèce. C'est un au-then-ti-que criminel, un gibier de potence, un maniaque sexuel. Et il n'est pas de *notre* ville.

(Entre Walter Wallace, pasteur de St. Bartholomew)

WALTER WALLACE

Désolé d'être en retard. J'assistais à la répétition de la chorale. Je voulais… Maintenant, c'est devenu différent. Je crains que ce ne soit plus aussi agréable qu'avant. Vous comprenez ce que je veux dire.

DOROTHY MESKILL

Sally avait la plus belle voix. Il est rare d'en trouver de pareilles.

WALTER WALLACE

Sally et Peggy. Les deux ensemble. C'était tout à fait remarquable. Je n'ai jamais entendu deux voix qui étaient mieux à l'unisson. Comme ces jeunes filles elles-mêmes ! Cela se produit rarement. Je suis certain qu'elles-mêmes ne se rendaient pas compte à quel point de telles relations sont rares.

CAROLE WAYNE

Peggy était-elle à la répétition ?

WALTER WALLACE

Non. Malheureusement, elle a démissionné de la chorale.

JESSIE MUND

Nous étions en train de parler de… de ce qui est arrivé. Quel est votre point de vue, Père ? On dit

que... Cet éditorial de Phil Croft... Croyez-vous que
Sally a été tuée par quelqu'un de la ville ?

WALTER WALLACE

A vrai dire, je ne sais trop que penser. Il est facile
de rejeter le blâme de ce qui s'est produit sur des
étrangers. C'est pourquoi nous le faisons. C'est
tellement facile ! Mais les indices montrent... Ma foi,
je ne sais que dire. J'ai parlé au Chef Hickey. La
police cherche, mais elle est dans le noir. Comme
nous tous.

ROBERT SALTZER

On parlait de Clyde Worth. Vous le connaissez.
Croyez-vous qu'il aurait pu faire une chose pareille ?

WALTER WALLACE

Clyde ? Hmmm. Vraiment, je n'avais pensé à
personne en particulier. Je suppose que c'est possible. Il m'est arrivé de bavarder avec lui de temps en
temps, mais j'avoue que je ne le comprends pas. A
dire vrai, je n'ai pas l'impression que c'est le type à
ça. Mais est-ce que je le connais bien ? Il y a chez
Clyde des zones que je n'arrive pas à sonder. Il n'est
pas comme tout le monde.

CAROLE WAYNE

Connaissez-vous quelqu'un d'autre qui ne serait
pas « comme tout le monde » ?

Imaginez-vous que Clyde puisse faire une chose pareille ?

WALTER WALLACE

J'aimerais pouvoir vous répondre. Qui peut sonder la noirceur de l'âme humaine ? Je crois que j'en connais un peu sur Dieu. Je crois comprendre Son message au monde. Et je *sais* que je comprends ce qu'Il attend de nous. Je *sais* comment nous devons répondre à Sa volonté. Mais Ses méthodes, Sa manière de rendre Ses desseins manifestes sont très subtiles et très profondes. Même les érudits n'arrivent pas à comprendre pleinement la signification de Ses actes.

DOROTHY MESKILL

Lesquels, par exemple ?

WALTER WALLACE

Comme ce qui est arrivé à Sally Anders. En quoi cela faisait-il partie de Ses desseins ?

JESSIE MUND

C'était l'œuvre du Malin. Ici, c'est le Malin qui a eu le dessus.

CAROLE WAYNE

Est-ce là ce que vous pensez, Père ? Que la mort de Sally a été l'œuvre du Malin ?

WALTER WALLACE

Je crois que si le Mal existe, il est dans nos âmes. Non, je ne crois pas que la mort de Sally soit l'œuvre du Malin.

CAROLE WAYNE

Mais alors, quoi? Pourquoi une telle chose a-t-elle pu se produire?

WALTER WALLACE

Ma conviction personnelle, c'est que cela faisait partie du Grand Projet de Dieu, un projet dont le But est le Bien, mais je ne peux honnêtement pas expliquer par quelles voies ce projet peut conduire au Bien. Tout ce que je peux vous affirmer, mes amis, c'est que tout ce qui se passe dans ce monde répond à la Volonté de Dieu, et que le Bien qui s'y cache appartient au Plan Cosmique de Dieu pour l'Univers, et il n'apparaîtra que lorsque l'avenir se dévoilera.

JESSIE MUND

Tout ce que vous dites ne me rassure pas.

WATLER WALLACE

Bon. Mais tout ceci n'est pas le but de notre réunion. Nous devons discuter des résultats de notre gestion.

JEUDI 14 MAI

RÉUNION DE LA COMMISSION DE LA POLICE —
COMITÉ DIRECTEUR (8 heures du soir).
PRÉSENTS : Hugh McCormick, président ;
Donald Harding ; Charles Parker ; le Chef Herbert
Hickey ; l'inspecteur Jack Harris ; l'agent Elisabeth
Mahler (greffière).

HUGH MCCORMICK

Je n'ai pas besoin de vous dire ce que nous
pensons et ce que nous éprouvons. Cela fait maintenant une semaine, et nous sommes toujours dans le
noir. C'est vrai, n'est-ce pas, Herb ?

LE CHEF HICKEY

J'en ai peur, monsieur. Nous sommes persuadés
qu'il s'agit de quelqu'un de la ville, mais jusqu'à
présent, Jack n'a découvert aucune piste. N'est-ce
pas, Jack ?

L'INSPECTEUR HARRIS

Nous avons essayé de reconstituer ses mouve-
ments ce jour-là, pour voir si elle n'avait rien fait qui

sorte de l'ordinaire. A-t-elle parlé à quelqu'un ou a-t-elle rencontré quelqu'un qui n'entrait pas dans ses habitudes ? Jusqu'à présent, nous n'avons rien trouvé.

DONALD HARDING

Avez-vous une idée de l'heure à laquelle c'est arrivé ? Est-ce juste après qu'elle a mis les enfants au lit ? Plus tard dans la soirée ? Pouvons-nous établir quand ? Quelqu'un l'a-t-il entendue crier ?

L'INSPECTEUR HARRIS

Non, monsieur Harding. Nous n'avons trouvé personne. Et nous avons étudié cette question à fond.

DONALD HARDING

Ça veut dire quoi, « à fond » ? Qu'est-ce que vous avez fait concrètement ?

HUGH MCCORMICK

Est-il utile d'entrer dans les détails, Don ? Si Jack dit...

DONALD HARDING

Je suis membre de la Commission. Les gens m'arrêtent dans la rue, ils m'interrogent dans des réceptions, ils veulent savoir ce que nous faisons. Ils veulent des réponses concrètes et je vais leur en donner.

Mme Tyler, qui habite juste en face de chez les Parker, est la personne la plus proche. Nous lui avons parlé. Puis, derrière chez M. Parker, il y a quatre personnes qui vivent dans le vieux pavillon qui faisait partie de la propriété Sedley avant qu'on n'en fasse une école et qu'elle ait brûlé durant la dernière guerre. Il y a un jeune couple, les Tattersol, et deux femmes, un professeur d'éducation physique au collège, Marcia Van Doren, et une artiste, Nancy Trowbridge. Il n'y a qu'une clôture défoncée entre les deux propriétés, près de la grange des Parker, et leur patio, derrière la cuisine, ne se trouve qu'à une trentaine de mètres. Les quatre habitants du pavillon étaient chez eux ce soir-là, mais ils assurent tous les quatre n'avoir rien entendu.

Si vous remontez North Ferry Street au-delà de l'étang, vous avez les Meskill et les Doudens, les Gordon derrière chez les Meskill et les Jackson tout près des Doudens. Si Mme Tyler et les quatre habitants du pavillon n'ont rien entendu, il y a peu de chances que quelqu'un d'autre l'ait pu. Mais nous n'en avons pas moins frappé à toutes les portes de North Ferry Street, de Peach Lane, de North State et de Siddons Street. Maison après maison, monsieur. Et aucun de ceux qui étaient chez eux ce soir-là n'a vu ou entendu quelque chose d'anormal.

CHARLES PARKER

J'ai parlé moi-même avec tout le monde dans le quartier. Jack a raison. Personne n'a rien pu me dire.

L'INSPECTEUR HARRIS

Nous inclinons à croire qu'elle n'a pas crié. Nous ne voyons pas comment elle l'aurait pu sans que personne ne l'entende ou sans avoir réveillé les enfants.

HUGH MCCORMICK

Mais avec les gosses, on ne sait jamais. Je veux dire, sauf votre respect, Charley, que vos enfants ont pu se réveiller et se rendormir en ayant tout oublié. Ou ils peuvent avoir peur de dire ce qu'ils ont entendu.

CHARLES PARKER

« Sauf votre respect », Hugh, ce n'est pas le cas. Pam et moi, ensemble et séparément, nous leur avons fait dire à tous les deux tout ce qu'ils pouvaient se rappeler de cette nuit. Mais tout ce qu'ils peuvent dire — tout ce qu'ils savent — c'est qu'elle leur a permis de regarder un programme d'histoire naturelle à la TV et qu'ensuite, elle les a mis au lit. Ce devait être vers huit heures, car j'ai consulté les programmes de TV. Sally a regardé l'émission avec eux, elle les a mis au lit, et c'est tout ce qu'ils savent jusqu'au moment où nous les avons réveillés en pleine nuit pour leur poser des questions.

HUGH MCCORMICK

Ils se rappellent donc ça ? Ils se souviennent d'avoir été réveillés ?

CHARLES PARKER

David l'avait oublié, mais Richard se souvient de tout un branle-bas, avec des gens qui l'interrogeaient sur Sally. C'est tout ce qu'il a pu me dire. Il ne sait pas encore que Sally est morte.

DONALD HARDING

C'est donc arrivé probablement entre huit heures et minuit ? Est-il possible de préciser davantage ?

L'INSPECTEUR HARRIS

L'autopsie, la nourriture dans son estomac. Le médecin qui l'a pratiquée estime que la mort a dû se situer vers dix heures.

HUGH MCCORMICK

Cela paraît assez probable. Même sans autopsie.

DONALD HARDING

J'ai entendu dire que ses livres étaient soigneusement empilés sur la table de la salle à manger. Elle n'avait pas encore commencé ses devoirs. Ce pourrait donc être plus près de huit heures que de dix.

LE CHEF HICKEY

Le soleil ne s'est couché qu'après huit heures. Nous ne croyons pas que quelqu'un se serait approché de la jeune fille avant qu'il fasse sombre. Pour nous, le plus tôt qu'on puisse envisager serait neuf heures.

CHARLES PARKER

Il est probable qu'elle a regardé la télévision pendant un moment avant de se mettre au travail.

Ma femme croit que non, mais moi, oui. Histoire de retarder un peu le moment de la corvée. Du moins, si elle est comme moi. Je ne crois pas que le fait de n'avoir pas touché à ses livres nous apporte la moindre lumière. Ce qui est plus important, c'est de savoir si c'est arrivé par accident ou si c'était délibéré. Qu'en pensez-vous, Herb? Croyez-vous que ce soit le fait de quelqu'un qui *savait* qu'elle gardait nos enfants ce soir-là, ou qu'il s'agit de quelqu'un qui passait par hasard?

LE CHEF HICKEY

Selon nous, il est probable qu'il s'agit de quelqu'un qui *savait* qu'elle était là et qui a voulu profiter du fait qu'elle était seule.

HUGH MCCORMICK

Surtout s'il s'agissait de quelqu'un de la ville, comme le prétend Phil Croft dans son éditorial. Vous croyez que c'est le cas, Herb, qu'il s'agit de quelqu'un de la ville?

LE CHEF HICKEY

Comme nous n'avons plus de Wilfred Greene qui serait venu en ville, qui l'aurait aperçue et qui l'aurait suivie, la seule conclusion sensée semble être que c'est le fait de quelqu'un qui vit ici, qui la connaît et qui savait qu'elle gardait les enfants de M. Parker jeudi dernier.

DONALD HARDING

Si vous voulez mon avis, ça n'a pas de sens. Si quelqu'un de la ville était spécialement attiré par la

142

fille, ceci aurait pu se produire depuis longtemps. N'importe où, dans les bois, dans sa propre maison, derrière l'école, sur le siège arrière de sa voiture. Pourquoi aurait-il choisi le moment où elle faisait du baby-sitting et où deux petits enfants dormaient tout près ?

CHARLES PARKER
Là, vous marquez un point, Don. Pourquoi l'aurait-il fait là et à ce moment-là ? Il aurait pu trouver des tas de meilleurs endroits. Ailleurs, là où personne ne l'aurait entendue si elle avait crié. Dans ce cas, il n'aurait pas eu besoin de la tuer. Qu'en pensez-vous, Herb ? Y avez-vous songé ?

LE CHEF HICKEY
Nous avons envisagé la chose.

HUGH MCCORMICK
Vous croyez qu'il l'a tuée pour l'empêcher de crier ?

LE CHEF HICKEY
Nous croyons qu'il l'a tuée parce qu'elle savait qui il était. C'est la raison la plus probable.

HUGH MCCORMICK
Vous voulez dire... Ce serait l'un de nous ? Pas quelque cocaïnomane venu d'on ne sait quelle partie de la ville ?

LE CHEF HICKEY

Les consommateurs de crack ne s'intéressent pas au sexe. Tout ce qui les intéresse, c'est le crack. Nous croyons qu'il s'agit de quelqu'un qu'elle connaissait parce que autrement, nous ne voyons pas pourquoi il l'aurait tuée. Dans la plupart des cas, il est inutile de tuer une femme pour la violer. Elle n'a pas la force de résister. Vous n'avez qu'à la violer et il est inutile de la tuer en prime.

HUGH MCCORMICK

Ciel, quelle déclaration sexiste! Heureusement que nous siégeons à huis clos.

LE CHEF HICKEY

J'essaie seulement d'expliquer les faits. La plupart des violeurs sont poussés par le besoin de satisfaire leur instinct sexuel, de se libérer. En général, le viol leur suffit. Sally Anders a été violée. Les choses auraient pu s'arrêter là, mais ce ne fut pas le cas. Il a été obligé de la tuer. Nous pouvons comprendre pourquoi il voulait la violer. Il y a dans cette ville plus de gens qu'on ne croit qui seraient capables de le faire. Mais tuer la victime après le viol, c'est quelque chose de très différent. Ce n'est plus une question de sexe, c'est de la peur.

C'est pourquoi nous croyons que Sally a reconnu l'homme, et il aura compris qu'il devait la tuer pour garder son identité secrète.

DONALD HARDING

Attaquer une innocente jeune fille qui fait du baby-sitting, avec des enfants qui dorment tout près, des voisins qui pourraient l'entendre crier, alors qu'elle sait qui vous êtes, et la tuer pour l'empêcher de crier et de parler, ce ne peut être que le fait d'un dément.

LE CHEF HICKEY

C'est exactement ce que nous pensons. C'est dans cette direction-là que nous cherchons.

DONALD HARDING

Un dément ? Ici ? Nous n'en avons pas !

HUGH MCCORMICK

Et Clyde Worth ?

DONALD HARDING

Clyde Worth ? Qu'est-ce que vous racontez. Hugh ? Ce n'est pas un dément.

HUGH MCCORMICK

Vous savez où il habite ? Comment il vit ? Lui avez-vous parlé ces derniers temps ?

DONALD HARDING

De quoi pourrait-on parler avec Clyde Worth, sinon du temps qu'il fait ? Où voulez-vous en venir ?

HUGH MCCORMICK

Avez-vous vu la porcherie qu'il habite ? Ce qui était la boutique de bric-à-brac jusqu'à la mort de

145

Les Hubbard ? J'y suis allé la semaine dernière avec
le premier conseiller et le Dr Allen, l'officier de
santé. On doit se frayer un chemin entre des
monceaux de vieux journaux empilés jusqu'à hauteur d'épaule. On trouve partout des plateaux de
litière pour chats. Il a trente chats, à en croire Frank
Folger. Comme il est premier conseiller, je me fie à
ses calculs. La pièce pue le chat. Elle est éclairée par
des chandelles plantées dans des bougeoirs que
Clyde a posés au-dessus de ses tas de journaux pour
pouvoir retrouver son chemin. Il n'a ni électricité ni
eau courante... Ça veut dire, pas de *toilette*. Il
touche une petite allocation d'ancien combattant et
quelques timbres d'alimentation. Je dois dire à son
avantage qu'il ne mendie pas, qu'il ne se plaint pas et
qu'il prend grand soin de ses chats. Mieux que de lui-
même.

Mais s'il y a un drôle de pistolet en ville, c'est bien
lui.

CHARLES PARKER

Allons Hugh, vous ne pouvez pas croire que Clyde
soit mêlé à ceci. Ce n'est pas un maniaque sexuel.

HUGH MCCORMICK

L'ennui avec des gens comme lui, c'est que vous
ne savez jamais ce qu'ils sont vraiment. Vous et moi,
Charles, tous dans cette pièce, presque tous dans
cette ville — du moins les citoyens respectueux de la
loi — nous nous connaissons nous-mêmes, et nous
nous connaissons mutuellement. Les citoyens respectueux de la loi ont des limites qu'ils ne franchis-
sent pas. Et nous savons tous quelles sont ces
limites.

146

L'ennui avec Clyde, Charles, c'est qu'il n'est pas comme les autres. Nous ne pouvons pas prédire avec exactitude comment il va se comporter.

CHARLES PARKER

Et moi je continue à dire que Clyde est tout à fait incapable de ça. Je ne l'imagine pas en train de violer Sally Anders. Ne parlons même pas de la tuer... Dites-moi, Herb, croyez-vous que Clyde soit coupable du meurtre de Sally Anders ?

LE CHEF HICKEY

Ma foi, non. Nous n'avons rien trouvé contre lui. Aucun indice.

DONALD HARDING

Quels indices avez-vous ? Vous et l'inspecteur Harris ?

LE CHEF HICKEY

Nous devons imaginer qu'il s'agit de quelqu'un qui, comme vous l'avez dit, ne connaît pas les limites. Quelqu'un qui peut perdre la tête dans certaines situations.

DONALD HARDING

Des situations sexuelles ?

LE CHEF HICKEY

Nous pensons que c'est un domaine dans lequel les gens — et surtout les hommes — sont le moins

capables de contrôler leurs émotions, de réagir
rationnellement.

HUGH MCCORMICK

Vous tournez autour du pot, Herb. Si ce n'est pas
Clyde, à qui pensez-vous ?

LE CHEF HICKEY

A vrai dire, nous ne voyons personne. Clyde est
un type imprévisible. Nous ne savons jamais ce qu'il
va faire. Mais pour autant que nous ayons pu suivre
sa trace, ça ne colle pas. Joe Norrell, qui tient
l'épicerie et le poste d'essence au coin de Maple-
wood et de Stonehill Road, prétend que Clyde est
venu chez lui ce soir-là vers dix heures et qu'il a
acheté une boîte de Root Beer. C'est à près de huit
kilomètres de chez M. Parker et il aurait dû s'y
rendre à pied. Vous pouvez peut-être imaginer qu'il
aurait volé une voiture pour s'y rendre et tuer Sally,
mais ça n'arrive que dans les romans policiers, pas
dans la vie réelle.

DONALD HARDING

Mais vous pensez quand même qu'il s'agit d'un
dément ?

LE CHEF HICKEY

Nous pensons qu'il doit s'agir d'un détraqué.

CHARLES PARKER

Qui, en ville, si ce n'est pas Clyde ?

DONALD HARDING

Et si c'était... Reggie Sawyer ?

CHARLES PARKER

Reggie Sawyer ? Vous voulez rire ?

DONALD HARDING

Qu'est-ce que ça a de drôle ? Allons, dites-moi, qu'est-ce que ça a de drôle ?

CHARLES PARKER

Reggie Sawyer est la vedette et le capitaine de l'équipe de football du collège, il est président de la classe des seniors, c'est un étudiant de haut niveau. Son père est soliste dans la chorale de l'Eglise congrégationnelle de Crockford, et c'est le principal de l'école primaire Evêque Dudley. Vous ne trouvez pas que vous allez fort ?

DONALD HARDING

En plus, il est noir.

CHARLES PARKER

Et alors ?

DONALD HARDING

Savez-vous que quand il était encore en primaire, les Anders lui ont permis de venir chez eux en deux ou trois occasions pour jouer avec Sally ? Inviter un garçon à venir jouer avec une fille !

CHARLES PARKER
A cette époque, les Sawyer habitaient State Street. C'étaient des voisins.

HUGH MCCORMICK
Qu'est-ce que vous insinuez, Don? Que leurs relations ont pu se poursuivre?

DONALD HARDING
Je dis seulement qu'une graine a pu être plantée.

LE CHEF HICKEY
Je ne pense pas qu'il y ait quelque chose à en retenir. Il y a des tas de gosses dans cette ville que nous tenons à l'œil. Les mauvais. Nous savons qui fait quoi, même quand nous ne pouvons pas formuler d'accusation. Et il n'y a jamais eu la moindre chose contre Reggie Sawyer.

DONALD HARDING
Et je ne prétends pas nécessairement qu'il ait fait quelque chose de mal. Je dis seulement que nous cherchons quelqu'un qui, comme l'a dit Hugh, est incapable de se contrôler. Quelqu'un qui n'est pas « l'un de nous ». Tout ce que je dis, c'est qu'on connaît les Noirs. Ils ont des impulsions sexuelles exagérées. Ils ne connaissent pas nos valeurs. Ils ont de grosses bites et...

HUGH MCCORMICK
Voyons! Nous ferions bien de surveiller notre langage et nos insinuations.

150

DONALD HARDING

Crénom, qu'est-ce que j'ai dit? Nous sommes à huis clos! Ici, on a bien le droit de se défouler. C'est une affaire de meurtre, nom de Dieu. Nous devons pouvoir dire ce que nous pensons. Nous sommes entre hommes...

HUGH MCCORMICK

Notre greffière n'est pas un homme.

DONALD HARDING

Oh, pardon, Betty. J'avais oublié que vous étiez là.

ELISABETH MAHLER

Il n'y a pas de mal. Je suis mariée. Et j'ai trois garçons.

DONALD HARDING

C'est juste, vous savez donc de quoi on parle. Dites-moi, votre aîné n'est-il pas dans la classe de Reggie Sawyer?

ELISABETH MAHLER

Carl? Oui. Et le suivant, Linden, est dans la classe de Sally.

DONALD HARDING

Dites-nous, est-ce que Carl vous a parlé de Reggie? Je veux dire qu'on parle beaucoup plus de sexe au collège que nous ne le soupçonnons, nous les adultes, n'est-ce pas ?

ELISABETH MAHLER

Je n'ai jamais rien entendu dire à propos de Reggie.

DONALD HARDING

Et les autres ? De qui Carl a-t-il entendu parler ? Vous voyez, Herb ? Voilà les gens qu'il faut interroger. Je suis sûr qu'il s'agit de quelqu'un du collège. C'est tout à fait logique. Et quelqu'un qui est mentalement instable. Vous voyez ? Quelqu'un qui est dominé par ses pulsions sexuelles. Qu'est-ce que vous en pensez, Jack ? Vous êtes-vous occupé des gosses du collège ?

L'INSPECTEUR HARRIS

Nous y pensons. Mais on ne peut pas tout faire en un jour.

DONALD HARDING

Non, et ce n'est pas ce qu'on vous demande. Mais avez-vous interrogé Reggie Sawyer ?

L'INSPECTEUR HARRIS

Non, monsieur. Pas encore.

DONALD HARDING

Saviez-vous qu'il jouait avec Sally Anders quand ils étaient en primaire ?

L'INSPECTEUR HARRIS

Non, monsieur. C'est une information que nous n'avions pas.

DONALD HARDING

Eh bien, suivez mon conseil. Occupez-vous de ce Sawyer. Mais ne dites pas de qui vous tenez le tuyau.

LUNDI 18 MAI

BUREAU DU PREMIER CONSEILLER (Réunion exceptionnelle, 10 h 30 du matin).

PRÉSENTS : Le premier conseiller Frank Folger ; le second conseiller Sam Bowles ; l'officier de santé, Dr Elisabeth Allen ; le capitaine des pompiers Ken Davidge ; le promoteur immobilier Steve Polinski.

LE PREMIER CONSEILLER FOLGER

Je suppose que tout le monde connaît la raison de cette réunion. Elle se tient à la demande de Steve. Et pour dire vrai, je la souhaitais aussi. Comme vous le savez, nous avons un problème. Steve, si vous nous en parliez ?

STEVE POLINSKI

C'est tout simple. Il s'agit du fait que Clyde Worth habite un de mes immeubles, et on commence à me mettre sur la sellette. Certains de mes locataires viennent me demander pourquoi j'autorise Clyde Worth à occuper les lieux sans payer de loyer. Ils veulent savoir pourquoi eux paient un loyer et lui pas.

Pourquoi ne pas leur dire que Clyde ne bénéficie pas des mêmes services qu'eux : électricité, eau courante chaude et froide.

STEVE POLINSKI

C'est vrai, ils n'ont aucun droit de se plaindre. Mais ça leur paraît bizarre que Clyde ait un toit à cause de ma seule bonté d'âme.

LE CONSEILLER BOWLES

C'est de ça qu'ils se plaignent. Ils ignoraient que vous aviez un cœur.

STEVE POLINSKI

Vous ne me ferez pas sortir de mes gonds, Sam. Mes loyers sont élevés, mais ils répondent aux conditions du marché. C'est mon droit. La plupart des autres propriétaires de la ville ont vécu trop longtemps ici. Ils ignorent que nous vivons dans un monde où les loups se mangent entre eux. Je peux vous dire que quand je suis arrivé ici, je ne pouvais pas croire aux prix de location que l'on pratiquait. Cette ville était endormie. L'autoroute avait été inaugurée, les professeurs de Yale louaient des maisons et faisaient une ville-dortoir pour les habitants de New Haven de ce qui avait été une bourgade de fermiers et de pêcheurs. Vous, les propriétaires terriens, vous aviez cinquante ans de retard. C'était à moi de vous réveiller, de vous montrer la mine d'or qu'était cette ville, de vous faire comprendre ce que l'on pouvait demander de loyer pour les boutiques de la Place, quels prix pratiquer pour les terrains vis-à-vis de ceux qui voulaient les acheter pour bâtir. Je ne cherche donc pas à gagner un concours de popularité. Les prix de la propriété ont grimpé à chaque réévaluation ? Je n'en suis pas responsable. Ils auraient grimpé même si je n'avais jamais mis le nez ici. Je me contente de pratiquer les prix du marché. Si mes locataires n'aiment pas le prix qu'on demande pour un commerce sur la Place, qu'ils aillent en louer un ailleurs. Je ne fais pression sur personne.

LE CONSEILLER BOWLES
Adorable Steve !

STEVE POLINSKI
Vous êtes l'un de ceux qui ne désirent pas voir cette ville changer. Vous êtes né ici, et vous n'avez pas envie de voir construire la moindre maison. Cela pourrait gâter la vue.

LE PREMIER CONSEILLER FOLGER
Bon sang, nous savons tous que la ville doit changer. On ne peut rien y faire. Ce que nous voulons, c'est qu'elle ne change pas trop vite. Nous devons absorber les changements pour que la ville garde son caractère. Vous, tout ce que vous cherchez, c'est de tirer d'elle tout ce qu'elle peut vous donner. Et quand vous aurez obtenu ce que vous vouliez, vous partirez. Nous sommes au courant des propriétés que vous avez acquises dans le New Hampshire.

STEVE POLINSKI

Vous pouvez gueuler tant que vous voulez. Tout ce que je fais est légal. Tout doit être approuvé par l'Urbanisme. Si vous n'aimez pas ce que je fais, c'est auprès d'eux que vous devez vous plaindre.

LE PREMIER CONSEILLER FOLGER

Ils ne peuvent rien contre vous. Comme vous le dites, tout est légal.

STEVE POLINSKI

Vous n'avez qu'à leur demander de changer les plans de secteur.

LA DOCTORESSE ALLEN

J'attends un malade à onze heures trente. Si vous attendez quelque chose de moi, Frank, il faudrait peut-être en venir au fait.

LE PREMIER CONSEILLER FOLGER

Vous avez raison, docteur. Excusez-moi. Nous sommes ici pour décider de ce qu'il faut faire de Clyde Worth.

LA DOCTORESSE ALLEN

Vous voulez le renvoyer à l'hôpital psychiatrique ?

LE PREMIER CONSEILLER FOLGER

Non, non, rien de tout ça. Il n'a rien à faire dans un hôpital psychiatrique.

LA DOCTORESSE ALLEN

Parce que si telle était votre intention, il faudra demander à quelqu'un d'autre de l'y placer. C'est moi qui ai dû le faire la dernière fois, et j'ai eu le sentiment de lui jouer un mauvais tour. Je ne vais pas recommencer ; je perdrais sa confiance.

LE PREMIER CONSEILLER FOLGER

Non, non. Nous n'avons pas l'intention de le faire interner. On n'a rien à lui reprocher. La dernière fois, ils l'ont relâché, n'est-ce pas ?

LA DOCTORESSE ALLEN

Alors, quel est le but de cette réunion ?

LE PREMIER CONSEILLER FOLGER

C'est de savoir ce qu'on va faire de lui.

LA DOCTORESSE ALLEN

Quel est le problème ?

LE PREMIER CONSEILLER FOLGER

Dites-le-lui, Steve.

STEVE POLINSKI

Je suis le propriétaire de cet immeuble abandonné. Ce qui était le magasin de bric-à-brac du vivant de Leslie Hubbard. Je l'ai acquis dans son fonds. Il est situé à River Street, presque en face du cinéma…

158

Je sais où c'est.

STEVE POLINSKI

Je vais en faire des boutiques, avec des bureaux au second étage. Entre-temps, la maison reste vide et elle ne rapporte rien à personne. L'électricité est coupée, et il n'y a jamais eu d'eau. Cela coûterait moins cher de l'abattre et de faire une nouvelle construction, mais cela m'est interdit à cause du plan de secteur. Je vais devoir utiliser le bâtiment comme il est. En attendant, il reste donc debout.

LA DOCTORESSE ALLEN

Je sais tout ça. Et vous avez permis à Clyde Worth d'y vivre.

STEVE POLINSKI

Il venait de sortir de l'hôpital psychiatrique et il ne savait où aller. La maison était vide et je me suis dit : nom d'un chien, s'il peut s'en accommoder, qu'il s'y installe, pourvu qu'il parte quand j'en aurai besoin.

LA DOCTORESSE ALLEN

Et maintenant, vous en avez besoin ?

LE PREMIER CONSEILLER FOLGER

Vous l'avez visité la semaine dernière, Dr Allen. Ne trouvez-vous pas que c'est un danger du point de vue sanitaire ?

159

LA DOCTORESSE ALLEN

Je crois surtout qu'il y a un risque d'incendie. Mais c'est à Ken d'en décider. Du point de vue sanitaire, je n'y vois aucun danger.

STEVE POLINSKI

En cas d'incendie, c'est moi qui serai responsable. Que se passerait-il si la maison brûlait pendant qu'il se trouve dedans ?

LA DOCTORESSE ALLEN

Qu'est-ce que vous en pensez, Ken ? C'est vous le capitaine des pompiers.

LE CAPITAINE DAVIDGE

Je crois que Steve a raison. La situation est pleine de risques.

LA DOCTORESSE ALLEN

Alors, c'est à vous de le lui dire, n'est-ce pas ? Qu'a-t-on besoin de moi ?

LE PREMIER CONSEILLER FOLGER

Ken, Steve et moi, nous avons pensé que vous seriez en mesure de lui parler. Vous, il vous écoute. Nous nous sommes dit que vous pourriez lui faire comprendre la situation.

LE CONSEILLER BOWLES

Et où ira-t-il si vous le foutez dehors ?

STEVE POLINSKI

Ça, c'est son problème. Où serait-il allé si je ne l'avais pas autorisé à s'installer ?

LE PREMIER CONSEILLER FOLGER

Le point, c'est que Steve veut que Clyde s'en aille, et nous voudrions y arriver en douceur.

LE CONSEILLER BOWLES

Il veut l'expulser à cause de ce qui est arrivé à la fille Anders ?

STEVE POLINSKI

Vous ne comprenez pas. Ce n'est pas ce que je pense. Je ne crois pas qu'il ait fait quelque chose. Mais je reçois des plaintes. Maintenant, on a commencé à voir comment il vit. Avant, les gens ne lui prêtaient pas attention. Maintenant, ils l'observent, et ils le croient plus dangereux qu'il n'y paraît. Lui, ses chats, ses tas de vieux journaux et les chandelles dont il s'éclaire.

LE PREMIER CONSEILLER FOLGER

En réalité, il a provoqué une situation dangereuse, tant du point de vue sanitaire qu'à cause des risques d'incendie. Si le feu éclate dans cette maison, une douzaine d'autres bâtiments risquent de partir en fumée du même coup. Nous ne pouvons pas fermer les yeux devant ce genre de choses.

161

LE CONSEILLER BOWLES

Vous avez fermé les yeux pendant presque deux ans. Aucun de vous ne prêtait la moindre attention à Clyde ou à la manière dont il vivait. Maintenant, d'un seul coup, la situation est devenue dangereuse. A cause de ce qui est arrivé à la fille Anders. Il n'avait rien à voir là-dedans comme vous le reconnaissez vous-même, mais maintenant, il est dangereux et il faut l'expulser.

LE PREMIER CONSEILLER FOLGER

Non. Il faut l'expulser parce que Steve veut qu'il parte. Et c'est son droit. Il s'agit de sa propriété.

LE CONSEILLER BOWLES

Dans ce cas, que ce soit Steve qui lui dise de s'en aller. Pourquoi diable devons-nous y mêler le premier conseiller, le second conseiller, l'officier de santé et le capitaine des pompiers ? Qu'est-ce qui se passe, Steve ? Vous voulez que nous fassions le sale boulot à votre place ?

STEVE POLINSKI

Il faut qu'il parte. J'ai fait ce que j'avais à faire. Je l'ai aidé pendant deux ans. Maintenant, je veux que ma propriété me soit rendue.

LE CONSEILLER BOWLES

Maintenant, vous croyez qu'il est dangereux. Maintenant, vous pensez qu'il a pu tuer Sally Anders.

STEVE POLINSKI

Diable non! Personne ne le croit. C'était probablement Reggie Sawyer.

LE CONSEILLER BOWLES

Le jeune Reggie? Le joueur de football?

STEVE POLINSKI

Vous n'avez donc rien entendu?

LE CONSEILLER BOWLES

Entendu quoi?

STEVE POLINSKI

Personne ne sait où il était cette nuit-là. Ni ses
parents ni ses amis. Et il refuse de le dire.

LE CONSEILLER BOWLES

Vraiment? Vous le soupçonnez?

LE PREMIER CONSEILLER FOLGER

On n'a pas de preuve. Nous ne disons pas qu'il
était impliqué, mais la police mène une enquête. Et
c'est troublant.

LE CONSEILLER BOWLES

Pourquoi? Parce qu'il n'a pas d'alibi? Il vous en
faudrait un peu davantage. Je suis prêt à parier que
la moitié des gosses de sa classe n'ont pas d'alibi

pour cette nuit-là. Mais bien entendu, Reggie est *noir*.

LE PREMIER CONSEILLER FOLGER

C'est bien pour ça que la police s'intéresse à lui et à ce qu'il a fait cette nuit-là.

LE CONSEILLER BOWLES

Il ne connaît même pas Sally Anders. Et il ne savait certainement pas où elle gardait des enfants ce soir-là. Tout ça n'a pas de sens.

LE CAPITAINE DAVIDGE

Il connaissait Sally Anders. Beaucoup mieux que vous le croyez.

STEVE POLINSKI

Ils se donnaient rendez-vous.

LE CONSEILLER BOWLES

Sally Anders et Reggie Sawyer?

LE PREMIER CONSEILLER FOLGER

Toute la ville en parle. Quand ils étaient gosses, il habitait tout près et il allait jouer avec elle. Il est retourné chez elle quand ils étaient en primaire. Et ça ne s'est pas arrêté là. A quatorze ans, elle s'échappait de chez elle pour aller avec lui au cinéma.

LE CONSEILLER BOWLES

Voyons! Comment aurait-il pu l'entraîner au cinéma sans être vu dans une ville comme Crockford?

LE PREMIER CONSEILLER FOLGER

Ils n'allaient pas au cinéma à Crockford. Il l'emmenait à Madison.

LE CONSEILLER BOWLES

Et vous croyez que c'est lui, le coupable? Pourquoi?

LE PREMIER CONSEILLER FOLGER

Nous ne sommes pas encore entrés dans les détails. Comme je l'ai dit, il n'y a pas de preuve. Tout ce qu'on sait, c'est que cette nuit-là, il est sorti avec sa voiture. Ses parents ne savent pas où il a été et il ne le dit pas. Il a même été jusqu'à dire à Jack Harris qui l'interrogeait que ce n'étaient pas ses oignons. Pour un gosse, et surtout un Noir, c'est un peu fort de parler ainsi à un policier. Si on tient compte de tout, ce *sont* les oignons de Jack.

LE CONSEILLER BOWLES

Oui, mais quel serait le mobile? Je me demande ce que vous avez en dehors du fait qu'il connaissait Sally Anders et qu'il n'a pas d'alibi? Vous n'avez pas l'ombre d'une preuve pour l'étayer.

LE PREMIER CONSEILLER FOLGER

Nous n'avons pas non plus d'autre suspect. C'est sous cet angle-là qu'il faut l'envisager. D'après ce que nous croyons — d'après ce que croit la police —, Sally Sanders a été violée et tuée par quelqu'un qui la connaissait et qui savait où elle faisait du baby-sitting. C'était quelqu'un qui la connaissait, qui la désirait et qui était décidé à se la faire. Et il savait aussi qu'il devait la tuer en prime pour ne pas être identifié. Cela signifie qu'il s'agissait de quelqu'un qui l'avait approchée et qu'elle avait rejeté — platement rejeté. C'est pourquoi la police a cherché parmi ses condisciples quelqu'un avec qui elle avait été en rapport pendant une courte période, ou qui la harcelait et à qui elle battait froid. Et tout ce qu'ils ont pu trouver, c'est ce lien avec Reggie Sawyer. Je reconnais que c'est fragile, mais c'est tout ce que nous avons. Et puis, quand vous pensez à ce qu'on lui a fait et quand vous faites le tour de ses condisciples en vous demandant qui, dans ce collège, serait capable d'un tel acte, vous tombez sur Reggie Sawyer. Pas seulement parce qu'il est noir, mais parce que c'est une vedette du football qu'une demi-douzaine de collèges ont déjà essayé d'engager. Et le football est un jeu brutal, le genre de jeu qui attire des individus qui ont en eux un élément de brutalité. Vous voyez ce que je veux dire ? N'ai-je pas raison, Dr Allen ?

LA DOCTORESSE ALLEN

Je suis une généraliste, pas une psychiatre. J'ai entendu parler de ces bruits, mais je fréquente l'Eglise congrégationnelle et je dois dire que Reginald Sawyer senior est un de ses membres les plus appréciés. Il ne chante pas seulement dans la chorale en assumant le rôle de soliste, il est aussi membre du conseil paroissial et il siège dans un tas de comités. Et il a certainement fait de l'Ecole Evêque Dudley la meilleure école primaire de la ville.

STEVE POLINSKI

Oui, vous parlez du père, docteur. Mais on ne peut pas toujours dire « tel père, tel fils ».

LA DOCTORESSE ALLEN

Je le sais. Mais je connais le jeune Reggie et avec lui, je dirais « tel père, tel fils ». Et pour vous dire la vérité, j'ai eu l'occasion de m'occuper de presque tous les étudiants du collège à un moment où à un autre, et je ne peux pas imaginer que l'un d'eux ait pu faire une chose pareille. En ce qui me concerne, la seule raison qui donne du poids aux histoires qu'on raconte sur son compte, c'est qu'on ne raconte rien sur personne d'autre.

LE PREMIER CONSEILLER FOLGER

Ce que je veux dire, Sam, c'est que nous n'avons rien contre ce gosse en dehors du fait qu'il refuse de dire ce qu'il faisait cette nuit-là. Et s'il faisait quelque chose de moins criminel qu'un viol et un meurtre, on peut croire qu'il s'empresserait de nous le dire. Aussi ne disons-nous pas qu'il est coupable mais qu'on peut se poser sur lui un tas de questions qui appellent une réponse.

STEVE POLINSKI

C'est exact. Personne ne dit qu'il est coupable. Telle est la loi dans ce pays : une personne est *innocente* tant qu'on n'a pas prouvé sa culpabilité, et nous n'avons pas l'ombre d'une preuve contre Reggie Sawyer. Nous pouvons penser ce que nous voulons, mais on ne peut pas pendre un homme pour ce que les gens pensent. Aujourd'hui, ce n'est pas comme au bon vieux temps.

LA DOCTORESSE ALLEN

Je suis désolée, mais il faut que je parte. J'ai un malade qui va arriver.

LE PREMIER CONSEILLER FOLGER

Navré, Elisabeth. Nous sortons de notre sujet. Si nous vous avons fait venir ici, c'est que vous connaissez mieux Clyde qu'aucun d'entre nous. Il a confiance en vous. Il fera ce que vous lui direz.

LA DOCTORESSE ALLEN

Je ne sais pas à quel point il me fait encore confiance après que je l'ai envoyé dans cet institut psychiatrique.

LE PREMIER CONSEILLER FOLGER

En tout cas, il n'a certainement confiance en personne d'autre. Le fait, c'est que Steve veut qu'il quitte la maison, et c'est son droit. Le problème qui nous préoccupe tous — et moi comme premier conseiller — c'est comment y arriver en douceur. Je peux évidemment le faire expulser par la police. Mais comment prendrait-il la chose ? Si nous pouvons y arriver en douceur en lui faisant comprendre pourquoi c'est nécessaire — le risque d'incendie, le

problème sanitaire — il pourrait partir sans faire
d'histoires.

LA DOCTORESSE ALLEN

Et vous préférez que ce soit moi qui lui dise qu'il y
a un problème sanitaire plutôt que de charger Ken
d'invoquer le risque d'incendie ?

LE PREMIER CONSEILLER FOLGER

Vous êtes plus persuasive que Ken.

LA DOCTORESSE ALLEN

Ma foi, je pourrais lui parler. Je crois que je
pourrais lui faire admettre que le changement est
indispensable.

LE CONSEILLER BOWLES

Et où ira-t-il une fois qu'il aura été mis dehors ?

LE PREMIER CONSEILLER FOLGER

C'est son problème.

LE CONSEILLER BOWLES

Suis-je le gardien de mon frère ?

LE PREMIER CONSEILLER FOLGER

Ma foi, Sam, quel est, selon vous, notre rôle en
tant que conseillers ? Trouver un logement pour tout
le monde ? Pour cela, il y a des agents immobiliers.

LE CONSEILLER BOWLES

Voyons ! Vous savez bien qu'il n'a pas d'argent.

STEVE POLINSKI

Ecoutez : moi, je veux qu'il parte. Le reste le regarde.

LE CONSEILLER BOWLES

Le reste le regarde ? Et où ira-t-il ? Croyez-moi, il s'agit d'un sérieux problème. Vous ne pouvez pas tout simplement le jeter à la rue. Dieu sait de quoi il serait capable. Il pourrait tous nous attaquer.

LE PREMIER CONSEILLER FOLGER

Allons, Sam, cessez de dramatiser. Clyde ne fera rien du tout. Il est inoffensif.

LE CONSEILLER BOWLES

Ecoutez-moi bien ! Les types de son genre sont inoffensifs aussi longtemps qu'ils peuvent s'en tirer. Ils n'ont pas de grands besoins. Ils peuvent vivre de presque rien. Mais si vous leur enlevez *tout,* si vous les mettez le dos au mur et les laissez entièrement démunis, le plus doux, le plus inoffensif des hommes peut devenir fou furieux. Etes-vous prête à garantir, Dr Allen, que si on lui enlève la seule chose qu'il possède dans la vie, sa maison éclairée aux chandelles, ses tas de vieux journaux et ses chats bien-aimés, pouvez-vous garantir que Clyde Worth demeurera paisible, inoffensif et miséricordieux ? Pouvez-vous garantir qu'il ne va pas sombrer dans une crise de folie furieuse ?

LA DOCTORESSE ALLEN

Non. Certainement pas.

LE CONSEILLER BOWLES

Alors, vous tous, écoutez-moi bien! Vous ne pouvez pas priver Clyde de tout. Vous devez lui laisser quelque chose. Sinon, vous ne pouvez pas le laisser courir en liberté. S'il n'est pas en mesure de s'occuper de lui-même, il faudra qu'on le fasse à sa place.

LA DOCTORESSE ALLEN

Sam a raison. Clyde est incapable de s'occuper de lui-même et il n'a aucun endroit où aller.

LE PREMIER CONSEILLER FOLGER

Sauf à l'hôpital psychiatrique.

LE CONSEILLER BOWLES

Là au moins, on pourrait le soigner.

LA DOCTORESSE ALLEN

Je pourrais le convaincre d'y aller pour passer des tests. Une fois qu'il y sera, ils pourront le garder.

LE PREMIER CONSEILLER FOLGER

Ce sera parfait. Il y serait bien. Et nous nous sentirions tous à l'aise. Elisabeth, voulez-vous voir ce que vous pouvez faire?

171

Je pourrais le persuader de s'y rendre de son plein gré, si toutefois il me fait encore confiance. Mais après ça, ce sera fini pour toujours.

JEUDI 21 MAI

C'est Jane Anders qui a fait la découverte. Mais laissons-lui la parole.

JANE ANDERS

Vous savez, j'ai toujours essayé de bien élever mes enfants. Mais maintenant, Sally n'est plus là. On dit qu'on s'y habitue, mais je n'y arrive pas. Depuis que c'est arrivé, je ne suis plus bonne à rien. Cela fait deux semaines maintenant. Exactement deux semaines aujourd'hui. Quelqu'un a dit que le temps guérit les blessures. Je ne sais pas qui c'est, mais sûrement pas quelqu'un qui a perdu une fille.

Je vous en prie, ne me dites pas que le temps guérit *toutes* les blessures. Des amies essaient de me réconforter en me disant que je réapprendrai à sourire, voire même à rire. Ne les croyez pas ! Vous ne savez pas ce qu'est une dépression. Personne ne le sait. Quelles erreurs ai-je commises ? En quoi me suis-je trompée pour que ceci ait pu lui arriver ? Je ne dis pas : « Quel péché ai-je commis pour attirer ce châtiment ? » Ce n'est pas à ça que je pense. Nous nous trompons tous. Je me trompe tous les jours, et le plus malencontreusement du monde. Ce n'est pas ça. C'est Sally ! Que lui ai-je appris, ou que ne lui ai-je pas appris, ou en quoi lui ai-je manqué, pour qu'elle connaisse cette horrible fin ? Seigneur, comment avez-vous pu ? Vous pouviez me faire ce que vous vouliez, à moi. Elle ne le méritait pas ! Je serais morte à sa place si je l'avais pu. Je suis vieille, décrépite et épuisée. Je ne suis d'aucune utilité à Jim. Nous ne nous accordons pas. C'est probablement ma faute s'il m'évite tout en prétendant que non. Sally m'évitait aussi. Et Christopher. Moi, tout ce que j'essayais, c'était de tenir mon ménage, de rendre mon mari heureux, d'élever correctement mes enfants et de faire de notre famille quelque chose dont notre communauté pouvait être fière. Est-ce mal ? Est-ce pour ça que Dieu me punirait ? Etait-ce pour ça que Sally devait mourir ?

Très bien, désolée. Je n'avais pas l'intention de parler de Sally. Mais elle est toujours présente dans mes pensées. J'ai constamment son visage sous les yeux. Je me demande en quoi j'ai mal agi. J'ai surmonté la mort de mon père. Je surmonterai celle de ma mère lorsque le moment viendra... Mais je vous en prie, Seigneur, pas trop vite ! Pas après ceci. Mais que l'on vienne me dire que je sourirai de nouveau après la mort de Sally, que je la surmonterai, c'est trop demander. Il y a des blessures que le temps n'efface jamais.

Mais je dois vous parler de ce qui est arrivé. Avec Christopher. Vous comprenez, il a treize ans. Et il a perdu sa sœur. Il la pleure aussi. Il y a maintenant deux semaines, mais le chagrin ne s'est pas apaisé. Pour aucun de nous. Il a le cafard. Il ne joue plus avec ses copains. Il va à l'école, rentre à la maison, et il ne s'occupe que de ses livres de classe et de ses devoirs. Et Jim. Avant, nous ne nous parlions pas beaucoup. Maintenant, nous ne nous parlons prati-

174

quement plus. Nous faisons tous les trois semblant de former un foyer. Jim ne le dit pas, mais je crois que son travail en souffre. Il y a maintenant deux semaines, mais le chagrin ne s'apaise pas. Il empire. Maintenant, nous retombons sur terre, nous avons dépassé le choc paralysant et nous commençons à affronter la terrible réalité : Sally ne rentrera plus à la maison, il y a une chambre vide derrière la salle de bains de l'étage, avec le lit fait, exactement comme elle l'a laissé avant de partir pour l'école le dernier jour.

J'ai fait de mon mieux pour continuer à tenir le ménage et je me suis occupée des travaux routiniers. Mon esprit divague mais depuis que c'est arrivé, j'ai essayé d'occuper mes mains. J'ai fait semblant de croire que l'aspect de la maison était aussi important maintenant qu'avant.

C'est ainsi que vont les choses. Les enfants... Sally et Christopher. Dès le début, je les ai obligés à garder leurs chambres en ordre, à faire leurs lits, à ramasser leurs affaires et leurs jouets, à être propres. Sally était toujours négligente. « Oui, Maman », disait-elle en essayant de cacher les draps froissés sous la courtepointe. Christopher était un cas désespéré. Oh, il faisait son lit, mais vous auriez pu croire qu'un éléphant y avait dormi. Et le reste ! Il y avait toujours des affaires qui traînaient partout. « Oh, j'ai oublié ! » disait-il. C'était son mot de passe, et il le définit bien.

Alors, une fois par semaine, je faisais moi-même leurs lits. Je leur mettais des draps propres. Le lundi. Je leur donnais un jour de congé. Et ce que je faisais, une chose à quoi ils n'auraient jamais songé, c'était de retourner leur matelas. Ils auraient dormi sur la même face pendant un million d'années sans jamais les aérer.

Et c'est ainsi qu'il y a un an, j'ai découvert une revue licencieuse cachée sous le matelas de Christopher. Il ne s'agissait même pas de *Playboy*. C'était un minable torchon avec des photos en noir et blanc qui montraient des hommes et des femmes dans des poses dégradantes.

Je l'ai montrée à Jim. Je trouvais que le gamin était débauché. Je n'imaginais pas comment il avait pu entrer en possession d'une pareille ordure, ni même en quoi elle pouvait l'intéresser. Chris avait toujours été tellement droit. Je m'attendais à voir Jim faire des bonds.

Au lieu de quoi il s'est mis à rire. Il ne prenait pas la chose au sérieux. J'ai dit que j'avais peur que cela ne le pousse à la masturbation. J'avais entendu dire que ce genre de choses pouvait affecter l'esprit d'un enfant.

Mais Jim m'a dit qu'il ne savait même pas si Chris était déjà pubère. Il ajouta que lui n'avait commencé à se masturber qu'à quatorze ans. Je fus choquée de l'entendre reconnaître une telle chose. Mais Jim me répondit simplement que tous les garçons le faisaient, qu'il était naturel qu'ils aient un intérêt pour le sexe et pour l'aspect qu'avaient les filles quand on enlevait leurs vêtements. Et il ajouta quelque chose d'encore plus choquant ; que cela n'arrivait pas seulement quand ils commençaient à grandir. Il me dit que quand il avait six ans, un de ses copains qui avait une sœur de quatre ans les emmenait tous les trois dans un placard et faisait enlever sa culotte à la gamine. Elle rigolait et elle faisait ce qu'on lui demandait sans savoir pourquoi ça les amusait. Ce que Jim essayait de me faire comprendre, c'est que les garçons aiment ce genre de choses à tout âge.

Mais moi j'étais choquée. J'ai dit que j'allais montrer à Chris ce que j'avais trouvé afin de lui faire

176

honte. Jim me conseilla de n'en rien faire. Il dit que cela n'y changerait rien. Tout ce que ferait Chris, ce serait de chercher une meilleure cachette. Il estimait que ce que j'avais de mieux à faire était de remettre la revue à sa place et de feindre que je ne savais rien.

Je le fis. Je ne sais pas pourquoi, sauf que je me rendais compte que je n'avais pas la moindre idée de ce que sont les hommes. Je savais seulement que Jim ne s'était jamais comporté avec moi comme un maniaque sexuel. Même s'il avait fait de telles choses, comme de laisser une petite fille ôter sa culotte devant lui quand il n'avait que six ans, s'il s'était masturbé et s'il avait regardé des revues pornographiques, il n'en était pas moins devenu un homme respectable, le genre d'homme dont une fille comme moi pouvait tomber amoureuse. Et j'en étais tombée amoureuse. Peut-être que cette revue licencieuse que j'avais trouvée sous le matelas de Chris ne lui ferait finalement aucun mal. Et Jim avait dit que de toute manière je ne pouvais rien empêcher. Cela l'inciterait seulement à se dissimuler. Aussi ai-je remis la revue en place et ai-je fait comme si je n'en savais rien.

Et de temps en temps, j'avais trouvé d'autres choses sous le matelas de Chris, des choses qu'il voulait nous cacher : d'autres revues, parfois des photos de nus qui en montraient plus que je n'en montrais à mon propre mari. Mais je n'avais plus ennuyé Jim avec tout ça. Je les laissais où c'était et je faisais comme si je ne savais rien.

Jusqu'à lundi dernier. Quand j'ai retourné le matelas ce jour-là, ce que j'ai trouvé c'est un paquet de... oui, le mot est devenu courant de nos jours, mais je ne l'avais encore jamais employé... un paquet de préservatifs.

Je ne pouvais pas régler cette affaire toute seule.

Chris n'a que treize ans. Il fallait que je les montre à Jim.

Je les lui ai remis après avoir terminé la vaisselle du dîner en lui disant où je les avais trouvés. Chris était en train de faire ses devoirs, et Jim était plongé dans un tome de l'Histoire de la Grèce. Il croit qu'au temps de la Grèce Antique, tout allait bien dans le monde. Ou il fait semblant d'y croire. Depuis que Sally est morte, il ne fait rien d'autre. Chaque soir, jusqu'au moment d'aller se coucher. Je crois qu'il fuit la réalité, comme si rien ne s'était passé.

Mais ceci le réveilla un peu. Il prit un air très sérieux. Cette fois, même lui parut ébranlé. Il examina le paquet, se leva, le mit dans sa poche et dit qu'il allait en parler à Chris. Seul. Il insista sur le mot *seul*. Pour moi, c'était parfait. Je n'ai pas envie de savoir tout ce que les hommes font.

JEUDI 21 MAI

JIM ANDERS

Je ne sais pas ce que je pensais quand je suis monté dans la chambre de Chris avec ce paquet dans ma poche. Je ne sais d'ailleurs pas si j'ai beaucoup pensé au cours de ces deux dernières semaines. Je ne sais même pas ce que j'ai pu faire sinon traverser les jours comme un automate en me réfugiant dans ma solitude. Je suppose que je m'apitoyais sur moi-même. C'est ce que diraient les psychanalistes. Mais je ne peux pas m'empêcher d'imaginer des jours qui n'arriveront jamais : le diplôme de Sally l'année prochaine, Sally engagée chez Brown, ce qui était son ambition, et elle y serait arrivée. Et surtout, je me vois l'accompagner dans la nef de l'église St. Bartholomew, elle dans sa robe de mariée, mortellement inquiète, moi serrant sa main posée sur mon bras en la laissant une dernière fois s'appuyer sur moi. Comment pourrais-je ne pas penser à ce genre de choses ?

Mais ce paquet de préservatifs m'a rappelé que Sally n'était pas le seul enfant de la famille, que Christopher m'est tout aussi cher et que je ne pouvais pas le laisser aller à la dérive et se noyer à cause de mon chagrin pour celle que j'ai perdue.

179

Qu'est-ce qui était en train de lui arriver ? Je n'arrivais pas à le comprendre.

Sa porte était ouverte au haut de l'escalier et il était penché sur ses maths. Les enfants récupèrent vite. Il était presque revenu à la normale. Cet après-midi, il s'était rendu chez son ami Peter Herly.

— Salut, grogna-t-il en me lançant un drôle de regard devant mon intrusion inattendue.

Cela me fit réaliser qu'il n'était plus venu depuis longtemps me demander de l'aider pour ses devoirs. J'avais l'impression de ne plus le connaître vraiment. Surtout avec ce que je cachais dans ma poche.

Je sortis le paquet et je le laissai tomber sur son bureau.

— Où as-tu pris ça, Chris ?

Il devint tout pâle, et il leva les yeux :

— Où l'as-tu trouvé ?

— Je te demande d'où tu le tiens.

Il ne joua pas les innocents.

— C'est un ami qui me l'a donné.

— Pourquoi ? Qu'est-ce que tu en fais ?

— Rien.

— On n'achète pas ce genre de choses pour ne rien en faire, Chris. Je te le redemande : « Qu'est-ce que tu en fais ? »

— Je te l'ai dit : je les garde pour un ami.

— Pourquoi cet ami ne peut-il pas les garder lui-même ?

— Parce que... parce que... Il a ses raisons.

— Est-ce que tu te sers de ces trucs ? Es-tu pubère ?

Il se mit debout :

— De quoi parles-tu ? Bien sûr que non. Comment peux-tu croire que j'aie quelque chose à faire avec... avec cette saloperie ? Le sexe, c'est bon pour les oiseaux. Et le Sida ?

180

Sa voix grimpa dans les aigus :

— Tu n'as pas entendu parler du Sida ?

Je fermai la porte pour éviter que Jane entende. Je revins en me demandant comment régler cette situation. On croit que les parents sont malins alors qu'ils sont tellement stupides.

— Ecoute, dis-je, je me fais du souci pour toi. Crois-moi ou ne me crois pas, mais je m'intéresse à toi.

— Bien sûr. Le seul moment où tu t'intéresses à moi, c'est quand tu fouilles mes affaires et que tu trouves quelque chose de ce genre. Le reste du temps, tu ne sais même pas que je vis ici.

— La plupart du temps, dis-je, je respecte ton droit à l'intimité et à t'occuper de tes affaires. C'est parce que je te respecte et que j'apprécie la manière dont tu te comportes. Si je te donne brusquement l'impression de m'intéresser à toi, c'est parce que j'ai trouvé quelque chose qui me fait croire que je me suis trompé, que je ne *peux pas* apprécier la manière dont tu te comportes. Et tes explications sur les raisons pour lesquelles ce paquet était en ta possession font que je te respecte moins encore.

— Je t'ai dit que ce n'était pas à moi. Tu ne vas pas me prendre en flagrant délit pour quelque chose que je n'ai pas fait !

Sa voix, de plus en plus aiguë, était devenue agressive, mais il avait des larmes plein les yeux, et je compris brusquement à quel point il était jeune et sensible et à quel point mon attaque l'avait blessé. Il ne voulait pas pleurer. Il n'avait pas pleuré pour Sally, même si j'avais vu ses yeux s'embrumer de la même manière. Il essayait à toute force d'être un homme, et c'est tellement difficile quand on n'est encore qu'un gosse. Je me souvenais de moi à son âge.

— Ecoute, dis-je, je ne t'accuse pas. Je suis sûr que tu n'es pour rien dans tout ça. Je me demande seulement ce que tu peux faire de ce genre de truc. Qui te les a donnés à garder ? Qui, parmi tes connaissances, te demande de garder de telles choses pour lui ? Qui te charge de ce fardeau ? Pourquoi ?

— Personne ne me les a donnés, rétorqua-t-il en retenant ses larmes avec peine. Pourquoi ne me laisses-tu pas tranquille ?

— Il faut bien que quelqu'un te les ait donnés. Tu n'as pas pu les acheter.

— Je les ai trouvés ! s'écria-t-il. Si tu veux tout savoir, je les ai trouvés.

— Tu les as trouvés ? Où ?

— Ce ne sont pas tes affaires. Laisse-moi tranquille !

Son désespoir me fit comprendre combien il était important qu'il me le dise.

— Chris, dis-je, je veux savoir d'où ils viennent. Je veux savoir où tu les a trouvés.

Ses larmes commencèrent à couler, et il dut les essuyer avec les mains.

— Ça ne regarde personne de savoir où je les ai trouvés, répondit-il. Je les ai trouvés, c'est tout.

— Je veux savoir où, Chris.

— Non, tu ne le sauras pas. Jette-les.

Il ramassa le paquet et essaya de le jeter dans sa poubelle. Je lui pris le poignet.

— Non, Chris. On ne se débarrasse pas ainsi d'un problème. Il y a quelque chose qui te tracasse à cause de l'endroit où tu les a trouvés. Je veux savoir pourquoi. Je veux savoir pourquoi tu es tellement honteux de dire où tu les a trouvés.

— Ils ne sont pas à moi, je te le dis. Ils n'ont rien à faire avec moi.

182

Les larmes lui coulaient maintenant sur les deux joues, et il n'essayait plus de les essuyer. Il y avait aussi des sanglots dans sa voix. Le petit garçon qui était en lui était en train de l'emporter sur l'homme.

— Ils ont quelque chose à faire avec quelqu'un qui t'est proche, Chris. Qui est-ce ? Où les as-tu trouvés ?

Maintenant, il sanglotait vraiment :

— Dans le tiroir de Sally.

Je ne sais pas si j'ai jamais été plus durement frappé. Je ne sais pas pourquoi un père s'imagine que toutes les filles du monde sont capables de toutes sortes d'activités sauf la sienne. Jusqu'à présent, l'idée ne m'était jamais venue que Sally pouvait avoir une activité sexuelle. Je considère que je suis large d'esprit. Je suis assez à la page pour ne pas être choqué par nos mœurs modernes. Si Sally avait eu une solide liaison, si elle était sortie constamment avec un garçon, je n'aurais pas été surpris qu'elle ait eu des rapports sexuels. En fait, j'aurais dû être surpris si ce n'avait pas été le cas.

Mais Sally n'avait pas d'ami en titre. Ses meilleurs amis étaient des filles. Elle avait parfois un rendez-vous, mais rarement, et les garçons avaient plus semblé des amis que des amants. C'est pourquoi j'avais éprouvé un tel choc devant le fait qu'elle gardait des préservatifs dans son tiroir. Avait-elle des rapports sexuels au petit bonheur et pas seulement une liaison ferme ? Elle m'avait toujours paru le type de la jeune fille bien éduquée, s'intéressant au monde dans son ensemble, à ses amies et à ses activités, comme si le sexe n'appartenait qu'à un lointain avenir. Quelles profondeurs insondables y avait-il eu chez ma fille que je n'avais pas soupçonnées ?

Chris vit à mon expression quel choc je venais d'éprouver.

— Maintenant, tu sais, dit-il.

L'amertume de sa voix me fit comprendre quel choc ç'avait aussi été pour lui. Et il avait caché les préservatifs pour la protéger.

Il fallait que je dise quelque chose.

— Comment les as-tu trouvés ? demandai-je d'un ton normalement curieux.

— Avant de ranger les affaires de Sally, Maman m'a dit que si je voulais quelque chose qui lui avait appartenu, je pouvais le prendre.

Il essuya les larmes sur ses joues et sa voix se fit plus ferme. Le plus mauvais moment était passé, et il essayait d'expliquer :

— J'aurais aimé avoir le porte-plume en or de Tiffany que tu lui avais offert pour son seizième anniversaire. Maman m'avait dit que je pouvais le prendre. Il ne se trouvait pas sur sa table de travail. Je ne savais pas où elle l'avait rangé. J'ai fouillé ses tiroirs. Il était rangé dans le petit sac d'origine, dans son écrin d'origine, avec la carte de vœux qui l'accompagnait, tout au fond d'un tiroir sous ses sous-vêtements. Elle l'avait mis en lieu sûr. Mais avant de le trouver, j'avais trouvé ça.

Il montra le paquet d'un air dégoûté :

— Je me suis dit que Maman allait prendre toutes ses affaires, et je ne voulais pas qu'elle trouve ça. C'est pour ça que je l'ai pris. Et je l'ai caché, parce que je ne savais pas quoi en faire. Je ne voulais pas que Maman ou toi le trouviez. Je ne voulais pas que quelqu'un puisse jamais le trouver.

Le gamin qui voulait devenir un homme était vraiment presque un homme.

Je m'assis sur le lit, vidé de toute énergie.

— Tu vas le dire ? demanda-t-il.

— Il faut que j'y réfléchisse, dis-je.

— Si tu le fais, tout le monde dira que c'était une putain.

— Cela pourrait aider la police à trouver son assassin.

— Ils diront que c'était une putain. Ils diront qu'elle l'a cherché.

— Tu ne veux pas savoir qui l'a tuée ?

— Je ne sais pas si cela a encore de l'importance. C'était ça qu'elle était, n'est-ce pas ? Ma sœur...

— Ce n'est pas nécessairement ce que ça signifie. Il ne faut pas sauter aux conclusions, Chris.

— Ce n'est pas un très grand saut.

— Elle reste ta sœur. Tu as caché ces préservatifs pour la protéger.

— Et tu les as trouvés, et tu vas le dire, et tout le monde lui crachera dessus.

— Le monde n'est pas blanc ou noir, dis-je. Tu ne peux pas la condamner pour toujours à cause de ce que tu as trouvé dans son tiroir. Elle n'est pas là pour se défendre. Entre une vierge et une prostituée, il y a une très vaste différence. Nous ne savons pas ce qu'elle faisait, ni pourquoi. Nous ne savons même pas si elle ne les gardait pas tout simplement pour une amie.

— Je sais, dit-il.

Il posa les coudes sur son bureau et il enfonça ses paumes sur ses yeux pleins de larmes.

VENDREDI 22 MAI

REGGIE SAWYER

Crockford est pleine de cancans.

Vous grandissez dans une ville. Vous trouvez que c'est un endroit où il fait bon vivre. Vous croyez que vous avez un tas d'amis. Vous pensez que les gens vous aiment bien. Et puis, vous découvrez que l'on cancane dans tous les coins. Les gens colportent des ragots. Ils ne vous aiment pas, ils ne vous ont jamais aimé. Ils ont seulement fait semblant pour se donner bonne conscience.

Bien sûr que je connaissais Sally Anders. Je savais qui c'était. Une junior, blonde, pas vilaine. Je ne cherche pas à dire du mal des morts, mais elle n'était pas non plus formidable. C'était une gentille fille.

Toute la ville prétend que je sortais avec elle, que nous étions ensemble, que je l'emmenais en catimini au cinéma à Madison, que j'en bavais pour elle, que je l'ai tuée parce qu'elle ne voulait pas que... Bon, je ne vais pas employer une expression de Blancs comme « la baiser ». Il y a des gens en ville qui croient que je l'ai tuée, que je savais qu'elle gardait ce soir-là les enfants des Parker. C'était le 7 mai. Et que je suis allé là-bas, que je l'ai violée et qu'ensuite je l'ai tuée pour qu'elle ne puisse pas me dénoncer.

Personne ne me dit tout ça en face. Personne ne m'accuse de rien. Ils se contentent de me regarder comme si j'étais un meurtrier-violeur-né. Parce que j'ai la peau noire.

On dit que j'ai joué deux après-midi avec elle dans sa maison de State Street quand nous étions en primaire. Je l'avais oublié. Ça fait longtemps. Maintenant, je me souviens vaguement d'avoir joué avec une petite fille. Mais je n'aurais pas pu vous dire qui c'était. Je suppose qu'il s'agissait de Sally parce que nous avons habité State Street pendant deux ans, pas loin de chez les Anders. Et j'ai un vague souvenir d'une petite fille blonde et de ses parents. Je revois leur jardin. Je me souviens vaguement aussi d'avoir lutté avec elle, de l'avoir taquinée et de m'être bien amusé. Que peut-on faire d'autre avec une fille? Mais j'étais nouveau en ville, et je ne connaissais aucun garçon. Il n'y avait pas de gamins à State Street avec qui je puisse jouer. Et une fois, peut-être deux, ces gens m'ont fait venir pour jouer avec leur petite fille. Ils nous donnaient du lait et des biscuits. Je n'avais encore jamais mangé de biscuits, du moins pas aussi bons. Je m'en souviens encore.

Mais nous avons déménagé. C'est-à-dire mes parents. Papa a changé de travail. Lorsqu'ils ont construit la nouvelle école primaire Evêque Dudley, on l'a nommé principal, et il nous a trouvé une maison à North Hill Road. C'est là que nous habitons maintenant. Et je n'ai plus jamais revu Sally Anders, du moins jusqu'au collège. En fait, je ne connaissais même pas son nom, et je ne me souvenais même pas de l'avoir jamais vue auparavant, jusqu'à ce qui est arrivé il y a deux semaines et que les gens ont commencé à dire que c'était la fille avec qui j'avais passé un ou deux après-midi quand nous étions en primaire.

187

Maintenant, c'est devenu toute une affaire. Maintenant, les gens prétendent que nous n'avons pas cessé de nous voir, que nous sortions ensemble, que nous nous éclipsions de-ci de-là. Je jure que je n'ai jamais su que la Sally Anders que j'avais vue jouer dans une pièce à l'école était la même que celle dont les parents m'avaient invité jadis à venir jouer avec elle. Jusqu'au moment où elle a été tuée. Au collège, je savais qui c'était parce qu'elle avait joué dans cette pièce l'an dernier, mais je jure que je ne lui ai jamais adressé la parole.

Alors, pourquoi les gens croient-ils que je l'ai violée et que je l'ai tuée ? C'est parce que je suis noir. J'ai la peau noire dans une communauté de Blancs.

J'ai cru que c'était une ville formidable. Je l'ai aimée. J'aimais les gens. J'ai cru que c'était un endroit où il n'y avait pas de préjugés raciaux. Je veux dire que je n'avais jamais rencontré de préjugé racial. Là où nous habitions, à New Haven, tout le monde était noir. Je ne voyais pas de Blancs, sauf ceux qui passaient par hasard, en étrangers. Mais je n'en pensais rien. J'étais trop jeune. J'avais cinq ans quand mon père a décroché un travail ici comme principal adjoint.

A ce moment-là, brusquement, tout le monde est devenu blanc. Presque tout le monde. Il y avait bien quelques Noirs et quelques Hispaniques en ville, mais personne n'y faisait attention. Ils n'étaient pas assez nombreux, et ils se comportaient comme tout le monde, de sorte qu'on ne notait pas la différence. C'est comme quand je jouais avec Sally Anders en primaire. Tout ce que j'ai remarqué chez elle, c'est que c'était une fille, et je n'étais pas habitué aux filles. Je n'ai pas été frappé par la couleur de sa peau.

Bien sûr, je n'ai pas grandi petit à petit sans remarquer la différence, sans voir que j'étais différent. Papa avait emmené sa vieille mère pour qu'elle vienne vivre avec nous. Elle était blanchisseuse à New Haven. Pendant la crise, elle se rendait dans les maisons des Blancs. Il n'y avait pas encore de machines à laver. Pour deux dollars par jour, frais de déplacement inclus, elle lavait à la main dans une baignoire, elle pendait le linge dehors. Dans l'après-midi, elle repassait tout, elle pliait et rangeait avant de revenir à la maison. Je n'ai pas gardé beaucoup de souvenirs de cette époque, mais cette image m'est restée parce qu'elle m'a emmené une ou deux fois avec elle quand papa était très jeune et qu'il enseignait dans une école de Noirs et que maman se faisait quelques sous dans une boulangerie.

Grand-Maman était une grande femme, avec des pieds plats qui lui faisaient mal. Elle a vécu avec nous, comme si elle était à la retraite, jusqu'à mes douze ans. C'est alors qu'elle est morte. Papa lui avait dit qu'elle ne laverait plus jamais une chemise et qu'elle ne repasserait plus jamais un drap. Mais c'était mal connaître Grand-Maman. Elle ne voulait pas rester assise à regarder la télévision comme mon père l'aurait voulu. Elle continuait à laver et à repasser pour nous. On ne pouvait pas l'arrêter. « Si on s'arrête, on meurt », me disait-elle. « Si je restais là à regarder la télévision, je serais partie en huit jours. »

Papa avait beau la gronder, elle lavait et repassait. Mais elle se servait de la machine à laver. Elle avait daigné s'y faire.

Mais tout ce que j'ai appris sur les Noirs et les Blancs, c'est d'elle que je le tiens. Pas de mon père. On l'avait *accepté* dans cette ville. Il était adjoint au principal du collège, et on lui a confié ensuite la nouvelle école primaire. On le louait pour la manière dont il la dirigeait. Il était également soliste dans la chorale de l'église, et on appréciait beaucoup sa voix. Il n'avait jamais pris de leçons, mais il avait une voix splendide. Le dimanche, en écoutant cette voix derrière moi à l'église, j'aurais presque pleuré. Mais j'étais une vedette du football et président de la classe. Je devais être un exemple pour les autres, et je n'étais pas censé pleurer.

Il était également membre du conseil des diacres et d'autres choses. Les gens l'écoutaient quand il parlait. Et j'étais fier de l'avoir pour père. Je voulais essayer d'être quelqu'un d'aussi bien que lui.

C'est Grand-Maman qui m'a parlé des préjugés raciaux. Je ne les avais jamais expérimentés moi-même. Je ne savais pas ce que c'était. Elle avait passé presque toute sa vie dans le Nord — à New Haven — mais les siens venaient du Sud et elle avait été élevée dans cette atmosphère. Elle m'a raconté des choses que j'ai mis longtemps à comprendre. Par exemple : ici, quand nous montons dans un bus, nous nous asseyons n'importe où. Mais là-bas, quand elle y vivait, on criait : « Les Noirs à l'arrière ! » Il m'a fallu un bon moment pour comprendre ce qu'elle racontait. Mais je finis par comprendre dans mon cerveau ce qu'elle avait compris dans ses tripes.

Elle était *noire*. Plus noire que moi. Je veux dire, *vraiment* noire. Et elle me dit que c'était une bénédiction. Parce que, dans le Sud, on savait tout de suite qui elle était et où était sa place. Puis elle me parla des différences de ton, comment les Noirs qui avaient la peau plus blanche snobaient ceux qui étaient plus foncés. Il y avait un système de castes parmi les Noirs. Plus on était blanc, mieux cela valait. Et elle évoquait le passage de la frontière de la couleur : lorsque votre peau était tellement blanche qu'on pouvait vous prendre pour un Blanc. Alors, vous faisiez semblant d'être blanc et vous ne vouliez plus avoir affaire avec les Noirs.

Elle m'a parlé aussi d'un cousin qui était major à l'armée durant la Seconde Guerre mondiale. Le jour de son transfert, quand il roulait de Géorgie vers la côte Ouest, il y eut un trajet de trois jours au cours duquel un Noir ne pouvait trouver à se loger pour la nuit. S'il n'avait pas eu des amis le long de la route, il n'y serait pas arrivé. Elle me dit qu'un jour, il avait tellement faim qu'il est entré dans un café pour commander un petit déjeuner et que le propriétaire lui a répondu qu'on ne servait pas les nègres. Il était en uniforme et il avait la peau très claire. Il a regardé le gars et il a dit :

— Ai-je l'air d'être un nègre ?

Le gars a fait marche arrière et il l'a servi. « J'étais honteux de devoir en arriver là, lui avait dit son cousin, mais j'étais désespéré. »

J'ai cru que le monde dont me parlait ma grand-mère était une pure chimère. Je croyais qu'il se situait à l'autre bout de la planète.

Et maintenant, je m'aperçois que j'avais tort. J'ai découvert que ma chère Grand-Maman, aujourd'hui décédée, en connaissait plus sur le monde que je n'en apprendrai jamais. A cette époque-là, je ne comprenais pas ce qu'elle me racontait. Mais j'étais poli. Je ne me moquais pas d'elle en face. Personne ne l'aurait pu. Elle avait la sagesse, la patience et la compréhension d'une sainte. Je me disais, quand elle me parlait de devoir s'asseoir au fond du bus en Alabama : Pourquoi ne pas leur avoir crié : « Je suis dans mon droit ! » Mais je ne le lui disais pas. Ce n'était pas une battante, ni une rebelle. Elle était résignée.

Mais moi, je suis un battant. J'écoutais les histoires qu'elle me racontait, et je regardais autour de moi comme quelqu'un qui sait tout. C'est peut-être arrivé là-bas, me disais-je, ou de ton temps. Mais c'est aujourd'hui et nous sommes à Crockford. C'est un nouveau monde, et tu es vieux jeu. Regarde mon père. Ce n'est pas un Noir « symbolique » qu'on aurait amené ici pour que la communauté ait bonne conscience. C'est un homme important dans cette ville. Il est respecté et admiré. Et regarde-moi ! Je suis l'un des quatre ou cinq étudiants noirs du collège, et vois où je suis arrivé. Et il ne faut pas dire que c'est seulement parce que je suis un bon joueur de football et qu'on m'a offert des bourses dans une demi-douzaine de collèges, parce qu'on s'intéresse seulement à mes qualités athlétiques. Je suis aussi président de la classe des seniors. Cela devrait prouver que le racisme n'existe pas à Crockford.

Et maintenant, j'ai découvert que j'avais tort. Mon père a eu tort. Nous croyons que nous sommes acceptés pour ce que nous sommes. Et on s'aperçoit que nous avons tort. Quelque chose ne tourne pas rond dans cette ville. Une jolie fille se fait assassiner sans raison, et sans l'ombre d'une preuve, qui montre-t-on du doigt ? Le type de la classe qui a la peau noire.

Les flics veulent savoir ce que j'ai fait cette nuit-là. Ce ne sont pas leurs oignons, à moins qu'ils ne demandent ce qu'ils ont fait à tous les étudiants mâles du collège de Crockford. Mais ils n'interrogent pas les autres. C'est sur moi qu'ils tombent !

Et moi je dis : « Qu'ils aillent au diable ! Interrogez les garçons qui la connaissaient. » Mais c'est moi qu'on montre du doigt. Parce que je suis noir.

Et je me rends brusquement compte que le racisme n'est pas quelque chose qui se passe « là-

192

bas » ou « dans le Sud, en Alabama » ou dans quelque autre ville. Il est ici, dans cette ville, j'ai vécu avec lui et je ne m'en suis pas rendu compte jusqu'à présent. Je ne suis pas président de la classe à cause de ma compétence, de mon dévouement et de ma sincérité, c'est parce que ça fera bien dans les annales de l'école : « Reggie Sawyer (noir) était président de la classe en 19... » Cela permet au Conseil éducatif de se caresser dans le dos.

Et mon père, principal de l'une des écoles primaires, rempart de l'église ? De partout, les gens peuvent prétendre : « Voyez Crockford ! Voyez ce qu'un fichu Noir peut devenir à Crockford ! Qui pourrait dire que Crockford est raciste ? »

Au diable, cette ville ! Au diable sa piété moralisatrice ! Je me fous de savoir qui a tué Sally Anders. Elle est le symbole de la *pourriture* de cette ville. Elle n'a pas mérité ce qui lui est arrivé, mais c'est la faute de la ville.

Quant à moi, je fous le camp. J'envoie au collège ma démission comme président de la classe des seniors. Je ne serai pas là pour la remise des diplômes. Ils peuvent m'envoyer le mien à « Adresse Inconnue » ou le flanquer à la poubelle, pour ce que j'en ai à foutre. J'ai horreur de cette ville à cancans. Je ne sais pas où j'irai, mais ce sera tellement loin que j'oublierai avoir jamais vécu ici. Peut-être enverrai-je une adresse à mes parents quand je déciderai ce que je ferai de ma vie. Peut-être leur dirai-je ce que je faisais vraiment cette nuit-là, pour le cas où la ville les harcèlerait aussi. Pour l'instant, je maudis le jour où nous sommes venus nous installer ici. Pourquoi fallait-il que mon père et ma mère soient noirs ?

LUNDI 25 MAI

RÉUNION DE LA COMMISSION DE LA POLICE —
COMITÉ DIRECTEUR (8 h 30 du soir).
  PRÉSENTS : Hugh McCormick (président) ;
Donald Harding ; Charles Parker ; le Chef Herbert
Kickey ; l'agent Elisabeth Mahler (greffière).

HUGH MCCORMICK
  Comme s'il ne suffisait pas qu'Emily Daitch me
mène la vie dure à propos de ces réunions du comité
directeur, ce sont maintenant les éditeurs des journaux de New Haven qui m'appellent. Les éditeurs !
John McIntyre, propriétaire du *Journal,* me harcelait encore il y a moins d'une heure, au beau milieu
de mon souper, parce que nous ne permettons pas à
ses journalistes d'assister à nos réunions. Il essayait
de prétendre que nous étions dans l'illégalité parce
que nous ne respections pas le droit à l'information.

CHARLES PARKER
  Qu'avez-vous répondu ?

HUGH MCCORMICK

Je lui ai dit de s'adresser à notre conseil municipal. Je me demande pourquoi ils ne vont pas plutôt voir là où quelque chose se passe. Avez-vous vu la taille du camion que Steve Polinski a dû utiliser pour vider la boutique de Bric-à-Brac après s'être débarrassé de Clyde Worth et de ses chats? N'importe quel journaliste un peu entreprenant aurait dû y envoyer un photographe et un reporter. Il fallait vraiment une photo pour croire à toute la camelote qu'on a sortie de là. Mais il n'y avait personne pour couvrir l'événement. Pas même Emily Daitch.

DONALD HARDING

Ce ne sont pas les nouvelles qui intéressent les journalistes, c'est la boue.

CHARLES PARKER

Qu'a-t-on fait de Clyde? Je ne suis pas au courant.

HUGH MCCORMICK

Il est retourné au service psychiatrique. A l'hôpital des Anciens Combattants. Il paraît que c'en est un.

DONALD HARDING

Clyde Worth? Vous plaisantez?

HUGH MCCORMICK

D'après le Dr Allen, il est titulaire de la médaille des Blessés.

CHARLES PARKER

Que sont devenus tous ses chats ?

LE CHEF HICKEY

Nous avons dû les supprimer. Le contrôleur des animaux domestiques n'a pu trouver personne pour les recueillir et on ne peut pas laisser courir dans toute la ville trente chats perdus. C'est Frank Folger qui a pris la décision, et je l'approuve. Bien sûr, on n'a rien dit à Clyde.

CHARLES PARKER

Il s'en rendra vite compte quand il sera sorti du service psychiatrique.

LE CHEF HICKEY

Le Dr Allen croit qu'on ne le reverra pas. D'après elle, ils l'ont enfermé pour de bon.

CHARLES PARKER

Pourquoi ? Est-il fou ?

LE CHEF HICKEY

Elle dit qu'il reste assis toute la journée à regarder le mur. Il ne parle à personne. Pas seulement à elle, mais à personne. On le nourrit à la cuiller et il mange. On l'emmène à la toilette et il y va. Il est docile comme un agneau, il ne cause aucun ennui, mais il ne sera plus jamais capable de s'occuper de lui-même.

HUGH McCORMICK

Bon, pour en revenir à nos moutons, il y a une chose dont nous pouvons parler sans avoir à nous préoccuper des fuites, c'est le paquet de préservatifs que Sally Anders gardait dans son tiroir.

DONALD HARDING

C'est vrai, toute la ville en parle. On trouve un paquet de préservatifs dans son tiroir, et il est impossible de garder le secret.

HUGH McCORMICK

J'aimerais savoir qui a répandu le bruit.

CHARLES PARKER

Pas moi. Tout ce que je sais, c'est que Jim Anders m'a appelé samedi matin en disant qu'il avait quelque chose à me montrer. Il m'a remis le paquet dans mon bureau. Il ne l'a même pas montré à Pam. Il ne savait pas si cela avait une importance dans l'affaire, mais il a pensé devoir me l'apporter. J'ai dit que c'était un élément qu'il fallait remettre à la police : il pouvait donner une toute nouvelle orientation à l'affaire. J'ai ajouté que je devais le porter à Herb et agir selon son opinion.

LE CHEF HICKEY

Comme le sergent Dean est chargé de l'enquête, j'en ai discuté avec lui, et nous avons tous les deux estimé que cela changeait tout. Cela signifie qu'elle avait pu envisager de rencontrer quelqu'un et que son visiteur n'était peut-être pas inattendu. Cela jette une toute nouvelle lumière sur l'affaire. Les préservatifs montrent qu'elle avait une activité sexuelle. Nous n'y avions pas pensé avant, et cela fait une sacrée différence.

HUGH MCORMICK

Et à qui en avez-vous parlé en dehors de Harry Dean et de moi ?

LE CHEF HICKEY

J'ai dit à Harry de n'en parler à personne en dehors des policiers qui travaillent avec lui sur l'affaire. Et je vous ai informé, bien sûr. Mais je n'en ai parlé à personne d'autre.

HUGH MCCORMICK

Et bien entendu, j'en ai parlé à Don lorsque j'ai convoqué cette réunion pour y discuter des nouveaux aspects de l'affaire. Mais à personne d'autre.

DONALD HARDING

Je l'ai appris par Bert Richards avant que vous ne m'en parliez, Hugh. Il me l'a dit hier matin à la sortie de l'église. Si Bert a découvert la vérité, toute la ville est au courant, c'est du tout cuit. C'est le genre de cancans qu'il adore colporter. Je suis sans doute l'un des derniers à l'avoir appris.

ELISABETH MAHLER

Le Chef Hickey m'en a parlé quand il m'a signalé cette réunion. Mais je n'en ai parlé à personne, pas même à mon mari.

Ce qui est fait est fait. C'est le genre d'histoire qui finit par sortir quoi qu'on fasse. Et c'est peut-être une bonne chose. Plus il y aura de gens au courant, plus nous aurons la chance de voir certains doigts pointer dans la bonne direction. Herb, qu'est-ce que vous et Harry Dean pensez de tout ça ?

LE CHEF HICKEY

Harry et Jack Harris ont interrogé M. et Mme Anders samedi après-midi. Ils essayaient d'apprendre qui Sally Anders voyait, quels étaient ses petits amis, quels étaient les garçons qui l'aimaient, qui ne l'aimaient pas ou qui étaient jaloux d'elle... Des choses de ce genre. Malheureusement, les parents n'ont pas pu les aider. Ils ne semblaient rien savoir de sa vie privée.

HUGH MCCORMICK

C'est dingue ! Si un garçon la sortait, ils devaient le savoir, non ? Ils doivent avoir une idée.

DONALD HARDING

Pas si elle s'éclipsait en catimini pour aller au cinéma à Madison avec Reggie Sawyer.

HUGH MCCORMICK

Oui, mais tous ces bruits sur Reggie Sawyer n'étaient qu'une vague rumeur.

DONALD HARDING

Il n'y a pas de fumée sans feu.

LE CHEF HICKEY

Nous avons essayé de vérifier ces rumeurs, mais nous n'avons pas trouvé le moindre témoin. Personne ne se risque à témoigner d'avoir vu Reggie et Sally ensemble, ni à Madison, ni ailleurs.

DONALD HARDING

Vraiment ? Je ne sais pas si vous êtes au courant de ceci : la rumeur publique m'a appris que Reggie Sawyer avait quitté la ville. Il s'est enfui, et ses parents ne savent pas où il est. Alors, qu'est-ce que vous en pensez ? Vous trouvez que ça le fait paraître innocent ?

LE CHEF HICKEY

Nous n'avons rien contre lui.

DONALD HARDING

Un innocent ne prend pas la fuite. Ça, c'est quelque chose contre lui.

CHARLES PARKER

Il a pu prendre peur. Des tas de gens le montraient du doigt.

LE CHEF HICKEY

Ses parents sont venus me trouver hier. Ils se font beaucoup de souci. Il a été absent dans la nuit de vendredi et pendant toute la journée de samedi. Il n'a pas laissé la moindre note et n'a rien emporté. Ils craignaient qu'il n'ait eu un accident ou quelque chose de ce genre. Ils ont appelé tous les hôpitaux et la morgue de New Haven, mais ils n'ont pas trouvé trace de lui, et on n'a pas signalé d'accident avec une victime non identifiée. Alors, ils se sont sérieusement inquiétés. Vérification faite, nous avons constaté qu'il avait vidé son compte en banque, ce qui prouve qu'il est parti de son plein gré...

DONALD HARDING

Pour moi, c'est un signe de culpabilité.

LE CHEF HICKEY

M. Sawyer m'a rappelé aujourd'hui pour me dire qu'il leur avait téléphoné. Il leur a dit que tout allait bien, mais qu'il ne pensait pas revenir. M. Sawyer a ajouté que Reggie lui avait dit que s'il voulait savoir pourquoi, il leur avait laissé un message écrit. Il a effectivement trouvé le message, mais il ne veut pas nous le montrer.

CHARLES PARKER

Allez-vous essayez de mettre la main sur lui ?

LE CHEF HICKEY

M. Sawyer n'y tient pas. Il nous demande de le laisser tranquille.

DONALD HARDING

Et ça règle les choses, c'est ça ? Depuis quand Reggie Sawyer Senior peut-il dire à la police ce qu'elle a à faire ?

LE CHEF HICKEY

Nous n'avons pas à rechercher le gosse si les parents ne considèrent pas qu'il a disparu.

DONALD HARDING

Et pourquoi non? C'est votre principal suspect.

LE CHEF HICKEY

Ce n'est pas ainsi que nous voyons les choses. Nous n'avons pas le moindre indice contre lui. En fait, ce paquet de préservatifs devrait plutôt le disculper. Ce que nous devons faire, c'est de chercher quelqu'un qui avait des rapports avec Sally Anders.

DONALD HARDING

Quelqu'un... Ou cent un?

HUGH MCCORMICK

Je parierais pour un. Qu'en pensez-vous, Herb?

LE CHEF HICKEY

Jusqu'à présent, nous ne voyons personne.

HUGH MCCORMICK

Et son frère? Celui qui a trouvé les préservatifs? Il en sait peut-être plus sur elle que ses parents.

Harry et Jack lui ont parlé également après avoir interrogé les parents. Il est très secoué par sa trouvaille, mais il n'en sait pas plus que ses parents sur sa vie sexuelle.

CHARLES PARKER

Alors, où en sommes-nous ? Qu'est-ce que tout cela signifie ?

LE CHEF HICKEY

D'après ce que nous pensons, les préservatifs prouvent qu'elle avait une vie sexuelle. Le manque d'indices sur son partenaire nous font croire que ce n'était pas une Marie-couche-toi-là qui s'allongeait avec le premier venu. Une fille qui se comporte ainsi se crée une réputation, et nous l'aurions su. C'est pourquoi nous pensons qu'il ne s'agit que d'un seul type. Nous pensons qu'il y a un homme dans sa vie. Mais nous n'avons pas la moindre idée de qui il peut s'agir.

CHARLES PARKER

Et vous pensez qu'il l'a violée et assassinée ?

LE CHEF HICKEY

Nous ne savons pas. S'il avait déjà des rapports sexuels avec elle, on ne voit pas pourquoi il l'aurait tuée. Néanmoins, nous voudrions certainement savoir de qui il s'agit. Si on le découvrait, cela pourrait répondre à un tas d'autres questions.

HUGH MCCORMICK

Vous pensez à quelqu'un en particulier ?

LE CHEF HICKEY

Nous avons tellement peu d'éléments que ce pourrait être n'importe qui. Mais je dirais que nous pensons à un homme plus âgé.

HUGH MCCORMICK

Pourquoi ?

LE CHEF HICKEY

Parce que c'était tellement secret. Si elle avait eu un petit ami de son âge, il est invraisemblable qu'aucun de ses amis n'en ait rien su.

CHARLES PARKER

Et un homme plus âgé, avec une situation et une réputation à sauvegarder, aurait tenu à une totale discrétion.

DONALD HARDING

Et il aurait pu la tuer pour éviter qu'elle ne dévoile tout. Eh, là, je crois que nous tenons quelque chose. Maintenant, qui diable… Qui connaissait cette fille ? Avec quels hommes plus âgés avait-elle des rapports ?

LE CHEF HICKEY

Nous n'avons pas la moindre idée à cet égard.

DONALD HARDING

Avez-vous interrogé ses parents à ce sujet ? Ils devraient être au courant. Par exemple, manifestait-elle un intérêt particulier pour un de ses cours à l'école ? Disait-elle de quelqu'un que c'était un prof formidable ? De quels groupes dirigés par un homme plus âgé faisait-elle partie ? Vous voyez ce que je veux dire : les Girl-Guides, l'église, les Visiteuses à Domicile, la Croix-Rouge ou le *Shoreline News*. Ne publiait-elle pas une chronique sur les activités de l'école dans le journal ? Nous tenons peut-être une piste.

CHARLES PARKER

C'est vrai : elle tenait une chronique dans le *Shoreline News*.

DONALD HARDING

Phil Croft ! C'est le rédacteur en chef. Si on parlait de lui ?

HUGH MCCORMICK

Voyons, Don ! Il a soixante-trois ans. Et il a des petits-enfants !

DONALD HARDING

Est-ce suffisant pour l'écarter ?

LE CHEF HICKEY

Nous n'avons pas le moindre indice.

DONALD HARDING
Seigneur, toujours des indices! C'est bien la mentalité du policier. Laissons un peu travailler notre imagination. Cette idée me plaît. C'est un homme plus âgé. Elle a eu une aventure avec un homme plus âgé et il ne veut pas que la chose s'ébruite.

HUGH MCCORMICK
Oui, mais Phil Croft! Lui qui a écrit dans son éditorial : « Il faut rétablir la sécurité dans notre ville. »

DONALD HARDING
Alors, qui d'autre? Quel autre homme plus âgé a-t-elle pu connaître? Avez-vous effectué des recherches en ce sens, Herb?

LE CHEF HICKEY
Nous n'en avons pas encore eu l'occasion.

DONALD HARDING
Et dans son école? A-t-on pensé à ses professeurs?

LE CHEF HICKEY
Aucun indice ne nous permet de penser à aucun de ses professeurs.

DONALD HARDING

Alors, quelles autres activités avait-elle ? N'a-t-elle pas joué dans une pièce l'an dernier ?

CHARLES PARKER

Elle jouait le rôle principal dans... Qu'est-ce que c'était ? Ah, oui, *Oklahoma,* je crois. Mais si vous pensez...

DONALD HARDING

Qui était le metteur en scène ? Quelqu'un le sait ?

ELISABETH MAHLER

Ed Meskill. Mon fils Lindon y jouait aussi. Meskill dirige la section de biologie ainsi que le Cercle dramatique. C'est lui qui met toutes les pièces en scène.

DONALD HARDING

Que penser de lui ?

LE CHEF HICKEY

Nous l'avons interrogé. Il habite dans la même rue, un peu plus haut. C'est l'un des voisins à qui nous avons demandé s'ils avaient entendu quelque chose cette nuit-là.

DONALD HARDING

Un des voisins ? A-t-il pu donner un alibi ?

LE CHEF HICKEY

Il a simplement dit qu'il corrigeait des devoirs dans son bureau.

DONALD HARDING

Il n'a pas de témoins, je suppose? Et c'est sa femme qui a attiré l'attention sur cet inconnu, ce... Wilfred Greene. Peut-être sont-ils de mèche? Y avez-vous pensé, Chef?

LE CHEF HICKEY

Nous pensons à tout le monde et à n'importe qui. Nous accueillons toutes les suggestions. Mais il nous faut des indices, ou une bonne raison de soupçonner quelqu'un.

CHARLES PARKER

Elle ne faisait même plus partie du Cercle dramatique cette année. C'est ce qu'elle m'a dit. Elle s'occupait d'autres choses.

DONALD HARDING

Quelle autres choses?

CHARLES PARKER

Je n'en sais rien.

HUCH MCCORMICK

Elle chantait dans la chorale de l'église St. Bartholomew. Allons-nous soupçonner Ethelbert Stallings parce qu'il la dirigeait?

DONALD HARDING
Oublions Stallings. Je ne sais pas pourquoi même sa femme accepte de coucher avec lui.

LE CHEF HICKEY
Ma foi, nous avons connu des cas d'étranges relations... Je veux dire... Ce n'est pas que nous pensions qu'il y ait eu quelque chose entre M. Stallings et Sally Anders. On n'a jamais répandu le moindre cancan à son sujet.

DONALD HARDING
Personne ne soupçonne Stallings, pour l'amour de Dieu ! En fait, je ne crois pas qu'il ait une réputation suffisante pour être amené à cacher une aventure. Si j'étais Stallings, je m'en vanterais.

HUGH MCCORMICK
Qui, selon vous, Don, a une telle réputation à défendre qu'il voudrait cacher la chose au point de tuer pour qu'on n'en sache rien ?

DONALD HARDING
Ouvrez l'annuaire des téléphones : vous y trouverez des centaines de noms.

HUGH MCCORMICK
Commençons par vous : que faisiez-vous la nuit du 7 mai ?

DONALD HARDING

Que voulez-vous que j'en sache ? Vous croyez que je tiens un agenda ?

HUGH MCCORMICK

Ça suffirait pour vous soupçonner.

CHARLES PARKER

Il doit y avoir des tas de gens qui ont une réputation et qui ne pourraient pas dire ce qu'ils faisaient dans la soirée du 7 mai.

LE CHEF HICKEY

Nous n'avons pas les effectifs nécessaires pour interroger tout le monde. Nous devons nous limiter aux probabilités. Nous devons nous demander : « Qui aurait eu une raison ou l'occasion de nouer des relations avec la fille Anders, et qui aurait pu la tuer pour l'empêcher de parler ? » C'est ça, notre problème.

DONALD HARDING

Le pasteur de son église... Walter Wallace ?

LE CHEF HICKEY

Lui ? Pourquoi lui ?

DONALD HARDING

Elle était dans la chorale et elle participait à d'autres activités religieuses, des groupes de jeu-

210

nesse, des choses comme ça. Stallings ne vous convient pas comme suspect ? Et Walter Wallace ?

LE CHEF HICKEY

Même si on devait vous suivre, vous croyez qu'il l'aurait tuée ?

DONALD HARDING

Qui sait quel est le mal qui se cache dans le cœur des hommes ? Les pasteurs n'en sont pas exempts.

LE CHEF HICKEY

Mais Walter Wallace est marié, il a deux enfants, et c'est un des piliers de la société.

DONALD HARDING

N'est-ce pas là une réputation à défendre ? Moi, je pourrais tuer pour ça. Que faisait Walter Wallace la nuit où Sally a été assassinée ?

LE CHEF HICKEY

Nous n'en savons rien.

HUGH MCCORMICK

Je me demande si nous ne devrions pas le savoir.

DONALD HARDING

Un bon point pour Hugh. Walter Wallace est un homme très séduisant. Il dirige la Confrérie des

Jeunes et il cherche à y attirer de nouveaux groupes pour assurer l'avenir de l'église. Il est l'image du père, une idole pour les jeunes de l'église. C'est le genre d'homme qui peut attirer quelqu'un comme Sally. Une innocente jeune fille peut tomber amoureuse du charisme qui émane de lui. Elle serait prête à mourir pour lui.

HUCH MCCORMICK

Ne dépassez pas les bornes, Don. Il est responsable de six cents paroissiens. Sa réputation est intacte. Voudriez-vous nous faire croire qu'il a séduit Sally en secret et qu'il l'a tuée parce qu'elle menaçait de tout raconter ? Voyons, soyons réalistes !

DONALD HARDING

Je ne veux rien vous faire croire. Je dis seulement que j'aimerais savoir où se trouvait Walter Wallace dans la soirée du 7 mai.

HUGH MCCORMICK

Sans doute chez lui.

DONALD HARDING

Qu'on le fasse confirmer par sa femme.

HUGH MCCORMICK

Selma ? Vous voudriez qu'Herb demande à Selma où Walter se trouvait cette nuit-là ?

Pourquoi pas ? Ne me l'avez-vous pas demandé à moi ? Je ne connaissais même pas la fille Anders. Mais Walter Wallace, oui. Et rappelez-vous que Sally était un pilier de l'église. Je veux dire qu'elle était membre de la Confrérie des Jeunes et qu'elle chantait dans la chorale. La plupart des filles de son âge, il faut les traîner à l'église menottes au poing. Elle y allait de son plein gré. C'est plutôt bizarre quand on y pense, et j'aimerais savoir pourquoi. Pas vous, Chef ?

LE CHEF HICKEY

Ma foi, nous avions remarqué qu'elle était plus intéressée par la religion et par l'église que la plupart des filles de son âge. Et nous devons reconnaître que ses relations avec le pasteur semblaient plus intimes que pour la plupart. Mais je le répète, ce n'est pas une preuve. Il y a des tas de jeunes qui se dévouent à leur église et qui collaborent à ses activités. Son intérêt ne prouve donc rien. Cependant, c'est un élément dont nous devons tenir compte. C'était l'une des choses à quoi elle se dévouait, et nous devons en rechercher la raison.

DONALD HARDING

La piste est bonne. Je crois que nous avons peut-être mis le doigt sur quelque chose.

JEUDI 28 MAI

BERT RICHARDS

Cela fait trois semaines jour pour jour que Sally Anders a été tuée. Trois semaines ! Et qu'est-ce que la police a découvert ? Rien. Sont-ils sur la piste de l'assassin ? Non. Qu'ont-ils fait pendant ces trois semaines ? Semé les dissensions et la peur par toute la ville et provoqué plus de dégâts qu'un troupeau d'éléphants.

Je sais ce que les flics pensent de moi. Ils croient que je veux les posséder parce qu'ils ont arrêté mon fils. Ils croient que j'ai essayé de me faire nommer à la commission de la police pour faire tomber des têtes et régler mes comptes avec tous ceux qui ont été impliqués dans l'arrestation. Cela vous montre quel genre de police nous avons. Cela vous montre pourquoi je suis un tel emmerdeur à leurs yeux.

Ai-je vraiment envie de faire partie de la commission ? Et comment ! Et est-ce que je veux faire rouler quelques têtes ? Vous pouvez également en être sûrs. Si je rentre à la commission, la première chose que je tenterai de faire, ce sera de me débarrasser d'Herb Hickey ! Mais ça n'a rien de personnel. Je ne le congédierais pas. Je le mettrais à la retraite.

214

Pourquoi ? Parce qu'il n'est qu'un vieux machin ignorant et bien intentionné qu'on aurait dû mettre à la retraite il y a quinze ans. Au lieu de quoi on l'a bombardé Chef de la police.

Il aurait été parfait deux générations plus tôt, quand Crockford n'était qu'une ville de trois mille pêcheurs et fermiers. Il n'y avait pas de crime à cette époque. Vous n'aviez besoin d'un flic que pour arbitrer une discussion après un accrochage, ou pour empêcher quelque poivrot de saccager le bistrot de Willday parce que Will n'avait pas voulu lui servir un autre verre.

Mais aujourd'hui, Crockford compte dix-huit mille habitants. Elle est devenue une ville de la bonne bourgeoisie, pas aussi riche que Madison située à l'est, plutôt comparable à Guilford, à l'ouest, un lieu de résidence pour l'afflux de gens en provenance de New Haven. Et quand on parle d'afflux, le crime suit. Et aujourd'hui, le crime est parmi nous. Je ne pense pas seulement à Sally Anders. Je ne veux pas seulement parler de meurtre quoique nous en ayons eu deux au cours de ces dernières années. Non. Je parle de vols, de cambriolages, de hold-ups. Le Deli Mart, sur la Route n° 1, a été attaqué il y a un an. Et le magasin de spiritueux de Bill Daitch à River Street, juste après la Place ? Il a été attaqué deux fois au cours des cinq dernières années ! Et cette année-ci, on a attaqué deux stations-service sur la Nationale n° 1 à un mois de distance.

Et les cambriolages ! Surtout dans les maisons de Clarkson Road où j'habite. Elles ont été construites dans les bois, hors de vue l'une de l'autre. Les gens aisés aiment la solitude. Ils aiment être entourés d'arbres qui les protègent de la vue et des bruits de leurs voisins. Mais ça en fait la cible des voleurs. Et les flics savent qui sont ces voleurs. Mais ils ne les arrêtent pas. Ils prétendent qu'ils n'ont pas de preuves.

C'est parfait. Je les crois. Ils n'ont pas de preuves. Et c'est exactement de ça que je veux parler. Nous avons une force de police qui n'est pas adaptée au monde d'aujourd'hui. Ce qu'il nous faut, si nous voulons enrayer la montée du crime, c'est une force de police qui *obtient* des preuves. Herb Hickey est un assez brave type, mais il ne fait pas le poids dans le Crockford d'aujourd'hui. Il ne m'aime pas parce qu'il sait que je lis en lui. Je sais ce qu'il sait lui-même : qu'il devrait prendre sa retraite et permettre à la ville d'engager un Chef de police venu de New Haven ou un capitaine de détectives de New York à la retraite, quelqu'un qui donnerait vie à notre force de police, qui, pour changer, résoudrait les crimes et qui ferait tellement peur aux criminels qu'ils resteraient à l'écart de notre ville.

Et qu'on se débarrasse du même coup de son impossible femme qui se pavane dans les rues comme la Reine d'Angleterre parce que son mari est le Chef ! Ne vous mettez pas en travers de sa route, ou elle le lui dira et il vous règlera votre compte. C'est du moins ce qu'elle pense.

Mais ils s'obstinent à ne pas vouloir qu'on me nomme à la Commission. C'est parce qu'ils savent que je déchaînerais l'enfer. Ils pensent qu'il s'agit d'une vendetta, mais ça ne tient pas debout. Je donne des coups, je m'agite et je gueule parce que je me soucie de cette ville. Et que le seul moyen d'obtenir quelque chose est de gueuler et de hurler.

Mais les membres de la Commission ne veulent pas qu'on déchaîne l'enfer. Aussi ne veulent-ils pas de ma présence dans leur précieuse assemblée. Et ils ne veulent pas non plus quitter la Commission pour me laisser la place. Hugh McCormick, Charlie Parker et Don Harding? Ils adorent faire partie de la Commission de la Police.

Et leurs femmes aussi. Elles ne tiennent absolument pas à voir leurs maris en sortir. « Vous voulez me coller une contredanse parce que je me suis mal garée? Voyons, ne savez-vous pas qui je suis? » « Oh, pardon madame, c'est une erreur », répond l'agent.

Ce n'est pas pour ça qu'on est membre de la Commission de la Police. Ni une femme de Commissaire. J'ai étudié le travail de la police. J'ai lu des tas de choses sur les techniques les plus récentes. Aussi, lorsque je serai nommé à la Commission — et ça ne tardera pas (j'ai payé mes cotisations au parti) — je saurai de quoi on parle. Hugh, Charlie et Don travaillent au sein de la Commission, mais ils ne connaissent pas leur affaire. Il faut que ce soit Herb Hickey qui la leur apprenne. Ils disent : « Que proposez-vous, Herb? » et ils croient que ce qu'il leur raconte est parole d'Evangile. Parce qu'ils n'y entendent rien.

Et où ça nous a-t-il menés?

Le plus épouvantable meurtre qui se soit jamais produit dans cette ville a été commis il y a trois semaines, et personne n'a la moindre idée sur le meurtrier. Tout ce qu'ils peuvent faire, c'est de montrer quelqu'un du doigt en demandant : « Et si c'était lui? » Et qu'est-ce que ça a donné?

Reggie Sawyer Senior, le principal de l'école primaire Evêque Dudley, le meilleur directeur d'école que cette ville ait jamais connu, vient de démissionner. Sans même savoir où il ira ensuite. Mais il s'en va. Il a démissionné voici deux jours au cours d'une réunion du Conseil éducatif.

Quelle perte!

On n'imagine pas tout ce qu'il a pu faire pour amener chez nous les meilleurs instituteurs, pour pousser les enfants dont il a la charge à aimer venir à l'école et étudier. Il est l'un de ceux qui ont fait la réputation de Crockford. Des gens qui avaient de jeunes enfants payaient ce qu'il fallait pour venir s'installer chez nous afin que leurs enfants puissent bénéficier de notre système éducatif, et ils choisissaient une maison d'où leurs gosses pouvaient facilement se rendre à l'école.

Et maintenant, il nous quitte. Il nous tourne le dos. Et je ne le lui reproche pas.

L'idée que quelqu'un — qui que ce soit — ait pu soupçonner son fils d'être pour quelque chose dans la mort de Sally dépasse toute imagination.

Le jeune Reggie ? Un athlète de haut niveau, un étudiant de première valeur, président de sa classe, qui était la fierté de Crockford. Pour autant que Crockford ait quelque raison d'être fière. Il est parti, son père est parti, et Crockford ne sera plus jamais la même.

Ainsi, on les a montrés du doigt, et nous avons perdu deux de nos meilleurs éléments.

Et maintenant, qu'est-ce qui est en train de se passer ? Qui montre-t-on du doigt ? Les gens disent : « Et Walter Wallace, le pasteur de St. Bartholomew ? » « Et les professeurs de Sally ? » Depuis qu'on a appris que Sally se servait de préservatifs, chacun est à la recherche d'un « amant ». Et il faut que ce soit un « homme plus âgé ». Maintenant qu'ils en ont fini avec Reggie Sawyer, ils tournent leur attention vers tous les adultes de la ville a qui elle a fait plus que dire bonjour.

Walter Wallace ? Qu'ont-ils contre lui ? Rien, sinon qu'il n'a pas d'alibi pour la nuit où elle a été tuée. Il pense qu'il rendait des visites à domicile, mais ce n'est pas indiqué dans son agenda. Sans cela, il ne se souvient pas. Tout ce qu'on sait, c'est que sa femme n'en sait pas plus, car elle assistait au souper de l'Association des Femmes Secouristes qui se tenait au presbytère et où il aurait dû se rendre plus tard pour une courte allocution. Mais on ne l'y a pas vu.

Aussi, les doigts se tendent-ils vers lui. Pourquoi ? Parce que Sally s'intéressait aux activités religieuses, parce qu'on les avait vus bavarder ensemble et qu'il n'a qu'un alibi inconsistant pour la nuit du meurtre.

De quoi diable est-on en train de parler ? On lance des insinuations malveillantes, on élabore, on saute aux conclusions. On se contente de spéculer sur ce qui aurait pu se produire.

Quelqu'un s'est-il avisé de penser à l'homme qu'est Walter Wallace ? Il est marié. Il a deux enfants. Il se dévoue pour sa religion. Je le connais mieux que personne parce que je suis membre du conseil paroissial et je dois dire que s'il est capable d'avoir violé et assassiné Sally Anders, je dois retourner au jardin d'enfants pour réapprendre depuis zéro de quoi le monde est fait. Ce n'est pas un débauché. En fait, c'est un homme craintif. Et depuis la mort de Sally, et surtout maintenant qu'il ne peut apporter aucune preuve de ce qu'il faisait ce soir-là, il a un air égaré. Il est conscient des murmures qui volent autour de lui et il est totalement incapable, de par sa nature même, de souffler dessus pour les écarter. Il est complètement perdu, non parce qu'il encourageait l'intérêt de Sally pour l'église, mais parce qu'il ne peut produire un alibi en béton.

Eh bien, nom de Dieu, que l'on demande à tout le monde en ville de produire un alibi en béton pour la soirée du 7 mai, et que l'on soupçonne chacun de

ceux qui ne le pourront pas. Voilà, Herb Hickey !
Voilà votre liste de suspects !

Qu'ai-je bien pu faire dans la soirée du 7 mai ?
Je n'en sais foutre rien.
Tirez-en vos conclusions, Hickey !

MARDI 9 JUIN

EMILY DAITCH

Je n'arrive pas à y croire. Je ne peux simplement pas y croire. Qu'une telle remarque vienne de moi qui sais tout ce qui se passe en ville est proprement incroyable. Existe-t-il des secrets que j'ignore ? J'aurais juré que non.

Et pourtant, j'étais dans le cirage. Totalement ! Je ne l'aurais jamais cru, et ça veut dire quelque chose, car je trouve que je suis une sacrée bonne journaliste. Et comme je le dis toujours, si je connais les secrets de tout le monde, c'est parce que chacun sait qu'il peut me faire confiance. Ils savent tous que je ne piperai mot. Il faut dire que personne ne s'en doutait. Mais ça ne veut rien dire. Ça ne justifie pas que je n'aie pas eu le plus petit soupçon. Comment un homme peut-il être aussi malin ? J'ai honte de devoir l'admettre, mais j'ai été complètement prise de court. Les autres aussi, remarquez. Mais moi, j'ai ma fierté. Je sais par instinct quand il se passe quelque chose de louche. C'est parce que je suis journaliste depuis longtemps, que je connais des tas de gens, que je sais des tas de choses sur des tas de gens. Peut-être est-ce ma faute. Je suis peut-être devenue négligente. J'ai cru qu'en sachant tellement

221

de choses sur tellement de gens je savais tout sur tout le monde.

Mais cette affaire m'a laissée à quia. Complètement. Et en vous racontant ce que je vais vous raconter, je ne trahirai aucune confidence, parce que ce n'est pas moi qui l'ai découvert et que je n'en ai pas rendu compte. C'est l'inspecteur Harris qui l'a découvert, et toute la ville en parle. Ne me demandez pas comment le bruit s'est répandu. Martha Hickey m'a déclaré que Jack Harris, le Chef Hickey, les membres de la Commission et tous ceux qui ont appris ce que Jack avait découvert n'en ont jamais soufflé mot.

Mais cette ville est ainsi faite. En dehors de moi, personne n'est capable de garder un secret. Lorsque la police découvre quelque chose, tout le monde finit par savoir de quoi il s'agit. Voilà ce que sont nos services de police. Quelqu'un murmure quelque chose, quelqu'un en parle à sa femme ou à son meilleur ami et la rumeur se propage. Je ne vais pas vous dire qui a bavardé, mais j'ai mon idée à ce sujet. Un des membres de la Commission l'a soufflé à l'oreille de sa femme. Je crois savoir qui est la femme, mais je n'en suis pas sûre, et je ne vais pas prononcer de noms ni lancer des soupçons.

Néanmoins, comme ce n'est plus un secret, je peux vous en parler. C'est l'inspecteur Jack Harris qui l'a découvert. On n'a rien à lui reprocher. C'est un bon enquêteur. Je crois que c'est le meilleur de tout le service, le plus consciencieux.

Nous avons donc eu en ville cet affreux crime mystérieux. Qui a bien pu violer et tuer Sally Anders ? Plus personne ne dormait à force de se poser des questions. Et on a montré des gens du doigt et les gens ont commencé à se demander : « Pourrait-ce être un tel ou un tel ? », ou encore :

« Où un tel se trouvait-il dans la nuit du 7 mai ? »

Et certains doigts étaient pointés vers Walter Wallace, le prêtre de l'église St. Bartholomew. Pour la seule raison que Sally Anders s'était beaucoup occupée d'activités religieuses au cours de ces deux dernières années.

Tout le monde reconnaissait que Walter Wallace était un bel homme et qu'il dégageait un certain magnétisme, et on savait qu'elle et lui avaient des relations plutôt amicales. Il leur arrivait de bavarder ensemble. Rien ne démontrait que cette relation était plus que celle d'un pasteur avec un membre de son troupeau, et on n'en aurait sans doute tiré aucune conclusion si Walter Wallace n'avait pas été incapable de dire ce qu'il avait fait dans la soirée du 7 mai. Généralement, il notait ses rendez-vous dans son agenda, et s'il restait chez lui, sa femme pouvait le confirmer. Mais pour cette date-là, on avait une page blanche. Il ne se souvenait pas de cette journée en particulier. Il croyait seulement qu'il avait fait des visites, mais il ne savait pas chez qui ni pourquoi. Il n'était pas à la maison. Sa femme et lui étaient d'accord sur ce point. C'était tout ce qu'il pouvait dire.

Maintenant, sans aucun indice contre lui, sans qu'on ait la moindre raison de le soupçonner, personne n'aurait accordé la moindre attention à son trou de mémoire. Crénom, pas une personne sur dix ne peut se souvenir de ce qu'elle a fait deux jours plus tôt, pour ne pas parler de deux semaines.

Mais cette affaire agaçait Jack Harris. Je l'ai interrogé après à ce sujet, et il n'a pas pu me donner une bonne raison d'avoir fait ce qu'il a fait, sinon que Sally Anders était morte et qu'on ne tenait toujours aucun suspect. Comme le disait Jack : « Tout le monde est au-dessus de tout soupçon, mais quelqu'un l'a fait. Quelqu'un est coupable, et c'est peut-être comme dans les romans policiers vieux jeu où le méchant est le personnage qu'on a le moins soupçonné. »

Jack Harris était le seul que le manque d'alibi de Walter Wallace turlupinait. « L'agenda de ce type est sans faille, me dit-il. Chaque rendez-vous y est noté, chaque visite qu'il a faite y est mentionnée ensuite. » C'est pourquoi il avait parcouru ce carnet de rendez-vous en présence de Walter et avec sa permission. Sans rien en dire à Walter, il avait remarqué que cet agenda n'était pas aussi précis sur tout le parcours. Le 7 mai n'était pas la seule soirée où l'on ne notait ni un rendez-vous, ni une réunion, ni une présence à l'église ni une soirée en famille à la maison.

Comme je l'ai dit, Jack s'est contenté de parcourir le carnet en hochant la tête et en laissant croire à Walter qu'il était satisfait. Mais il n'aimait pas ces soirées inexpliquées. Que faisait Walter pendant ces heures dont il ne rendait pas compte ? Elles ne répondaient à aucun plan précis, comme le bowling du mercredi soir ou le changement des programmes de ciné porno à East Haven. Mais elles étaient là, alignées dans le passé, et Jack Harris se dit qu'il y en aurait d'autres à l'avenir.

C'est pourquoi il se mit à surveiller la maison de Walter. Ce n'étaient pas les ordres du Chef. C'était de sa propre initiative, sur son temps libre, sans aucune note de frais, sans dire à personne ce qu'il faisait, en dehors de sa femme. Elle n'aimait pas ça, et il ne lui aurait pas dit s'il n'avait dû donner une explication pour ces soirées qu'il passait en dehors du service.

Et mercredi dernier, le 3 juin, après avoir suivi Walter de façon routinière depuis le 29 mai, il le fila jusqu'à la maison de Laird Armstrong, et je suppose que vous savez ce que cela signifie. Laird vit seul avec sa tante impotente dans cette grande bâtisse qu'il habite à Hartford Street. Laird ne s'est jamais marié. Il dit que c'est parce qu'il a passé sa jeunesse à s'occuper de sa mère clouée au lit, et sa trentaine à soigner son père malade. Personne ne met la chose en doute. Nous hochons la tête et nous n'insistons pas. Parce que Laird est un sacré brave type, qu'il s'occupe du Cercle d'Art, qu'il est président de la Société de Musique de Chambre, qu'il est l'un des principaux syndicataires des Concerts de Crockford, qu'il joue de l'orgue à l'Eglise congrégationnelle et surtout, qu'il est discret. Il est homosexuel, mais il fait de son mieux pour ne pas l'afficher. En ville, vous ne vous en douteriez jamais, sauf aux quelques petits signes que les gens de son espèce ne peuvent tout à fait cacher. Personne n'a jamais cherché à savoir ce qu'il fait et qui il reçoit derrière les portes closes de sa grande maison. Ce sont ses affaires privées, et nous nous en fichons.

Mais Jack Harris a filé Walter Wallace jusqu'à la maison d'Armstrong, et il a attendu pendant deux heures qu'il ressorte. Et il ne s'agissait pas d'une visite religieuse : Laird n'est pas épiscopalien.

MERCREDI 10 JUIN

WALTER WALLACE

Je ne sais pas comment c'est arrivé, pourquoi on a cherché à me suivre pour voir où j'allais et ce que je faisais. Je rends visite à des paroissiens, j'assiste à des réunions à l'église et, quand je le peux, je passe une soirée tranquille à la maison avec ma femme et mes enfants. Et je regarde peut-être un peu la télévision. Pourquoi quelqu'un aurait-il cherché à le proclamer par toute la ville ? Je suppose que je me suis fait des ennemis. Je ne m'en connais pas, mais si j'en ai, ils ne vont pas me le dire. Ils se contenteront de laisser tranquillement tomber le couperet. Mais ne savent-ils pas ce qu'ils font à autrui ? Ne savent-ils pas quel dommage ils causent aux innocents ? Et les dommages... les dommages...

Jack Harris prétend que ce n'est pas lui qui en a parlé. C'est lui qui m'a découvert. Jack Harris, cet espion, ce traître. Mon Judas Iscariote. « Je n'ai fait que mon devoir », dit-il. Je prie pour son âme. S'il avait vraiment fait son devoir, il aurait pu fermer son clapet. Il voulait seulement savoir ce que j'avais fait dans la soirée du 7 mai, le jour où on a a si brutalement assassiné la pauvre Sally Anders. Mais pourquoi moi ? Il dit que c'est parce que je n'avais

226

pas d'alibi, que j'étais gentil avec Sally et que les gens bavardaient. De quoi? Je n'ai jamais rien entendu. Et gentil avec Sally? Bien sûr que j'étais gentil avec elle. Et aussi avec Peggy, avec Jack Welch, avec Carl Masters et Julie Broadstreet et avec tous les jeunes qui viennent à l'église et qui participent à nos activités de jeunesse. C'est ce que j'essaie de faire dans mon église : éveiller l'intérêt des jeunes. J'ai vu trop de pasteurs prendre en charge une nouvelle congrégation et se dévouer à ses membres plus âgés, ceux qui ont des responsabilités, qui ont de l'argent, qui s'occupent de l'église, qui sont l'épine dorsale des fidèles, qui récoltent les fonds et qui les utilisent pour faire fonctionner la paroisse. Mais ils vieillissent de plus en plus. Alors, qu'arrivera-t-il quand ils mourront?

« Occupez-vous des jeunes » est mon credo. Organisez pour eux des programmes attrayants. Faites que l'église ne soit pas seulement pour eux une expérience religieuse, mais aussi un divertissement. Adorer Dieu ne doit pas être pénible. Dieu ne prend aucun plaisir à nous voir user nos genoux sur des sols durs ni à faire de l'arthrite à force de nous asseoir sur des bancs inconfortables. Il ne tient pas à ce qu'on Le serve en se torturant. Il veut que nous travaillions pour Lui, pas que nous souffrions pour Lui.

Mais ne croyez pas que je n'ai pas eu du mal à appliquer cette philosophie. Il y a, parmi les fidèles, des tas de vieux birbes qui ne désirent pas que les enfants trouvent la religion agréable, qui ne veulent pas qu'ils prennent plaisir à connaître Dieu. Ils prétendent que j'enrobe la Foi de sucre et de miel pour la rendre savoureuse, que l'adoration de Dieu doit porter en elle-même sa récompense, que nous nous élevons en voulant aimer et suivre Jésus, et que nous devons faire l'effort par nous-mêmes pour qu'il ait un sens. Ils croient que les groupes de jeunesse, les pique-niques et les réunions de discussion de la Bible sont des encouragements et qu'ils attirent les enfants par l'aspect social, ce qui n'a rien à voir avec la religion.

Mais moi je dis qu'on ne peut pas amener les jeunes à aimer Jésus en leur disant qu'ils le *doivent*, ou en leur annonçant qu'ils ne seront pas sauvés s'ils ne le font pas. Je veux les amener à découvrir par eux-mêmes que Jésus est quelqu'un qui mérite d'être aimé. Je veux qu'ils aiment Jésus comme je l'aime, et c'est quelque chose qui doit venir de l'intérieur. C'est le plus merveilleux sentiment du monde, et ce n'en est pas un que tout le monde peut éprouver, même pas tous ceux qui essaient. C'est un genre de joie tout particulier, et je veux le partager avec le plus de monde possible. Surtout avec les jeunes. Parce que ce sont eux qu'on peut atteindre le plus facilement. Ils n'ont pas encore fermé toutes les portes ni dressé d'insurmontables barrières.

Et ils sont l'espérance de l'avenir. Amenez les jeunes à l'église, et vous aurez une église puissante.

Mais comme je l'ai dit, bien des fidèles ne sont pas d'accord. Et il y a ceux, comme je le vois maintenant, qui veulent m'éjecter. Je n'aurais jamais cru que c'était un désir d'une telle intensité. Et maintenant, c'est leur chance. Tout ça parce que Judas Iscariote, déguisé en Jack Harris, m'a suivi mercredi dernier.

Jack n'avait pas besoin d'interroger Laird Armstrong jeudi pour confirmer que j'avais passé chez lui la nuit du 7 mai. Le fait que je me sois rendu chez Laird n'importe quel soir aurait dû constituer une preuve suffisante que je n'étais pas l'agresseur de Sally !

Mais Jack dit qu'il devait aller au fond des choses. Le fait d'être retourné voir Laird n'aurait eu aucune importance, sauf que pour Laird, c'était tellement embarrassant. Il n'avait jamais rien dû reconnaître jusqu'à présent. Tout le monde était au courant, mais tout le monde fermait les yeux.

Et Jack jure qu'il n'avait pas pu faire autrement. Selon lui, il avait essayé. Il avait simplement assuré à Hickey que j'étais blanc comme neige. Mais Hickey n'a pas voulu le croire sur parole, et il voulait savoir pourquoi. Et Hickey est incapable de garder un secret. Il faut qu'il le divulgue. Il a dit à Jack que comme les membres de la Commission me soupçonnaient, il ne pouvait pas leur dire de ne plus y penser sans leur expliquer pourquoi. Et à cet égard, les membres de la Commission sont encore pires qu'Hickey. Je suppose que c'est pour ça qu'ils sont entrés à la Commission : pour connaître toutes les turpitudes, les saloperies et la laideur qui se développent dans cette ville prétendument saine.

Ainsi, il a fallu qu'Hickey sache. Et que les membres de la Commission sachent. Et Jack Harris a dû leur dire. C'était sa couverture.

Peu importe qu'Hickey et les membres de la Commission aient juré qu'ils n'en parleraient pas. On sait ce que valent les promesses de garder un secret. Il n'a pas fallu deux jours pour que toute la ville en parle.

Quand j'étais gosse, que j'étais en train de grandir, je ne savais pas que j'étais différent. Je me prenais pour un petit garçon ordinaire, exactement comme tous les autres. Je suppose que le malheur a voulu que je n'aie pas d'amis à qui me comparer.

Je n'étais pas rude et athlétique comme la plupart des autres. Je n'aimais pas pousser et bousculer les autres. Je n'arrivais pas à participer à leurs jeux. J'ai essayé quelques fois : je voulais vraiment être comme eux. Mais j'étais complètement nul. C'était embarrassant. J'avais honte.

Aussi me suis-je retiré dans mon coin. Mais je ne croyais pas que de n'être pas un athlète me rendait différent. Des tas d'autres n'avaient rien d'athlétique.

Mais comme j'enviais ceux qui l'étaient ! Ils m'attiraient. J'aurais voulu être comme eux. Et je croyais que c'était aussi le cas de tous les autres qui, comme moi, ne pouvaient pas faire partie des équipes.

Grâce à Dieu, je n'ai pas su à ce moment-là quel était mon problème. J'aurais été épouvanté par ce que je ressentais. Ce que j'éprouvais, c'était que j'aimais regarder les hommes, leurs corps puissants et musclés. Les filles étaient tellement molles. Je n'aimais pas leur douceur. La nuit, quand j'étais au lit, c'est aux garçons que je pensais, à leur manière d'agir et de se comporter. Ils m'intéressaient plus que les filles. C'étaient eux qui m'attiraient, pas les filles.

Mais je croyais que c'était normal. Je le voyais à l'école. Les garçons faisaient bande à part. Ils jouaient au handball pendant l'heure du déjeuner, le long de la salle de gymnastique, et les filles se rassemblaient devant l'issue de secours du gymnase, elles pouffaient, elles jacassaient et elles ignoraient les garçons. Et les garçons poursuivaient leurs jeux en ignorant les filles. C'était ce que je pensais. Je ne savais pas alors pourquoi les filles se groupaient près de l'issue de secours, pourquoi elles faisaient semblant de ne pas voir les garçons et pourquoi les garçons faisaient semblant de ne pas les voir.

Si j'avais vraiment été normal, j'aurais dû savoir que ce n'était que faux-semblant. Les garçons savaient ce que faisait chacune des filles, et surtout celles qui leur plaisaient, et les filles savaient ce que faisait chacun des garçons, et surtout ceux qui leur plaisaient.

Et aux quelques soirées auxquelles j'ai dû assister, j'ai remarqué que tous les garçons se groupaient d'un côté de la pièce et les filles de l'autre, et que la moitié de la soirée se déroulait avant qu'ils ne se mélangent.

Et comme je n'avais pas d'amis intimes — des garçons à qui j'aurais pu parler — j'ai appris à me comporter selon ce que je voyais. Personne ne me détrompait. Ce que je voyais, c'est que les garçons aimaient les filles, qu'ils leur donnaient rendez-vous, qu'ils faisaient leur demande aux filles, qu'ils épousaient les filles et qu'ils avaient des enfants. C'est ainsi que les choses se passaient.

Et c'est ce que je fis moi-même. J'ai donné rendez-vous à des filles. Je leur ai tenu la main et j'ai essayé de les embrasser. A l'Université, quand on discutait entre hommes sur les futurs plaisirs sexuels que l'on pouvait connaître, j'ai poussé mes explorations plus loin et, à cette époque, l'atmosphère était permissive. Les filles vous attendaient et vous encourageaient. J'ai perdu ma virginité à dix-neuf ans — ce qui était plutôt tard selon les canons en vigueur parmi mes pairs — mais j'avais l'habitude d'être à la traîne. La seule chose qui me troublait, c'est qu'après l'avoir fait, je ne trouvais pas ça tellement formidable. Les autres garçons s'extasiaient sur leurs expériences. Ils ne parlaient que de filles et de sexe. Je l'avais fait, mais je n'avais pas éprouvé une telle exaltation. J'étais plus excité à observer les autres garçons et à les écouter parler de ce que nous avions tous fait. Un moment, je me suis demandé si ce n'était pas du cinéma, le plaisir de la réussite plutôt que de l'acte lui-même. Coucher avec une fille, c'était très bien, mais ce n'était pas tellement excitant. Sûrement qu'ils en remettaient.

Je n'ai pas connu le mot *homosexuel* avant ma seconde année. Un soir, il avait été prononcé avec des rires et des moqueries. Je ne savais pas ce qu'il signifiait, et je ne le demandai pas. Au cours des discussions entre hommes je me contentais d'écouter et d'essayer d'apprendre comment je devais réagir.

Mais je me suis souvenu du mot et j'ai vérifié dans le dictionnaire pour savoir de quoi les autres avaient parlé.

Alors, j'ai éprouvé ce terrifiant sentiment : étais-je un intrus dans ce groupe ? Se pouvait-il que si je n'étais pas attiré par les filles, si je n'en tirais pas le plaisir dont tous les autres se vantaient, si les corps musclés des hommes m'attiraient, si je ne me pâmais pas devant les photos de tendres femelles nues, si je prenais plaisir à la compagnie des hommes sans trop savoir pourquoi, c'était parce que j'étais vraiment différent des autres ? Se pouvait-il que je sois un *homosexuel* ?

J'ai combattu cette idée. Je ne voulais pas être différent. Je voulais être comme tout le monde.

Je suppose que ceux qui me lisent se demandent pourquoi j'ai choisi la vocation religieuse. Peut-être se disent-ils que l'horrible sentiment que j'éprouvais m'a fait chercher de l'aide auprès de l'église. Je ne sais pas. Même maintenant, sous cette menace, je n'arrive pas à savoir ce que je pense.

Ma chère femme, Selma, m'a épousé quand j'étais au séminaire en train d'étudier pour devenir pasteur. Nous avons été mariés pendant dix-huit ans et nos deux enfants sont Peter, douze ans, et Mary, huit ans. Nous avons attendu six ans pour avoir des enfants à cause de l'incertitude de l'avenir.

232

Ce fut un mariage heureux (du moins selon ses conceptions. C'est ce qu'elle m'a avoué la nuit dernière). Selon les miennes, il a été aussi heureux que j'ai pu le rendre.

Bien entendu, il a fallu que nous en parlions. J'ai dû confesser mon mensonge.

Vous devez comprendre comment c'est arrivé. Peut-être est-ce ma faute, mais j'avais tellement besoin de m'intégrer. J'aurais donné n'importe quoi pour être comme tout le monde. Tout ce que je voulais, c'était de terminer mes examens de prêtrise, d'épouser une fille convenable, de m'établir, d'élever des enfants, de prêcher la Foi et d'éclairer, en tant qu'exemple et que prédicateur, le coin où je vivais. On m'avait donné Crockford comme paroisse, et je voulais contribuer à faire de Crockford le meilleur endroit du monde où vivre. Ambitieux ? Oui, j'ai été ambitieux. Je voulais laisser mon empreinte, je voulais que le monde soit meilleur parce que j'y étais passé.

Et pendant tout ce temps, il y a eu ce démon en moi, cette anomalie. Je ne sais comment le décrire, sinon comme la marque du Malin. Je l'ai combattu. Je me suis marié, j'ai fait tout ce qu'il fallait, j'ai été fidèle à ma femme, j'ai élevé des enfants. Et pendant tout ce temps, il y avait en moi cette insatisfaction.

Je l'ai combattue aussi. Qui dit que le monde doit nous convenir ? Dieu nous a promis le salut, mais il ne nous a pas promis un jardin de roses.

Je suis un pécheur. Je ne suis pas assez fort. J'ai rencontré Laird Armstrong. En ville, tout le monde le rencontre. Il fait partie de la cité. Et quelque chose s'est produit. Je ne sais pas quoi. Mais Laird est la personne la plus aimable, la plus gentille, la plus divine que j'aie jamais connue. Nous sommes entrés en rapport, lui et moi. En un certain sens, je n'ai jamais pu entrer en rapport avec Selma. C'était une femme et Laird était un homme. C'est toute la différence. J'ai trouvé en Laird tout ce qui m'avait manqué dans mes relations avec les femmes. L'émotion, l'extase dont parlaient mes condisciples à propos de leurs expériences avec les femmes et que je n'arrivais pas à comprendre, je les ai trouvées en Laird. Soudain, avec lui, un monde nouveau et merveilleux s'est ouvert à moi. Ce n'était pas seulement la rencontre de deux corps, c'était aussi une union des esprits. Avec Laird, j'ai découvert un bonheur que je n'aurais jamais pu imaginer auparavant. C'était une joie tellement grande qu'elle méritait qu'on prenne tous les risques.

J'avais une femme aimante et deux enfants qui m'étaient plus chers que la vie elle-même. J'avais une mission, un travail à accomplir. Qu'est-ce qu'un homme peut demander de plus ?

Et pourtant, j'étais prêt à risquer tout cela pour quelques soirées furtives avec un autre homme. Qui pourrait le comprendre ? Moi non. Sauf à penser que le Mal était ancré en moi et qu'il pèse davantage sur mon âme que ma capacité de l'écarter.

J'ai essayé le truc du Démon : me consoler de mon mal en faisant semblant d'être bon. Mais selon la volonté de Dieu, le mal doit être découvert. Toutes les mauvaises pensées doivent apparaître au grand jour, toutes les mauvaises actions doivent être révélées.

Ma femme fulmine contre moi. En tout autre cas, elle se serait tenue à mes côtés, même jusqu'aux Portes de l'Enfer. « Que puis-je faire ? » hurle-t-elle. « Contre une autre femme, j'aurais des armes. Je pourrais la combattre. Contre une autre femme, j'aurais une chance. Mais que puis-je faire contre un autre homme ? Contre un autre homme, je suis sans armes et sans force. »

Et mes enfants ? Peter et Mary, qui portent les prénoms des saints que j'honore ? Ils m'évitent. Ils regardent ailleurs. Je ne pense pas qu'ils sachent tout ce que cela signifie, mais ils savent des choses que je ne savais pas à leur âge, et peut-être l'horreur est-elle sur eux aussi. Quoi qu'il en soit, ils se cachent. Peut-être d'une réalité qu'ils ne veulent pas regarder en face ? En tout cas de moi.

Je dois des excuses à Jack Harris. Il n'est pas Judas Iscariote trahissant le Christ. C'est l'Ange du Seigneur qui dévoile le Mal aux yeux du monde.

L'évêque veut me voir. Tout mon monde s'est écroulé.

Oh, Seigneur ! Quel dessein devais-je servir pour que Vous m'ayez fait tel ?

JEUDI 11 JUIN

On ne savait pas où il était allé.

On a fini par le retrouver dans le clocher, pendu à la poutre maîtresse à côté de l'escalier de bois qui mène aux cloches.

Mais laissons la parole à Selma, sa femme.

SELMA WALLACE

Mon Dieu, je ne sais pas. Je ne sais plus rien. Je ne ressens plus rien. Walter et moi étions mariés depuis dix-huit ans. Vous croyez qu'en dix-huit ans, vous finissez par connaître un homme. Nous nous sommes mariés quand il était au milieu de ses études au séminaire. Mais nous étions ensemble avant qu'il n'y entre. Déjà au collège. Je l'ai rencontré à un bal d'étudiantes. Il était venu avec Jocelyn Palmer, et moi j'étais avec Barry Jackson. C'était l'époque où on ne jurait que par la drogue, les hippies et les colliers d'amour. À bas l'ordre établi ! Ce genre de trucs.

Je n'ai jamais pris part à la contestation des années soixante. J'avais eu une éducation sévère et je respectais strictement l'autorité. Quand j'étais petite, il suffisait qu'un policier me regarde pour me donner l'impression qu'il lisait dans mon âme et qu'il connaissait toutes mes fautes. Je me demandais ce que j'avais pu faire pour qu'il m'arrête.

Et les profs! C'étaient les rois et les reines, et j'obéissais à tout ce qu'ils disaient. Je faisais de mon mieux pour gagner leur appréciation. J'avais entendu le terme « lèche-bottes » et je crois bien que certains étudiants me l'appliquaient. Je ne savais pas exactement ce qu'il signifiait, sauf qu'il était désobligeant. Mais ce n'est pas pour avoir de bons points que j'étais gentille avec les profs et d'une obéissance aveugle. Je croyais sincèrement qu'ils étaient la source d'où coulait la sagesse. C'étaient des adultes, et contrairement aux enfants, les adultes ne commettaient jamais d'erreurs. Si je m'efforçais de faire ce qu'ils me demandaient, je grandirais et je ne commettrais pas d'erreurs non plus. Et j'en faisais tellement quand j'étais petite! Je n'arrivais pas à coudre droit. J'oubliais de balayer dans les coins malgré tous mes efforts. C'est ma grand-mère qui m'élevait, et c'était une adulte. Elle, elle ne commettait jamais d'erreurs. Elle cousait en ligne droite, et elle savait exactement dans quels coins il fallait balayer.

Barry Jackson était différent. Mais pour autant que je sache, tous les garçons l'étaient. Il était négligent et débraillé. Il ne cirait jamais ses chaussures, ne se peignait jamais (ou du moins, presque jamais). Il se contentait de passer de temps en temps la main dans ses cheveux. Mais ses manières étaient très attirantes. C'était le garçon le plus futé de la classe. Nous, les filles, nous en étions toutes folles.

Et je l'avais invité au bal d'étudiantes que nous organisions. Ce n'était pas par pur hasard. Nous nous connaissions. Nous étions déjà sortis ensemble. Ce n'est pas qu'il ne sortait pas avec tout un tas de filles, mais il avait semblé très heureux que je l'invite au bal. Mais si je n'avais pas été la première, il y aurait eu une demi-douzaine d'autres filles pour le faire.

Mais Barry avait ses mauvais côtés. Il buvait, il fumait du hash et il tâtait du LSD. C'est du moins ce qu'on disait. Il répliquait aux profs et quand je l'ai connu, il avait déjà été mis deux fois à la porte de l'école. On disait aussi qu'il avait causé des ennuis à une fille, mais je ne sais pas si c'était vrai. Il n'avait jamais essayé de faire quoi que ce soit avec moi ni avec aucune des autres filles que je connaissais.

Le malheur avec Barry, c'est qu'on ne savait jamais où on en était. Vous pouviez l'inviter à un bal, comme les filles le faisaient toujours. Il venait vous chercher à la maison et il vous ramenait. Il vous offrait un petit bouquet de fleurs auquel vous ne vous attendiez pas, car comme c'était vous qui l'aviez invité, les frais du bal vous incombaient. Mais une fois que vous arriviez sur place, il ne semblait plus vous connaître. Il avait tellement d'amis, garçons et filles, qu'il était toujours en train de frayer avec tout le monde et qu'il vous plantait là pour aller voir tel ou telle. Il revenait toujours, mais vous aviez l'impression que ce n'était pas vous qui l'attiriez mais la soirée. Ensuite, il vous ramenait chez vous, vous donnait un chaste petit baiser, vous remerciait et vous disait combien la soirée avait été merveilleuse. Et pendant tout ce temps, vous souhaitiez qu'il vous embrasse comme si vous étiez formidable et qu'il vous dise que c'était vous qui aviez rendu le bal merveilleux. Mais ça, il ne le faisait jamais. Ni avec moi, ni avec aucune des autres filles avec lesquelles j'en parlais.

Quoi qu'il en soit, c'est à ce bal que j'ai rencontré Walter. Jocelyn m'avait dit qu'elle avait été obligée de l'emmener parce qu'il fallait qu'elle vienne avec quelqu'un qui avait l'accord de ses parents. En réalité, c'était Barry qu'elle voulait, mais j'avais été la première à le solliciter, et de toute façon, ils ne lui auraient pas permis de l'inviter. Mais elle me fit échanger nos danseurs de sorte que Walter et moi sommes restés seuls un bon moment.

Pas pendant tellement longtemps, mais assez pour que nous bavardions un peu. Et je découvris qu'il était timide et apeuré, ce qui me toucha parce que j'étais pareille.

Nous nous sommes retrouvés sur la véranda en train de bavarder. Il m'expliqua qu'il allait entrer à l'Université et qu'il ne savait pas ce qu'il ferait ensuite. Cela m'intéressa parce que je voulais aller à l'Université également et faire quelque chose de ma vie. Barry ne s'y inscrirait jamais. Il se targuait de vouloir quitter l'école et déclarait qu'il pouvait obtenir un emploi de pompiste à la station-service Atlas quand il le voudrait. Il finirait par en devenir propriétaire et par avoir ensuite toute une chaîne. Il finirait par être le roi des stations-service, et il gagnerait des millions.

Je ne sais pas comment l'expliquer, mais je sentais que si Barry me faisait un effet formidable, il me conduisait dans une impasse. Nous n'avions rien en commun. Ce n'était qu'un attrait physique, et si jeune que j'étais à l'époque, j'avais le sentiment que ce n'était pas suffisant. Suffisant pour maintenant, peut-être, mais pas pour toute une vie.

Mais le gentil, le timide Walter, qui avait des rêves et des ambitions, qui éprouvait le même genre de craintes et d'espoirs que moi, c'était un homme qui m'attirait. Et il avait du charme. Cela ne se voyait pas beaucoup à l'époque parce qu'il était tellement timide et vulnérable. Mais en grandissant, en se développant, en prenant confiance en lui-même — mais jamais assez, et maintenant je crois que je comprends pourquoi —, c'était devenu un vrai charmeur. Surtout à l'égard des femmes. Maintenant, quand j'y repense, c'est vrai : son charme était surtout ressenti par les femmes. Les hommes l'acceptaient. Je n'ai jamais rien entendu dire contre lui. Mais il n'attirait pas les hommes. Il avait des contacts avec eux, s'en faisait des amis. En fin de compte, les hommes sont le bastion de l'église. C'est leur argent qui soutient l'église, pas la Société des Assistantes Sociales.

Nous sommes sortis ensemble, nous avons appris à nous connaître, et j'étais là quand il a reçu l'Appel, quand il a décidé que son avenir était dans la prêtrise. Ce n'est pas ce que j'aurais choisi. Je n'avais pas envie d'être la femme d'un pasteur. Votre vie ne vous appartient plus. Une femme de pasteur vit dans l'église et avec l'église, et je n'ai jamais été très pratiquante. J'y allais parce que mes parents m'y emmenaient. J'obéissais à leurs injonctions, et j'essayais d'aimer ce qu'ils me faisaient faire. Mais j'avais du mal à avaler la religion. Il y a des gens qui se délectent de la religion. Il y a des gens, comme Walter, qui la vivent. Moi, je m'en fichais. Je me sentais plus près de Dieu à regarder les écureuils grimper dans les arbres, à écouter les oiseaux pépier dans le ciel, à admirer un beau coucher de soleil. C'est ça le Dieu qui m'attire, où que j'aille. Je prenais ma voiture jusqu'aux confins de la ville pour aller contempler le crépuscule. Et la nuit, dans mon lit, je parlais à Dieu en direct. Je n'avais rien à faire de toute cette histoire de Marie et de Jésus. Je Lui parlais en direct. Pour moi, Dieu n'était pas si prétentieux qu'on ait besoin d'intermédiaires pour Lui parler.

Mais j'aimais cet homme timide, intelligent et dévoué. Il voulait tellement en faire plus et plus. Et il pouvait en faire plus que moi. Je ne le dis pas pour paraître anti-féministe. Je le pense vraiment. Il y avait en lui des forces que je savais ne pas avoir. Il suffit d'écouter ce qui se raconte en ville, la manière dont il combattait le Démon dans sa propre existence. Et peut-être aurait-il réussi si on lui avait laissé un peu plus de temps. Peut-être que s'il avait eu une femme plus compréhensive, des amis plus compréhensifs...

Maintenant, il n'est plus. Je me le reproche. Je n'ai pas été là quand il a eu besoin de moi. Je suis de ceux qui l'ont admonesté. J'étais choquée, blessée, je me sentais impuissante, sur la défensive. Je croyais que j'en avais le droit. Comme je me trompais !

Walter s'est senti abandonné. Il avait l'impression que même son Dieu l'avait abandonné. Si une seule personne — un seul être humain — s'était tenu à ses côtés, lui avait donné du courage, lui avait fait savoir qu'il n'était pas entièrement seul, toute cette horreur aurait pu être évitée.

Et j'étais cette seule personne. Je suis celle qui lui a manqué.

J'ai toujours cru que j'étais une épouse parfaite. J'aimais mon mari. Je sacrifiais mes propres desseins et mes propres ambitions pour l'aider à accomplir les siens. Peut-on être plus noble ? Je l'ai accompagné pendant les années de hautes études, quand j'ai cru qu'il deviendrait médecin, avocat ou ingénieur. Mais ce n'était pas vers quoi il tendait. Il ne savait pas vers quoi il tendait, pas plus que moi, mais j'étais prête à soutenir ses ambitions inconnues. « Où que tu ailles, j'irai. » Quel plus noble engagement pouvait proclamer une femme ?

Et quand il a choisi l'Eglise — l'Eglise épiscopale, ce qui était une autre forme de protestantisme que celle que je connaissais, plus catholique que protestante, selon moi —, j'acceptai son choix et j'adaptai ma vie à ce genre d'avenir.

J'ai le désagréable sentiment de n'y être pas arrivée. J'ai rempli mes devoirs d'épouse. Du moins l'ai-je cru jusqu'à maintenant, maintenant que je commence à me demander si j'ai vraiment été une épouse. Mais quand je me considérais comme ce que doit être la femme d'un prêtre épiscopalien, je sentais que la congrégation, ceux qui ont besoin de mon mari et qui le soutiennent, ne sympathisait pas avec moi. J'ai essayé. Dieu sait si j'ai essayé ! Il faut en faire tellement pour être la femme d'un pasteur épiscopalien. C'est comme d'être la Première Dame, la femme du Président. On ne vous élisait pas. On vous imposait la charge. Et tous les regards étaient sur vous, plus que sur votre mari, l'homme vers qui ils devraient tous se tourner. Tous les yeux — les yeux de toutes les femmes — sont sur vous. Et qu'est-ce qu'on attend de vous ?

J'ai essayé de m'y préparer pendant que Walter allait au séminaire. Il apprenait à devenir prêtre. J'ai essayé d'apprendre à devenir la femme d'un prêtre. Et ce fut dur. Je le faisais machinalement, pas par instinct. J'avais surmonté mes instincts. En grandissant, j'avais perdu mon respect pour l'autorité. Après tout, les parents, les professeurs, les policiers, les patrons n'étaient pas sacro-saints. Comme Alice au Pays des Merveilles, j'en étais arrivée à comprendre : « Tu n'es qu'un paquet de cartes. » Et j'ai compris qu'il en allait de même pour le clergé. Les habits et le rituel ne proclament pas la vérité.

J'aurais accepté plus facilement les principes de l'Eglise épiscopalienne si j'avais été élevée dans cette religion. Mais ce n'avait pas été le cas. Les points sur lesquels on mettait l'accent étaient différents. J'avais été élevée dans la croyance que c'était la parole du Christ qui était importante, pas sa personne. Maintenant, on me demandait de croire que c'était lui qui était important, plus que ce qu'il avait dit. Vous finissez par vous demander ce que vous devez croire ou si, en fin de compte, vous devez croire quelque chose. Maintenant, en ce moment, je ne sais même plus si je dois croire en Dieu. Un Dieu juste, un Dieu équitable ne permettrait pas qu'arrivent certaines choses.

Ma foi n'était donc pas forte. J'avais beau essayer, je ne pouvais pas devenir une épiscopalienne dévote. Pour le bien de Walter, je faisais semblant. Je faisais tout ce qu'il fallait, je défendais les bonnes doctrines, je répétais l'orthodoxie la plus récente comme un perroquet, ou je croyais le faire. Peut-être que cela se voyait. Peut-être y avait-il dans ma voix ou dans mon comportement quelque fioriture qui révélait aux dévots que je n'étais pas l'un d'eux. Walter les charmait, moi pas. Il était consciencieux, et ils savaient qu'ils se trouvaient en présence de quelqu'un de plus saint qu'eux.

Jusqu'à ce terrible jour de la semaine dernière où le monde a découvert que Walter aussi avait des pieds d'argile. Et pire que tout, que son péché était le plus odieux qui soit dans la tradition de l'église. On peut pardonner le meurtre, l'adultère, la trahison à quelqu'un qui se repent sincèrement. Mais l'homosexualité dépasse ce que l'on peut tolérer.

Mais ai-je bien le droit de parler ainsi? La découverte m'a choquée, m'a rendue aussi amère et aussi outrée que le fidèle le plus ardent et le plus impitoyable. J'ai eu l'impression d'avoir vécu dans le péché pendant dix-huit ans. Je me sentais souillée. Je me rétractais à l'idée que cet homme avait mis les mains sur moi, que j'avais dormi avec lui et que j'avais porté ses enfants. Ce n'est pas à lui que je pensais, mais à moi et à mon déshonneur. Comment pourrais-je encore me montrer aux yeux de tous ? Que pouvais-je dire à mes enfants ?

Je l'ai chassé de ma chambre à coucher. Quoi de plus ? Pendant ces derniers jours, il a dormi dans son bureau. Après les premiers reproches amers — et je me maudirai jusqu'à ma mort pour les mots que j'ai prononcés —, nous ne nous sommes plus guère parlé. Je ne lui reproche pas son silence. Je regrette de ne pas m'être tue moi-même. Je voudrais pouvoir reprendre ces mots affreux, effacer son regard terreux et abattu. J'ai divagué, j'ai tempêté sur ma propre souffrance sans voir combien la sienne était pire. C'était gravé sur son visage et je ne m'en suis pas aperçue.

Et ce matin je ne l'ai pas vu. Généralement, il flânait dans la maison, il se faisait une tasse de café, se préparait un sandwich pour le déjeuner, choisissant les moments où je n'étais pas là. Il ne voulait pas que sa présence exacerbe mes plaies. Mais je l'entendais remuer. Ou je découvrais les signes de sa présence : une tasse à café soigneusement lavée déposée sur l'égouttoir, ou une assiette ou un couteau également propres, quelques miettes éparpillées. Normalement, je nettoyais derrière lui car il était négligent. Mais maintenant, il essayait de ne pas me déranger, il cherchait à se rendre invisible. Sauf que le pauvre cher homme ne remettait rien en place et qu'il oubliait les miettes. Je savais donc qu'il était par là.

Sauf aujourd'hui.

Aujourd'hui, il n'y avait pas un signe de lui.

J'ai cru d'abord que j'avais dû ne pas l'entendre, qu'il avait pris son café au presbytère. Mais il n'est pas rentré déjeuner, et il y a brusquement eu ce vide terrifiant dans la maison. Je commençai à le chercher. Il n'était pas dans son bureau, bien entendu, mais son aspect ne me révéla pas s'il y avait dormi la nuit dernière.

J'ai couru jusqu'au presbytère et j'ai demandé à Esther Stallings où était M. Wallace. Mais elle ne l'avait pas vu de la journée. Et Priscilla Webber, la secrétaire de l'église qui se trouvait dans le bureau du rez-de-chaussée, ne l'avait pas vu non plus. Comme il n'avait pas pris la voiture, il ne pouvait pas être loin. Je leur ai demandé de m'aider à le chercher et nous avons regardé partout, dans l'église, et dans le presbytère. J'ai même essayé la cafétéria située à l'autre bout de la place. Il y allait parfois, mais je savais que c'était le dernier endroit où il se serait rendu après que se soit répandue la nouvelle de ses rapports avec Laird Armstrong.

Il n'était nulle part, et j'ai eu le pressentiment d'une catastrophe. C'était comme si une lumière s'était éteinte. Aussi sûrement que je respirais, je savais qu'il était mort. Mais je ne savais pas où.

J'ai appelé la police pour leur dire que je ne l'avais pas vu et que j'étais inquiète. J'ai cru qu'ils allaient se moquer de moi, mais le sergent McCrory a pris la chose très au sérieux et m'a promis d'entreprendre des recherches. Je pense qu'il avait le même pressentiment que moi.

Ce fut Lucy Stedman qui le découvrit. C'est l'un des membres les plus consciencieux de la chorale. La grosse Lucy. Elle appartenait déjà à la chorale avant l'arrivée de Walter, et elle ne manquait jamais un dimanche ou une répétition, même pas après la mort de son mari. Je ne sais pas pourquoi elle est entrée dans la pièce qui se trouve derrière le vestiaire de la chorale et d'où partent les escaliers du clocher, et elle ne sait pas non plus ce qui l'y a poussée. L'endroit est assez sombre car la seule lumière naturelle qui éclaire la cage vient des fenêtres qui se trouvent devant les cloches au sommet du clocher. Elle était la première arrivée pour les répétitions de la chorale, et elle a ouvert cette porte sans raison particulière.

Ce qu'elle vit ressemblait à une paire de jambes qui pendaient sur les escaliers. Elle pénétra plus avant et elle vit que les jambes étaient celles de Walter et que son corps se balançait au bout d'une poutre. En voyant ça, elle poussa un cri et s'évanouit comme une masse.

J'ai entendu le cri, et si je ne savais pas d'où il venait, je savais ce qu'il signifiait. On avait retrouvé Walter.

LUNDI 15 JUIN

Pendant un certain temps, le choc provoqué par le suicide de Walter Wallace fit oublier à tout le monde le meurtre de Sally Anders. Pour la petite histoire, la mort de Walter s'est produite cinq semaines jour pour jour après celle de Sally. Elles ont eu lieu toutes les deux un jeudi, et dans les deux cas, les funérailles se sont déroulées le dimanche suivant.

Les sermons prononcés dans les églises des environs en cette matinée du 14 juin se référaient à la perte que représentait pour la ville la mort de Walter Wallace, et personne ne parla de sa disgrâce. Dans le monde d'aujourd'hui, même dans une ville comme Crockford, les rapports de Walter avec Laird Armstrong ne semblaient pas, l'église mise à part, un tellement gros péché.

Ce n'est pas qu'on eût oublié le meurtre de Sally. Le suicide de Walter était une aberration. La mort de Sally était diabolique. Sa nature et l'horreur qui s'en dégageait ne glaçaient pas seulement l'âme, mais le mystère qui l'entourait agissait sur les cerveaux. Qui l'avait fait ? Si personne ne le savait, personne n'était certain que ça ne se reproduirait pas. Savoir qu'un « tueur se promène parmi nous » emplissait la ville de soupçons et de crainte.

Et dans les cinq semaines qui avaient suivi, rien n'avait été fait pour dissiper ces craintes. On ignorait tout des circonstances, le mobile était inconnu et on ne savait pas qui était le meurtrier. Le crime le plus horrible de l'histoire de Crockford demeurait un mystère insondable.

La police était censée enquêter. Ils *avaient* enquêté. Mais maintenant, même s'ils ne voulaient pas l'admettre publiquement, l'affaire était en suspens. Ils n'avaient pas d'indices. Et ils étaient décontenancés. Chaque fois qu'ils avaient porté leurs soupçons quelque part, ils avaient provoqué des dégâts. Leurs victimes étaient innocentes. Le public était aussi outré par ce qu'ils avaient fait que par ce qu'ils n'avaient pas fait. Du point de vue de la police, il valait encore mieux laisser dormir l'affaire que de la bousiller aussi bêtement.

Les membres de la Commission de la police que l'on invectivait de partout — Hugh McCormick, Don Harding et Charlie Parker, que leur situation de prestige n'enchantait plus tellement — niaient avec vigueur que les enquêtes de la police aient été responsables des fâcheuses conséquences qui avaient suivi. Ils affirmaient que le Chef Hickey et ses hommes n'avaient fait que leur devoir. Cependant, ces messieurs avaient plus de mal à expliquer pourquoi les soupçons de la police n'avaient condamné que d'innocents citoyens et risquaient d'en atteindre d'autres.

La police et les membres de la Commission avaient fait marche arrière. Ils avaient peur de fouiller dans les antécédents d'autres respectables citoyens sans que des preuves solides et concrètes ne le justifient. Et ce sont les preuves solides et concrètes qui leur manquaient.

Lundi, le 15 juin, était le jour de la remise des diplômes pour le collège de Crockford. La cérémonie se déroula par un éclatant soleil, à six heures du soir, sur la Place. Deux cent soixante-quatre seniors reçurent leur diplôme de la main de Hugh Gibson, le président du Conseil Educatif, devant le corps des professeurs et des administratifs et en présence de onze cents parents, amis et citoyens.

Tout le monde sait ce que sont ces remises de diplômes : tous sont heureux et fiers. C'est un déploiement de toques et de toges, vertes pour les garçons, blanches pour les filles. Tous sont d'excellente humeur, même s'il y a des larmes dans les yeux et, de temps à autre, une voix qui se brise. Et quand c'est terminé, il y a les photos. Des centaines d'appareils, des milliers d'instantanés. Les parents et les diplômés s'embrassent, les diplômés s'embrassent entre eux. « Nous resterons toujours amis », « Ecris-moi quand tu seras à l'Université », « Restons en rapport ».

C'est un heureux moment, et la remise de diplômes était joyeuse. Néanmoins, on sentait bien que ce n'était pas comme l'année précédente. La joie n'était pas aussi limpide. Les cœurs n'étaient pas aussi insouciants. Au cours de la cérémonie, il ne fut pas question de Sally Anders. Elle n'appartenait pas à la classe des seniors, et qui aurait songé à parler de sa tragédie en un pareil moment ?

Mais on ressentait sa présence. Le fantôme de Sally Anders tournoyait et bondissait sous la gaieté, la joie et l'exaltation, et devant les regards tournés vers l'avenir. Pour la première fois depuis douze ans, Reginald Sawyer Senior n'était pas assis sur l'estrade et il n'entonna pas de solo. Pour la première fois de mémoire d'homme, le président de la classe des seniors ne prononça pas de discours. Et les regards et l'attention des parents et des amis qui étaient réunis ne s'attardaient pas seulement sur les diplômés. Il y avait des pensées et des murmures, et des regards en coin. « Le tueur se trouve-t-il parmi nous ? » « Pourrait-ce être Jerry Tuttle qui prend des airs supérieurs parce que sa fille a gagné tous ces prix ? » « Je me suis toujours posé des questions sur Tom Raynor. Je n'ai jamais aimé son regard. » « Jud Prendergast n'a-t-il pas toujours paru trop bon pour être honnête ? » « On m'a dit que Jim Boardman se faisait envoyer *Playboy* à son bureau, pas chez lui. » Les amis n'étaient plus des amis à cause de la manière dont ils se regardaient. L'unité de la ville avait volé en éclats.

LUNDI 15 JUIN

JOURNAL DE DOROTHY MESKILL

Aujourd'hui, je ne sais pas ce que je fais. Je ne sais pas ce que je pense. Je ne sais pas ce que je ressens.

Aujourd'hui, c'est la remise des diplômes. Ed et moi allons assister aux cérémonies sur la Place, et observer les seniors dont la plupart ont été les élèves d'Ed un moment ou l'autre, ou ont joué dans les pièces qu'il mettait en scène pour l'école. Il a même appris à connaître ceux qu'il ne connaît pas personnellement. Ed s'intéresse à la nature humaine. Il veut savoir ce qui se passe dans la tête des gens, pourquoi ils font ce qu'ils font, pourquoi ils pensent ce qu'ils pensent. Son travail lui donne largement l'occasion d'étudier toutes ces choses, et quand il n'a pas les renseignements de première main, il essaie de les obtenir en parlant avec les conseillers des étudiants. Il prend des notes sur tout, et il est en train de préparer un livre.

Mais je ne connais pas cet homme. Après toutes ces années pendant lesquelles nous avons été mariés, je découvre brusquement que je ne connais pas mon mari. Soudain, je découvre sur lui des choses dont je ne me serais jamais doutée.

Je vais décrire les événements comme ils se sont produits, pendant qu'ils sont encore frais dans ma mémoire, avant que nous ne partions pour la remise des diplômes.

Il devait être dix heures ce matin. C'est ce que je suppose, car je n'ai pas regardé la pendule. Ed était parti pour le collège afin de reprendre le reste de ses affaires. Je regardai dans son placard pour voir s'il avait un costume fraîchement repassé pour la cérémonie. J'ai l'habitude de m'occuper de ce genre de choses. Ed est tellement négligent. Il ne semble à l'aise que dans un pantalon chiffonné et avec des chaussures éculées. Il ne croit pas que l'habit fasse le moine. Ce qui compte, dit-il, c'est l'homme qui est dedans. Et il ajoute : « Qui est le meilleur, Albert Einstein avec son pull sans forme ou Adolf Hitler dans son brillant uniforme ? » Il est difficile de discuter avec Ed, même en sachant que vous avez raison.

C'est pourquoi je prends sur moi de ne pas discuter avec lui, mais je m'occupe de ses affaires pour m'assurer qu'il n'aille pas à l'école en bleu de travail et qu'il n'oublie pas de mettre une cravate. Je fis un tri dans son placard pour sortir le costume qu'il devait mettre et je regardai ce qui devait être nettoyé et repassé. Et tout au fond du placard, serré dans un coin, j'aperçus un sac de papier. Pour autant que je me souvienne, je l'avais déjà vu avant et j'avais supposé qu'il contenait de vieilles chaussures, des pantoufles ou quelque chose de ce genre. Je l'avais laissé là. Mais cette fois, je le sortis pour voir s'il ne contenait pas quelque chose dont il fallait s'occuper. Et je vis que c'était sa vieille veste de sport, avec des pièces de cuir aux coudes, qui était roulée en boule au fond du sac. J'en avais presque oublié l'existence.

Elle était complètement chiffonnée et ma première pensée fut qu'il était en train de la flanquer en l'air. Il aurait au moins pu la pendre sur un cintre, ou la donner aux Vieux Vêtements s'il n'en voulait plus.

Mais elle était tout à fait bonne, avec peut-être quelques taches. Tout ce qu'il lui fallait, c'était un nettoyage et un repassage.

Avant de la mettre de côté pour le teinturier, je vérifiai les poches, et j'eus une sacrée surprise. Dans la poche latérale de droite, il y avait une culotte de femme ! Qu'est-ce qu'elle pouvait bien faire là ? Je veux dire qu'Ed n'était pas du genre à collectionner les culottes de femme. Et ce n'était pas que... Me faisait-il des infidélités ?

Puis je vis qu'il y avait des taches de sang et d'herbe sur la culotte, et je compris à qui elle avait appartenu. C'était celle de Sally Anders. C'était celle qui avait disparu quand on l'avait retrouvée.

Je savais qu'Ed avait collectionné des dépositions, des articles, des interviews, tout ce qu'il avait pu trouver sur la mort de la jeune fille. C'était encore une de ses recherches. « De la sociologie sur le terrain », disait-il. Mais comment avait-il pu mettre la main sur sa culotte ? Même la police ne savait pas où elle était.

Je regardai la veste et je vis que les taches pouvaient être des taches de sang. Et brusquement, je sus qui avait tué Sally Anders. C'était Ed.

Mais je n'arrivais pas à y croire. Pas Ed. Il devait y avoir une autre raison pour expliquer la présence de cette culotte dans sa poche.

Quand il revint, je l'interpellai et je lui montrai ce qu'il avait fourré dans sa poche. J'attendis qu'il s'explique.

Je priai pour qu'il rougisse, pour qu'il me donne à contrecœur une explication embarrassée sur la manière dont il avait acquis une pièce à conviction que la police n'avait pas été capable de découvrir, exactement comme il avait rassemblé les autres éléments pour ses recherches. Mais au lieu de ça, il devint d'une pâleur mortelle et je sus alors que c'était lui qui avait tué la fille.

Il ne le nia pas. Il me fit asseoir à la table de la cuisine et commença à faire les cent pas. Oui, avouat-il, c'était lui qui l'avait fait. Mais il fallait que je comprenne le comment et le pourquoi.

Il me caressa les mains, toutes blanches à force de m'être agrippée à la table.

— Ce n'est pas ce que tu crois, me dit-il d'un ton tellement sérieux que je me sentis obligée d'écouter.

Tout en marchant dans la pièce, il s'arrachait les cheveux pendant qu'il m'expliquait l'horrible événement.

Cela avait commencé, disait-il, quand Sally était encore en deuxième année. C'était au Cercle dramatique. Il cherchait une actrice pour la représentation d'*Oklahoma* qu'il montait pour l'école. Elle avait également suivi ses cours de sociologie cette année-là, et il avait remarqué que c'était l'une des filles qui avaient le béguin pour lui. Ça lui était déjà arrivé, me confia-t-il, et je suppose que cela arrive à tous les profs un peu séduisants qui ont des filles dans leur classe. Certaines de ces filles ont parfois le béguin pour le prof. Son problème, disait-il, consistait à ignorer son évident engouement. Il savait qu'il aurait des ennuis s'il lui confiait le rôle de Laurie dans *Oklahoma*. Elle en tirerait la conclusion que son affection était partagée. Mais il devait être juste. C'était la meilleure pour le rôle, et il fallait qu'il le lui donne. Elle l'avait parfaitement joué.

Mais elle s'était amourachée de lui. Elle le poursuivait, organisait des rencontres fortuites, l'attrapant quand il était seul en classe après l'école, le suppliant de l'emmener en voiture, déblatérant contre moi, se mettant en valeur, essayant de lui faire croire qu'ils avaient un avenir commun.

C'était des raisonnements typiques de lycéenne. « L'amour est toujours vainqueur. » Mais comment expliquer leur fausseté à une enfant ? Avec toute sa sociologie et ses connaissances de la nature humaine, Ed ne savait pas comment. Et pourtant, il avait essayé. Ciel, comme il avait essayé ! Mais de telles fixations sont presque toujours indéracinables. Il lui avait parlé. Il l'avait évitée. Il avait essayé de lui montrer que son avenir était avec des garçons de son âge. Mais elle faisait une « fixation sur le père ». Elle était attirée par les hommes plus âgés. Et l'homme plus âgé, c'était Ed. Il n'arrivait pas à l'y faire renoncer.

C'est alors que c'est arrivé. Elle gardait les enfants des Parker un peu plus loin. Elle savait que j'étais sortie ce soir-là, qu'Ed était tout seul à la maison. Et elle lui avait téléphoné. Il fallait qu'elle le voie. C'est ce qu'elle avait dit. Elle avait des idées de suicide. Elle avait apporté un flacon de comprimés et elle allait les avaler, là, tout de suite, dans la maison des Parker.

Ed fut pris de panique. Il se précipita là-bas pour l'arrêter, pour la dissuader. Ce fut son erreur, dit-il. Une fois qu'elle l'eut près d'elle, elle voulut profiter de la situation. S'il ne lui cédait pas, s'il ne répondait pas à ses désirs, elle l'accuserait d'avoir voulu la violer. Et il se trouvait là, dans la maison où elle gardait des enfants. Comment aurait-il pu s'expliquer ?

Ses remontrances furent vaines. Elle empoigna le téléphone et forma le 911, le numéro d'appel des secours d'urgence. C'est alors qu'Ed perdit la tête. Il y avait un marteau sur le comptoir et il l'en frappa pour l'empêcher de lancer son appel. Elle tomba et il raccrocha. Puis il voulut la consoler et lui expliquer. Mais il constata avec horreur que le coup de marteau l'avait tuée. Elle était morte sur le plancher.

Il se sentit affolé. Il ne savait que faire. Pendant qu'il me racontait la chose, les larmes coulaient sur ses joues. Tout en pleurant, il dit qu'il avait tout fait de travers. Il aurait sans doute dû appeler la police pour leur dire la vérité en espérant que ça les satisferait. Mais il comprit aussi à quel point les choses se présentaient mal et que tout ne reposait que sur sa parole. Il n'y avait pas le moindre indice pour confirmer ses dires.

Tout ce qu'il pouvait faire, me confessa-t-il en sanglotant de remords, c'était de faire croire qu'elle avait été violée et assassinée par un ou des inconnus. Il me dit qu'il la porta dehors, dans le champ. Là il lui avait asséné encore plusieurs coups à la tête avec le marteau pour faire croire qu'elle avait été attaquée, puis il lui avait arraché sa culotte pour donner l'impression que le mobile était le viol.

Il ne sait pas pourquoi il avait mis cette culotte dans sa poche. Il ne s'est pas rendu compte. Sa seule pensée avait été de la lui arracher. Il l'abandonna dans le champ, jeta le marteau dans les buissons et se hâta de rentrer à la maison. Il ne se souvenait même pas d'avoir fourré sa veste de sport dans un sac, au fond du placard. Tout ce qu'il cherchait à faire, confessa-t-il, c'était de cacher le crime et de dissimuler sa culpabilité.

Puis il pleura sur mon épaule et me supplia de garder son secret. En gardant la chose secrète, on n'incriminerait aucun innocent. Si cela devait arriver, il avouerait tout.

Mais le mystère demeura sans solution. La police

était dans une impasse. Jamais personne ne serait puni.

Ç'avait été un accident. Si la vérité éclatait sur ce que Sally avait fait, cela ne ferait qu'entacher davantage sa réputation. Et ce serait notre perte, à moi et à lui. Il y aurait un procès. Il y aurait un verdict d'homicide et une condamnation avec sursis, mais il aurait à démissionner de son poste, et nous devrions recommencer une toute nouvelle vie ailleurs. Et l'ombre de la mort de Sally nous poursuivrait. Il aurait du mal à retrouver une autre situation.

Tout irait mieux, expliqua-t-il, si nous ne disions rien. Si nous nous tenions tranquilles tous les deux, rien ne se produirait. Notre existence poursuivrait son cours.

Il avait raison, bien entendu. Il ne servirait à rien de parler. Les craintes engendrées par la mort de Sally se dissiperaient progressivement. Les gens de la ville finiraient par comprendre que même si le mystère de sa mort demeurait irrésolu, il n'y avait aucun danger que cela se reproduise.

J'ai sorti son costume. Nous devons aller à la remise des diplômes. Ed paraît soulagé et capable de faire bonne figure. Moi, je ne sais pas si je pourrai.

MARDI 16 JUIN

EDWARD MESKILL

Maintenant, il est plus de minuit. Dorothy est endormie. Un sommeil troublé, mais elle dort.

Je suppose que vous savez déjà que les passages descriptifs, les bouche-trous dans ce récit de la mort de Sally ont été remplis par moi.

Je suis sociologue, et quand tout ceci s'est produit, j'ai pensé que je pourrais mettre en lumière ce terrible crime, le meurtre de Sally Anders en décrivant ce qui se passe dans une ville quand se produit une chose aussi horrible. Alors, j'ai posé des questions, j'ai rassemblé des notes et les souvenirs des gens mêlés à l'affaire, les rapports et les enregistrements des réunions. Je me suis dit que cela constituerait une lecture intéressante.

Maintenant, il ne faut plus y songer. J'ai trouvé le journal de Dorothy et ce qu'elle a écrit après avoir trouvé dans la poche de mon veston la culotte ensanglantée de Sally.

Quand elle me l'a montrée, je lui ai servi une sombre histoire. Elle n'était d'ailleurs pas mal trouvée. Mon explication paraissait presque crédible lorsque j'ai relu ce qu'elle avait écrit. Et tout était sorti de mon imagination. Elle m'avait pris à froid, et j'ai dû réfléchir vite. Vous parlez d'une improvisation ! J'étais pétrifié. Mais j'ai réussi à sortir une bonne histoire et à la lui faire avaler. Elle ne me trahira pas. J'ai pleuré sur son épaule et elle a pleuré aussi. Elle avait une envie désespérée de me croire. Elle avait désespérément envie de nous voir poursuivre la vie que nous menons ici. Elle adore Crockford. Elle était prête à croire tout ce que je pourrais lui raconter. Je savais qu'elle le ferait et c'est pourquoi je lui ai raconté l'histoire que j'avais imaginée.

Je n'avais absolument pas réalisé que j'avais fourré la culotte de Sally dans ma poche. Je n'ai pas pensé à regarder dans mes poches quand j'ai jeté le veston. Je savais seulement qu'il était taché de sang et que j'allais devoir m'en débarrasser.

Pourquoi ne l'ai-je pas brûlé ? Pourquoi ne l'ai-je pas flanqué à la poubelle ?

Je m'interroge à ce sujet. Avais-je peur qu'on ne le retrouve et que je tombe dans la mélasse ? Me sentais-je plus en sécurité parce que je l'avais caché et que je savais où il était ? N'aurais-je pas dû deviner que tôt ou tard Dorothy, la minutieuse Dorothy, le découvrirait ?

A moins que je n'aie souhaité qu'on ne le découvre ? On dit que des criminels ont envie qu'on les prenne parce qu'ils veulent qu'on apprécie leur intelligence. Peut-être y a-t-il quelque chose de ça en moi.

Ou peut-être s'agit-il d'un élément de danger, le goût du risque qu'ont les hommes, comme de descendre des rapides ou d'escalader des montagnes, de prendre des risques inutiles pour le plaisir de la sensation. Peut-être aimais-je garder le secret de ma culpabilité au fond de mon placard pendant que je montrais au monde un visage innocent.

Et pourquoi, maintenant, vais-je mettre de côté le journal de Dorothy pour l'ajouter à mon dossier ? Quiconque le lirait saurait, comme Dorothy ne le sait pas encore mais finira par le découvrir, que l'histoire que je lui ai racontée ne tient pas debout. Et pourquoi suis-je en train, pour composer avec mes péchés, de mettre tout ceci sur le papier en m'accusant moi-même par ma propre bouche, comme le faisaient les méchants dans les bons vieux romans policiers ?

Evidemment, je vais détruire tout ceci. Le journal de Dorothy, ce que je suis en train d'écrire, tout mon dossier et, bien entendu, Dorothy elle-même. Pauvre Dorothy. Elle est tellement crédule. Son viril mari verse des larmes de remords et elle croit qu'il dit nécessairement la vérité. Elle oublie que je ne dirige pas le Cercle dramatique et que je ne mets pas en scène les pièces de l'école parce que j'enseigne la sociologie. J'ai étudié le théâtre. J'apprends à ces gosses à jouer. Je leur montre ce qu'il faut faire. Si nos pièces sont tellement bonnes, c'est parce que j'arrive à obliger ces blancs becs à manifester sur scène les émotions nécessaires. Je leur indique comment. Je sais exactement comment m'y prendre. Provoquer les réactions qui conviennent est une combinaison de l'art de jouer et de la connaissance de la nature humaine.

C'est comme avec Dorothy. Voulez-vous savoir comment traiter une femme pour faire d'elle votre esclave ? N'oubliez pas son anniversaire. C'est le premier pas, ce que j'appelle « la sociologie du jardin d'enfants ». Apportez-lui des fleurs. Elle ira jusqu'à pardonner l'adultère si vous lui apportez des fleurs. Mais pas seulement dans les occasions normales, quand les fleurs sont de mise et qu'on les attend. Apportez-lui une rose sans la moindre raison... Dites seulement que c'est parce que vous l'aimez. Elle va se liquéfier. Vous voulez un autre truc? Montrez-lui des larmes. Ne montrez pas seulement votre repentir : faites-lui voir de vraies larmes. Faites-lui croire que vous êtes capable de pleurer. On ne s'attend pas à voir pleurer un homme. Aussi, si vous pleurez sur son épaule, elle aura l'impression qu'elle vous est précieuse, que vous lui révélez un aspect de votre personnalité que personne d'autre n'a jamais vu ni ne connaît.

C'est exactement ce qui s'est passé aujourd'hui, quand elle m'a pris avec la culotte de Sally dans ma poche. J'ai répondu sans hésiter, et momentanément, c'était suffisant. Et ce qui l'a convaincue, c'est que j'ai enveloppé ma confession de larmes.

Mais ça ne durera pas. Elle va se mettre à réfléchir, et à poser d'autres questions. Et tôt ou tard, si astucieuses que soient mes réponses, même en arrivant à lui faire jurer le secret, elle va me balancer. Elle n'en aura même pas l'intention, mais je connais les femmes. Ce n'est pas pour rien que j'étudie la nature humaine.

Aussi, chère Dorothy, faudra-t-il que tu meures comme il a fallu que meure Sally Anders.

En réalité, non, Sally Anders ne m'a pas poursuivi. C'est moi qui la poursuivais. Je l'ai séduite sur le siège avant de ma voiture après une bouteille de champagne qui fêtait mon accord pour lui confier le rôle de Laurie dans *Oklahoma*. Elle était subjuguée et assez effrayée à l'idée de tenir la vedette. Elle avait besoin d'être rassurée, elle avait besoin de mon soutien... Et j'avais du champagne. Le champagne lui a tourné la tête comme je l'avais prévu.

Elle n'était pas la première petite starlette à qui

j'apprenais à jouer une scène d'amour. Ce n'était pas la première petite fille qui apprenait de moi les secrets de la féminité. Les collégiennes qui croient savoir ce qu'est la vie sont d'excellents jouets pour la pratique de la sociologie. Une phrase tendre, une pseudo-confession faite à contrecœur pour expliquer à leurs âmes compréhensives les tourments de la vôtre... Des femmes beaucoup plus âgées que Sally ont été une proie facile pour mon personnage de mari incompris.

Je ne veux pas dire que je n'étais pas amoureux de Sally. Elle était aussi délicieuse que toutes les autres. Mais mon charme, le magnétisme qui faisait tomber les autres en esclavage, n'avaient guère de prise sur elle. Elle résistait de plus en plus à mes avances. Elle cherchait de plus en plus à mettre fin à l'aventure.

Et ça, c'est un fatal danger. Si vous laissez une fille échapper à l'emprise de votre charme, vous ne pouvez pas savoir à quel point elle restera bouche cousue. Lorsqu'une femme cesse de vous prendre pour Dieu, elle cesse de vous adorer. Et à partir de là, où va-t-on ? D'abord, c'est la rupture. Ensuite, vous devenez une invention d'un passé qu'elle a surmonté. Enfin, vous devenez une plaisanterie. Elle se moque de vous auprès de ses amies. Vous êtes aussi sûrement cocu que si vous aviez été marié.

Les femmes bavardent. Avec elles, il y a une chose certaine et démontrée, elles bavardent.

Et un homme dans ma position ne peut pas le permettre. Vous devez calmer les petits chatons. Ils sont capables de griffer.

Sally Anders n'avait jamais beaucoup aimé faire l'amour avec moi. Oh, nous avons eu de bons moments, surtout au début, quand elle était pleine de respect pour mon âge, pour mon expérience, pour mes connaissances... Et parce que je savais

262

comment satisfaire une femme. Personne, je peux m'en vanter, n'est capable de satisfaire une femme comme moi.

C'est là-dessus que je compte. C'est une méthode éprouvée pour qu'une femme se tienne tranquille.

Ça avait tenu Dorothy tranquille. Elle n'avait jamais posé de questions jusqu'à présent. Elle était persuadée que j'étais un mari sincère et fidèle.

Mais Sally Anders n'était pas subjuguée à ce point par ma manière de lui faire l'amour. Tout au fond d'elle-même, derrière l'excitation, il y avait une conscience puritaine qui lui disait que c'était mal.

Presque depuis le début, elle avait essayé de rompre nos relations. J'avais toujours eu du mal à la calmer. Mais maintenant, elle devenait insistante, alors qu'elle avait encore une année de collège devant elle. Généralement, ces aventures tournent court d'elles-mêmes quand les filles passent à l'Université. Ce n'était qu'une expérience. Sans rancune. Il subsiste une tendresse durable. Le secret est gardé pour toujours.

Mais cette pauvre sotte de Sally regimbait. Elle me repoussait, elle voulait rompre, elle me suppliait de la laisser tranquille. Et quelles conclusions pouvait en tirer un sociologue ? Cette fille était dangereuse. Si mon charme avait perdu son pouvoir, que me restait-il pour l'empêcher de parler ? Un seul mot à qui que ce soit, et c'en était fait de moi.

Je ne sais pas si elle voyait les choses sous le même angle. Elle ne cessait de m'assurer qu'elle ne parlerait jamais, même si elle ne désirait plus me voir. Mais que valent les assurances ? C'était elle qui était en position de force, pas moi. Mon avenir était à la merci de ses scrupules injustifiés.

Je savais qu'elle serait ce soir-là chez les Parker. Nous avions encore assez de rapports pour ça. Je ne lui dis pas que j'allais venir. Elle aurait verrouillé les portes.

Je suis entré et elle a sursauté. Je voulais rétablir nos relations. Je n'avais pas d'autre moyen d'être sûr d'elle. Et je la désirais aussi. Soyons franc : le sexe était en jeu, comme c'était toujours le cas. Sally était une fille très jeune et très attrayante, et c'est comme ça que je les aime. Même les jeunes filles qui ne sont pas tellement attrayantes. Leurs visages importent peu, mais à cet âge, elles ont des corps adorables. J'aime Dorothy. Elle n'est pas tellement intelligente — pas du tout de mon niveau intellectuel — mais c'est une bonne âme pleine de bonnes intentions. Cependant elle pèse quinze kilos de plus que quand nous nous sommes mariés, et ça se voit. Ne nous frappons pas à cause de cet inconnu dont elle a cru qu'il allait la violer. C'est bon pour son ego, mais n'allons pas la comparer à toute une classe de filles de quinze et de seize ans. Mon Dieu, comment pourrais-je me trouver à la tête d'une classe d'étudiantes sans choisir celles que j'aimerais baiser ?

La plupart du temps, c'est hors de question. Mais de temps à autre, j'y arrive. Ça peut vraiment se passer. Ce sont ces filles-là dont on doit se souvenir.

Mais parmi elles, Sally était la seule qui ne voulait pas se comporter comme il le fallait. Elle voulait se tirer, et j'avais peur de la laisser partir, peur de perdre le contrôle de la situation. Et dans la soirée du 7 mai, je suis entré pour la surprendre, et je lui ai flanqué une sacrée frousse.

Ce n'était pas mon intention. Mon plan était de la séduire une fois de plus. Un petit verre, une petite conversation, un peu de sexe… Juste assez pour qu'elle en redemande.

Elle avait été outrée par mon intrusion. La proposition de prendre un verre la révolta. Elle avait des enfants à surveiller. Et quant au sexe, c'est comme s'il n'y en avait jamais eu entre nous.

Elle me dit de filer. Sa voix était montée à un paroxysme qui risquait de réveiller les enfants. Je lui plaquai une main sur la bouche pour étouffer ses cris, et j'essayai de l'apaiser. Nous nous sommes battus et j'ai commencé à bander. Je veux dire que nous luttions et que tout d'abord, je ne pensais pas du tout au sexe, mais bientôt je ne pus plus penser à rien d'autre qu'à ce que cette fille qui se débattait dans mes bras était en train de me faire. Et elle savait que je bandais, et les choses empirèrent. Parce que j'avais ce besoin d'elle et qu'elle voulait me flanquer dehors.

Elle réussit à se dégager, mais sachant ce que je ressentais, elle fut prise de panique. Elle n'aurait pas dû paniquer ainsi. Si seulement elle avait compris les hommes, elle aurait su ce qu'il fallait faire. Mais au lieu de ça, elle se précipita vers le téléphone. Elle essaya d'appeler au secours. Je ne pouvais pas la laisser faire.

Le marteau était là et je l'en ai frappée. Elle est tombée, mais elle n'était pas morte. Elle n'est morte que, plus tard, quand j'eus éteint les lumières et l'eus transportée dans le champ où je la violai deux fois. J'étais honteux d'avoir fait ça — de l'avoir violée de la sorte — mais vous devez comprendre ce que j'éprouvais. Une fois n'avait en rien entamé mon désir. J'aurais pu le faire une troisième fois. Je l'aurais fait si mon besoin n'avait pas été moins fort que la crainte de ce qui allait se passer ensuite.

Elle était prête à me dénoncer aux flics quand je l'avais frappée. Qu'allait-elle faire maintenant ? Elle était toujours en vie, car si j'avais violé une morte, je l'aurais su. Elle pouvait être évanouie, mais son corps vibrait toujours, si vous voyez ce que je veux dire.

Mais elle était mourante. Je pense qu'elle était mourante. Et même si elle ne l'était pas, il fallait qu'elle meure. Je ne pouvais lui permettre de me dénoncer.

Je me suis relevé près d'elle. Je crois qu'à ce moment-là, j'avais remonté mon pantalon. Avec le marteau, je la frappai à la tête à coups redoublés. Il fallait que je donne une impression de violence brutale, de viol sauvage, et pas seulement d'un désir inassouvi.

Je jetai le marteau là où je savais qu'on le retrouverait et je rentrai à la maison. Je me déshabillai, je pris une douche et je me préparai pour me mettre au lit. Il fallait que tout paraisse naturel quand Dorothy rentrerait... Je me souviens maintenant d'avoir fourré mon veston dans ce sac. Il y avait de son sang dessus. Le pantalon semblait en ordre, en dehors d'une toute petite tache, et je le remis le lendemain. C'est curieux comme je voulais porter ce pantalon à l'école le lendemain.

Bien entendu, le meurtre a déchaîné l'enfer. Pendant deux jours, j'ai eu peur, surtout quand la police m'a interrogé pour savoir si j'avais entendu des cris au bas de la route pendant que je corrigeais des devoirs.

Mais après ça, j'ai su que j'étais tranquille, et c'est alors que m'est venue l'idée de rassembler tous ces éléments et de raconter l'affaire par écrit.

Après tout, je n'aurai peut-être pas à détruire tous ces éléments. Pourquoi ne pas les enfermer dans un coffre à ouvrir après ma mort ? Ce pourrait être mon legs à l'avenir : la solution des deux meurtres mystérieux de Crockford.

A corriger : un meurtre, *une disparition !*

On ne peut pas retrouver Dorothy assassinée. Si intelligemment qu'il ait été conçu, si habilement qu'il ait été exécuté, chaque fois qu'on se trouve devant le meurtre d'une épouse, le premier suspect, la seule personne que la police va vraiment cuisiner, c'est le mari.

Je ne crois pas que la police de Crockford soit particulièrement habile, mais je ne suis pas fou. Essayer de m'en tirer dans le meurtre de ma femme est un risque que je préfère ne pas courir.

Il faut que Dorothy disparaisse. Et qu'on ne la retrouve jamais.

MERCREDI 17 JUIN

BUREAU DE POLICE (10 heures du matin) PRÉ-
SENTS : Edward Meskill, le Chef Herbert Hickey, le
sergent Harry Dean.

EDWARD MESKILL

J'ai une déclaration à faire... Je ne sais pas
comment dire, mais... ma femme a disparu.

LE CHEF HICKEY

Disparue ? Votre femme, Dorothy ?

EDWARD MESKILL

Dorothy. Elle est partie. Je ne sais pas où.

LE CHEF HICKEY

Quand ? Quand a-t-elle disparu ?

EDWARD MESKILL

Je n'en sais rien. Lundi, nous sommes allés
ensemble à la remise des diplômes...

268

LE CHEF HICKEY
Comment était-elle ?

EDWARD MESKILL
Comme d'habitude. Je ne vois pas ce que vous voulez dire.

LE CHEF HICKEY
Quelque chose la tracassait-elle ? Était-elle bouleversée ?

EDWARD MESKILL
Non, non. Tout était normal.

LE CHEF HICKEY
Et alors ?

EDWARD MESKILL
Après la cérémonie, Hugh Gibson, le président du Comité Éducatif, avait organisé pour la faculté un cocktail dans la salle de gym du collège. Nous y sommes allés, nous avons pris un verre ou deux, nous nous sommes mêlés aux invités, nous avons bavardé avec des gens, puis nous sommes rentrés à la maison...

LE CHEF HICKEY
Mme Meskill a-t-elle bavardé avec quelqu'un en particulier ?

Nous sommes restés ensemble. Je ne me souviens pas de but en blanc à qui nous avons parlé, mais si c'est important, je pourrais retrouver quelques noms.

Et ensuite ?

Nous sommes rentrés à la maison. Il devait être 9 heures 30, 10 heures. Elle était fatiguée et elle est allée se coucher. Elle a peut-être lu un peu... Je n'en sais rien. Je suis resté debout parce que j'avais encore du travail que je voulais terminer, et j'ai été me coucher un peu après minuit, je suppose. Elle dormait dans le lit voisin. Pour autant que je sache, tout était normal.

Et ensuite ?

Le lendemain, je me suis réveillé vers 9 heures. L'école était finie. Dorothy était levée. Son lit était fait. Elle avait l'habitude de se lever tôt, c'est pourquoi je n'y ai pas fait attention. Cependant, elle n'était pas dans la maison. En général, elle prépare le petit déjeuner, et nous mangeons ensemble. Mais comme je l'ai dit, l'école était finie. J'ai dormi et je me suis levé tard. Aussi ai-je préparé mon propre déjeuner. Je me suis dit qu'elle était peut-être allée faire des courses, mais la voiture était dans la cour.

Peut-être était-elle allée jouer au tennis avec les filles. Ça lui arrive souvent. Ce qu'il y a, c'est qu'elle n'avait laissé aucun mot. Mais je n'en ai pas tiré de conclusions, car en général, je suis à l'école, et elle n'a pas de raison de laisser un mot.

« J'ai bricolé un peu, j'ai tondu la pelouse, des trucs de ce genre, en attendant qu'elle rentre pour déjeuner.

« Mais elle n'est pas revenue.

« C'est quelque chose que je ne m'expliquais pas. Pas de note, rien.

« Ce n'était pas que j'étais inquiet. La plupart du temps, je suis absent toute la journée et Dieu sait ce qu'elle fait de son côté. Je ne suis pas un de ces maris qui exigent de connaître l'emploi du temps de leur femme. Je me dis qu'elle n'était pas habituée à me voir tournicoter dans la maison, et qu'elle n'éprouvait pas le besoin de laisser des messages. Elle était peut-être allée faire des courses à New Haven, ou même à Hartford. C'est une femme très organisée. Je ne voyais pas encore de raison de m'alarmer.

« Mais elle n'est pas rentrée dîner. Elle n'est pas rentrée du tout. J'ai continué à l'attendre. Quand j'en ai eu assez, je me suis préparé quelque chose.

« Comprenez-moi. Je n'étais pas très inquiet. J'étais sûr qu'il y avait une bonne explication. Mais je commençais tout de même à me sentir nerveux. Je veux dire que je ne voyais pas de quoi m'alarmer. C'est une de ces situations dans laquelle les gens se mettent à craindre le pire lorsque quelqu'un ne vient pas à un rendez-vous, mais je connais Dorothy. Elle est très organisée et j'étais certain que quand elle reviendrait elle me donnerait une explication raisonnable de ce qu'elle avait fait. Comme je l'ai dit, elle n'est pas habituée à m'avoir auprès d'elle ni à sentir la nécessité de me dire tout ce qu'elle fait.

271

« Mais elle n'est pas rentrée la nuit dernière. Ni pour le dîner, ni après.

« J'ai pensé à vous appeler, à appeler la police. Mais je n'avais pas vraiment envie de le faire. Je ne tenais pas à vous ennuyer avec quelque chose qui, selon moi, devait avoir une explication très simple. Vous avez déjà suffisamment de problèmes comme ça.

« Peut-être que sa mère était malade et qu'elle avait dû se rendre auprès d'elle. Il s'agissait peut-être d'une amie chez qui on l'avait appelée en toute hâte, et elle avait été tellement occupée qu'elle n'avait pas pensé à appeler. Je ne savais pas que penser, sauf qu'elle allait rentrer d'une minute à l'autre et que tout s'arrangerait.

« Mais elle n'est pas rentrée du tout.

« Je ne voulais pas me montrer alarmiste et ennuyer tout le monde, mais j'étais inquiet. Si au moins elle m'avait laissé un mot ! Je veux dire qu'elle s'était levée le matin comme toujours, qu'elle avait fait son lit et tout et qu'elle était partie quelque part sans prendre la voiture. Je ne pensais pas qu'elle ait pu aller loin. Et si quelque chose lui était arrivé, un accident, vous seriez venus me trouver. Ce n'était pas à moi de venir à vous.

« Mais je me suis levé ce matin, et elle n'était toujours pas rentrée, et c'est une situation que je n'arrivais plus à maîtriser. Je continue à croire que ce n'est rien de sérieux, qu'il existe une explication parfaitement plausible, mais je ne sais pas où ma femme est allée, où elle se trouve, et je commence à me sentir très nerveux. Je sais que signaler une disparition à la police est quelque chose de sérieux, mais il s'agit de ma femme, et je voudrais qu'on fasse quelque chose. Je veux qu'on la retrouve !

LE CHEF HICKEY

C'est très compréhensible, monsieur Meskill.
Nous espérons que ce sera possible. Voyez-vous une
raison pour laquelle elle aurait eu envie de s'en
aller ? Un problème de famille, des difficultés entre
vous ?

EDWARD MESKILL

Absolument pas. Nous sommes mariés depuis
onze ans, sans nuages.

LE CHEF HICKEY

N'aurait-elle eu aucune raison de s'enfuir ou de se
suicider ?

EDWARD MESKILL

Absolument pas !

LE CHEF HICKEY

Est-ce que vous courez avec d'autres femmes,
monsieur Meskill ?

EDWARD MESKILL

Certainement pas ! Comment osez-vous...

LE CHEF HICKEY

Je cherche seulement les raisons qui auraient pu
pousser Mme Meskill à s'enfuir.

EDWARD MESKILL

Où qu'elle soit allée, cela n'a rien à voir avec moi.

LE CHEF HICKEY

Vous ne vous amusiez pas avec Sally Anders ?

EDWARD MESKILL

Quoi ?

LE CHEF HICKEY

Vous n'avez sans doute jamais essayé de séduire nos jeunes collégiennes. Quand vous êtes assis devant une classe de filles, vous ne cherchez pas à choisir celles avec qui vous... disons, avec qui vous voudriez baiser ?

EDWARD MESKILL

Quoi ? Qu'est-ce que vous racontez ? Je ne sais pas de quoi vous parlez.

LE CHEF HICKEY

Nous parlons de Sally Anders, monsieur Meskill, et de ce que vous lui avez fait. Pas de ce que vous avez dit à votre femme que vous lui aviez fait, mais de ce que vous-même dites lui avoir fait.

EDWARD MESKILL

Ce que moi je lui ai fait ? Je ne la connaissais même pas !

Ce n'est pas ce que nous dit votre femme.

EDWARD MESKILL

Ma femme ? Dorothy ? Vous savez où elle est ?

LE CHEF HICKEY

Nous l'avons gardée pour la protéger, monsieur Meskill. Elle a constaté que son journal avait disparu. Ça l'a fait réfléchir, monsieur Meskill. Et elle a compris que ce que vous lui aviez raconté était un mensonge. Vous lui aviez dit que vous aviez arrangé la scène pour faire croire que Sally avait été violée alors qu'en fait, elle a vraiment été violée.

« Mme Meskill ne dormait pas quand vous êtes allé vous coucher il y a deux jours après vos écritures nocturnes. Elle était étendue, bien éveillée et folle de terreur, attendant que vous vous soyez couché vous-même, et que vous vous soyez endormi.

« Alors, elle est partie à la recherche de son journal, sachant que vous l'aviez caché comme vous aviez caché votre veston taché de sang et la culotte de Sally Anders. Elle l'a trouvé, dans la boîte où vous rangiez les manuscrits que vous rassembliez, en même temps que votre récit et vos projets à son égard.

« Mme Meskill n'a pas disparu hier matin, monsieur Meskill. Elle est venue ici.

« Nous avons un mandat de perquisition, monsieur. Il vient d'arriver, en bonne et due forme. Le sergent Dean et ses hommes vont fouiller votre maison. Ils savent où se trouvent votre veste et la culotte de Sally, où vous avez caché le manuscrit auquel vous travaillez, et votre confession. Mme Meskill nous a dit où les trouver.

« J'ai le regret de devoir vous annoncer que nous vous arrêtons pour le meurtre de Sally Anders, monsieur Meskill, et pour votre intention de tuer votre femme. Le sergent Dean va vous lire vos droits. Vous pouvez appeler un avocat, si vous le désirez, et je dois vous avertir, entre-temps, que tout ce que vous direz à partir de maintenant pourra être utilisé contre vous devant le tribunal. Avez-vous des questions à poser ?

EDWARD MESKILL

Puis-je voir ma femme ?

LE CHEF HICKEY

Non.

DU MÊME AUTEUR

Aux Éditions Gallimard

Dans la collection Série Noire

VA TE RHABILLER!, *n° 350.*

NOCES DE PLOMB, *n° 476.*

SANTÉ EXCELLENTE, *n° 535.*

LE VERROU, *n° 644.*

IL PLEUVAIT, CETTE NUIT-LA…, *n° 685.*

FEU L'ÉPOUSE DE MONSIEUR, *n° 748.*

LA FAILLE, *n° 848.*

TRUCIDE-PARTY, *n° 1010.*

LA COURRETTE, *n° 1052.*

FIN DE FUGUE, *n° 1370.*

FAIS-MOI MOURIR!, *n° 1419.*

SÉRIE NOIRE

Dernières parutions :

Impression Bussière à Saint-Amand (Cher),
le 15 octobre 1990.
Dépôt légal : octobre 1990.
Numéro d'imprimeur : 2744.
ISBN 2-07-049249-4./Imprimé en France.